生离死有多远

路过心上的经典散文
邂逅一生的悦读，愿你翻过每一页

天津出版传媒集团
百花文艺出版社

图书在版编目(CIP)数据

生离死有多远 / 王征桦著. -- 天津 : 百花文艺出版社, 2021.1

ISBN 978-7-5306-7827-5

Ⅰ. ①生… Ⅱ. ①王… Ⅲ. ①散文集 – 中国 – 当代 Ⅳ. ①I267

中国版本图书馆 CIP 数据核字(2019)第 265369 号

生离死有多远

SHENGLISI YOU DUOYUAN

王征桦 著

出 版 人: 薛印胜
责任编辑: 郑 爽
装帧设计: 宋双成
出版发行: 百花文艺出版社
地址: 天津市和平区西康路 35 号　**邮编:** 300051
电话传真: + 86-22-23332651（发行部）
+ 86-22-23332656（总编室）
+ 86-22-23332478（邮购部）
网址: http:// www.baihuawenyi.com
印刷: 唐山富达印务有限公司
开本: 640mm×910mm　1/16
字数: 260 千字
印张: 22
版次: 2021 年 1 月第 1 版
印次: 2021 年 1 月第 1 次印刷
定价: 49.80 元

如有印装质量问题,请与唐山富达印务有限公司联系调换
地址:唐山市芦台经济开发区农业总公司三社区
电话:(022)69383810　　邮编:301505

在阅读中优雅老去

二十岁时，第一次去凤凰，不为古镇美景，只为能与偶居夺翠楼的黄永玉先生见上一面。

时逢雨季，沱江奔啸，烟波微茫信难求。苦待数日，仍没能等到想见之人。

在清冷的雨丝中独自徘徊，满心失落。无意走进一家书店，里面尽是沈从文先生的文本作品。无处可去，只好在僻幽的角落里翻阅旧籍。而后，一发不可收拾。

回程当日，总觉有重要东西遗落城中，寻思许久，才跑去那条巷子的书店里买了本周身泛黄的《边城》。这本有着深蓝小印戳的《边城》，至今仍安躺于我的书柜里——它不仅使我在未果的行程中找到些许补偿，更让我在之后的时光无比怀念二十岁的自己。

再后来，兴许命中所定，真与书结下了不解之缘。不但自己看书写书，更领着诸多热爱文学的人走上了自己想走的路。

我经常跟学生们说，阅读是写作的命脉，只有不断阅读，才能保持创作角度的新颖和思维的敏捷。然而，阅读所赐予的，又何止是这些？

不管在何时何地，只要手中捧着一本书，心里便会觉得安然。书不但能排遣无聊的寂寞，将岁月的伤痛逐一缝补，还能把心灵淬炼成一块玲珑美玉。

一个爱书之人，必是睿智且沉稳的。遇事不惊，处之泰然。古人所说的“腹有诗书气自华”，便是这意思。

生命本就是一次有限的跋涉。一个经常看书和一个经常沉迷在网游世界的人，心灵绝对是不一样的。前者，往往更能体悟一叶一菩提的真谛。

书本所给予心灵的力量，是不可言喻的。十年寒窗，说的并不是读书人的艰辛，而是意在表述读书人的坚忍和不懈。试问，有多少人可以在寒窗下十年如一日地重复做同一件事情？

正如北大教授曹文轩所说：世间最优雅的姿态，就是阅读。不论静坐还是倾卧，甚至在厕所里，它都是最美的姿态。因为这样的人，通常都会从骨子里散发出一种极具亲和力的书卷气。

阅读人物，通晓历史，可以他人鉴知自己得失；阅读杂文，百味世事，可在辛言辣语中澡雪精神；阅读情感，温热肺腑，可居书香浓情里滋养心灵；阅读故事，体会人生，可于静谧岁月中倾情流泪……

每一种书，都是风景；每一本书，都是亟待窥破的秘密。

宋朝诗人黄山谷有一句名言："三日不读书，便觉语言无味，面目可憎。"这其中说的，就是每日读书的重要性。

本套系列图书，所遵循的就是这个简单的理论。通过遴选当下不同类型的精华文章，给读者送去不同的心灵养分——成长卷让你懂得如何珍惜青春，成功卷让你明白如何把握自己的人生，真情卷让你寻回本真的感动，感悟卷让你看到世界别样的美好……

为了能找到年度最精华的文章，为了给读者省去寻找的繁琐，我们几乎把本年度的期刊翻了个遍，邀请了二十四位中学生喜爱的作家，目的就是为了去其糟粕，取其精华。

这些作家的名字，不仅经常出现在全国各大刊物，还经常出现在各省市的中高考语文阅读理解试题中——我们的宗旨只有一个，就是为这个时代的读者，奉献好书。

但愿我们可以放慢匆乱的步伐，一起在欢愉的阅读中，优雅老去。

一路开花

二〇一八年十二月书于云南曲靖

目录

第一辑 策杖而行

第二辑 凡人凡事

第三辑 村庄古宅

第四辑 花草水鸟

第五辑 行走留笔

第六辑 闲时静思

第七辑 昨日记忆

第一辑

策杖而行

我和笔融合在一起，相依为伴，如同一个行走于茫茫荒野的人，找到了心灵的依托。发黄的稿纸，回放着历经风雨而不失闲雅的时光，而一支笔的不离不弃，终于成了我精神的手杖。每个人都应拥有一根精神的手杖，在风雨的人生中，策杖而行。

策杖而行

前些年去黄山旅游，半道，被一个小贩截住。他的双手抱着一大堆手杖，问我要不要买一根。见我迟疑不决，他有点儿意味地笑了笑说：“山高路险，策杖而行要轻松得多。”我有点儿诧异，卖手杖的小贩说出这等文绉绉的话来，真令人刮目相看。冲着他说的这句话，我从他那里买了根样式好一点儿的，粗藤条加工打磨而成的手杖。这手杖光滑轻便又耐看。一试，上山下山，策杖而行，果然节省了好多体力。

制作手杖的材料，以藤条为多。主要是以藤条制作手杖，极其方便。取其弯曲部分，两头一斫，剥下藤皮来，用刀刮一刮，一根手杖就制作成功了。竹杖是最普通的了，轻巧、大气。但因材质会分出高下，手杖也会因此分出个三六九等来。譬如竹杖，要是你能谋得到上好的竹材，得一根“色点湘妃红泪雨，骨凝王屋紫藤霜”的湘妃竹来做手杖，主人定会爱不释手，对着杖上的瘦泪红痕，左看右看，总是看之不够。四川涪陵有一种木，叫灵寿木。《汉书》中说这种木似竹，它自然生成拐杖的形状，取之即用，无须再加工。据称这灵寿木手杖是世上最名贵的手杖了。

在古代，杖的概念和今天大不相同，那时的杖，不像现在所说的手杖，现在的杖高不过人的脐眼，拄在腰间。古时的杖一般很长，高于人的头部，与其说“拄”，不如说“策”更形象。杖为马，策杖如同策马。策杖之人也有讲究。50岁以上的人，才能策杖而行。没有到50岁，手里拿根杖，就显得轻浮不合礼仪。汉代提倡尊老，其中一项内容就是皇帝赐手杖。章和元年，汉章帝曾下诏赐天下老人手杖和糜粥，以示对老人的关怀和尊敬。当然到了后来，这个规矩也就慢慢地破了，之后策杖而行于山林庙堂之间的，不是高士就是隐者。手杖成为高士和隐者的代名词。

《礼记》中载有“孔子蚤作，负手曳杖，逍遥于门。”每每读到此处，我们仿佛可以清晰地看见一位长者，一大清早起来，背着手拖着杖，闲适地在门外散步的情形。孔子一生劳苦，周游列国，四处漂泊而不得闲暇。一次偶尔的曳杖闲庭信步，反而被认为是漂泊一族的新鲜事，所以让人兴奋地记录了下来。我是非常佩服这位理想主义者的，他一生不停地为他的理想奋斗，执着，不屈不挠，然而现实又总是将他的理想打碎。相失于郑，受困绝粮于陈蔡，不被人理解，甚至不被自己的弟子理解。有一天，他为了自己的政治主张去见卫灵公的夫人、当红的大美女南子，子路得知后，以为他口心不一，是个好色之徒，害得他只有对天发誓：“如果我不对的话，就让老天厌弃我吧！”我想这时，他的心一定是异乎寻常的疲惫和苍凉，迫切地需要安慰和支撑。所以一夜无眠后，他一早就曳杖出门了。片刻的逍遥，成为放松心灵的手杖，最终支撑他走下去的还是他的理想。

元丰五年，苏轼因乌台诗案被贬黄州已过两年。经历太多的宦海浮沉，生活的不幸，忧患的磨难，但苏轼依旧非常乐观坚定。一日出行，他在野外突遇暴雨，无处躲避。在记述这次出行的小序中他写道：“同行皆狼狈，余独不觉。”反而竹杖芒鞋，吟啸自若，欣欣然在雨中从容徐行。“竹杖芒鞋轻胜马，谁怕？一蓑烟雨任平生”，一曲《定风波》之词表达出了诗人旷达超逸的胸襟，清旷豪放之气。词的结尾是：“回首向来萧瑟处，归去，也无风雨也无晴”，寥寥数笔，写出了苏轼烛照人生的睿智，写出了他的独到的人生感悟。在我看来，起初的文人，都怀有一种独特的情怀，而当这些文人走上仕途的时候,情怀的本色却不知不觉地黯淡了,导致的结果,就是心境的改变。安逸之心日长,再迎风雨求索之心荡然无存。要想继续向前,必须有精神力量的支撑。这时,一副超然的情怀,不就成了支撑文人们在风雨中前行的手杖吗?

手杖以扶衰助步为功用,但我总觉得,它还有另外的一层寓意,那就是在精神方面。电脑写作的今天,许多稿纸仍堆放在我的书柜里。按理说,它们已经毫无作用了,堆放在那里只会占用我的空间,但我就是不忍舍弃。这一个接着一个的逶迤前行的文字,就像我策杖而行时,用杖头在泥中拄出的印迹,就如同我在人生的旅途上,留下的风姿和气度。失意和徘徊时,我愿意写作;孤独和忧愁时,我还是愿意写作。我逐渐把一些无望、孤独和幻想的东西写进了我的作品,而这些东西正好消解了我现实中的无奈。奇怪的是,我在世俗中所遇的困苦和我笔端流溢的竟然达成十分微妙的默契,这种默契愉悦着我,以至于我常把手敲键盘写作的声音当成策杖而行的"嘚嘚"的杖音。我和笔融合在一起,相依为伴,如同一个行走于茫茫荒野的人,找到了心灵的依托。发黄的稿纸,回放着历经风雨而不失闲雅的时光,而一支笔的不离不弃,终于成了我精神的手杖。

每个人都应拥有一根精神的手杖,在风雨的人生中,策杖而行。

进城的石头

一夜间，许多石头奔跑进城市。它们在公园里，在街道的两边，在小区绿荫的长椅旁；或硕大，或小巧，或光滑无痕，或造型各异；有的石头上刻着字，那本来就遒劲的书法刻在石头上，会显得更为有力。没事的时候，我喜欢观赏着这些石头，我觉得它们已经成为城市中的一道风景。

硕大的石头躺在那里，周围是绿油油的草坪，显得安静而孤寂。对于它的圆润无棱，我有一种抚摸的冲动。我想它们应当来自某一个河谷。因为，曾经有一次，我在牯牛降大河谷中就见到过这样的石头。它们挨挨挤挤地拥在河谷里，像奔突的象群。它们借助着洪水，从山顶奔跑而下，走出大山也许是这些石头的永恒的梦想。一场一场的大洪水中，它们开始了离乡背井的旅行。多少年过去了，洪水在带它们行进的途中，也磨去了它们的棱角。

在我17岁挑着书箱，从大山丛中来到城市的时候，就注定着和这些石头一样，没有了再回到故乡的归途。对于城市的生活，我也一样的安静而孤寂。多年的磨合，我终于习惯了城市生活，我习惯于在一个枯燥的岗位上，一站就是二十多年。这是许多平凡不变的日子，在这些日子里，我总是和回忆纠缠不休。我知道，一个始终沉浸于回忆中的人，在现实生活中，他一定是不如意的人。事实上，一个山里人在城市中的无奈，就如一块儿石头在柔软平展的草坪上的无奈一模一样，因为他们总是有着身在异乡的感觉。

记得中学时,班上有一位女生,她就坐在我的课桌前,她的书包里总有几块儿奇形怪状的小石头。她告诉我们,这些小石头是在一个叫梅龙的镇子上捡到的,那个镇子的江边上到处都是这样晶莹剔透的石头。我们对一个小女生拥有这么多的小石头感到好奇,终于有一天,大家趁她不在的时候,从她的课桌下掏出这些石头,瞄准教室后面菜地里的稻草人,一颗一颗地扔个精光。出乎大家意料的是,她竟然为了这些小石头哭泣了一个下午,而且第二天我们再也没有见到她。若干年后,我才知道就是在其后的第五天,那个女同学就嫁人了,嫁的是一个多病的瘸子,三十多岁了,只是因为他是城里人,有工作。她本来是想将那些小石头带到城里的,却让我们扔掉了。

在月亮湖边散步,湖边错落有致地散布着那些作为景观的石头。一台大吊车正在把一块儿巨石从卡车上吊下来,旁边有一个人正挥动着小旗指挥着。我认得那个人,他就住在我家隔壁。他对我说这些石头是从山里的小河谷中淘来的,然后卖给园林处,他就赚这个差价。我问:“是哪里的河谷呢?”他说当然是他老家的那个河谷。他笑了笑,不过,现在除了去老家弄石头,一般不回去了,在城里买了房子,定居了。我看看那块儿吊在车上的石头,自言自语:那这块儿石头也回不了老家了?他没有回答,一定认为我不正常,惊诧地看着我,挥动着小旗走开了。

我在一块儿大石头上躺下,看着白云在湛蓝的天空上一动不动。我想,只要心中没有杂念,你就可以听得见石头的心灵独白。满怀梦想进入城市的石头,把所有的希冀,都寄托在这一片新的天地里。可是,在这里,石头失去了泥土的滋养,失去了洪水的冲击,有可能真正地成为无生命的东西,它在想念它的河床,就如同我们想念我们的故乡。

离开故乡的石头,最终会永远埋葬在异乡的土壤里。如同我们这些进入城市的人,只有将故乡埋葬在记忆里。

·刻　度

如果可以从头再来，我更愿生活在没有刻度的时代。梦和幻想没有刻度，爱情和亲情没有刻度，浪漫和云彩没有刻度。它们是无拘无束的，是无限的，从时间的意义上来说，它们又更多的是属于少年的。

小时候，我总是喜欢坐在屋后山坡上，那是一个平缓而下的草坪，延伸并消失在枫树林中。我在山坡上看枫叶、看落日，看雨后的彩虹。我没有想过枫叶有多红，落日有多远，彩虹有多长；也没有想过自己将来会做什么，是不是永远地坐在这山坡上，和这宁静的美一起消融；更没有考虑过今后会有一把尺子，冥冥中在规划着一个人的青年、中年和老年。没有一点儿沉闷和制约，那个时光的确是美丽而令人怀念的时光。流逝也就流逝过了，容不得你千般挽留，万般无奈。

事实上，如今在我的生活中，刻度总是和我不期而遇，而我却不能视它为可有可无的东西，它左右着我的一切，我对它充满着敬畏。

先从我的职业说起吧。我们每天所见的是大小不一的针管，透明的管壁上镌刻的是以毫升为单位的刻度。当我让护士给濒危的病人注射肾上腺素时，不管你对病情有多么的焦急，她都要把针管举起，对着光亮，慢慢地排净管中的空气，将药量固定在某一刻度上，然后才缓缓地推进病人的静脉。这是一套程式，是必须的规范性的操作。也只有刻度，当它带着量的约束走进人的体腔深处后，一个特写才可以慢慢地从这里开始：被抢救的病人睁开了眼睛，同时你可以从血压计中的另一个刻度上听见令人欣喜若狂的、对于你来说是雷鸣般的心跳。一个人的生命，就这样紧紧地和一个毫不相干的刻度连在了一起。

我真正地认识刻度的意义，是源于一次大洪水。1998 年 7 月，多日不停的大雨袭击了我们，平天湖的水位在不断地上涨。之所以称这个湖为平天湖，就是因为它的水位高于我们生活的这座城市。我们单位的职工被轮流派往湖堤上，任务是防范管涌和加高大堤。当时，因为我们年轻，所以被安排在夜间值班。即使是夜晚，大雨倾盆，堤面上一片泥泞，我们仍然打着手电筒，紧紧地盯着闸门边竖起的红黑相间的刻度标注的水位线。我们和疲劳中的睡意僵持着，和上涨中的水位对峙着，对于水标尺上的刻度，我一刻也不敢忽视它，因为，看着夜光中的城市，想着梦中的人们，我唯一能做的就是及时、准确地报告水位的变化。这时水标尺上的刻度，不是关系到一个人的生命，而是和一座城市的命运紧紧相连。那天我在暴风雨里，在闸口的水位线边度过了一个完整的夜晚，也许，我对刻度最初的敬畏就来自那个夜晚。

我知道，现在再回到少年时那个没有刻度的时代是不可能的了。因为在我们的心灵里已经有了刻度。

因此刻度并不局限于你能看得见的那些。你所看得见的刻度总是静静的、木然的，它存在于物事的表面，它不强求你什么，仅仅作为一个标准，遵循不遵循它，全在于你的意志。进入中年以后，仿佛我所经历的每一件事情都离不开刻度。凡事总要量一量，权衡一下得与失，对还是错。衡量这些东西的刻度是看不见的，它镌刻在每个人的心里。物事的刻度必须服从于心底的刻度，真正约束一个人行为的是他心的刻度。说到底，对刻度的敬畏就是对自己心的敬畏。

城中之塔

曾经在很多年以前，我拿着一本经书在古塔下读。塔前有一棵槐树，大如伞盖，树上缀满了硕大的花。塔身斑驳，青砖间的缝隙里长着蒿草。我坐在槐树下，看着那些蒿草，正随风飘荡，自在无比。我忽然有一种感觉，觉得这些蒿草就是我书中古文间的注释，正在无比精深的句子里晃动。

读着读着，我的身边落下了许多花瓣。我捡起其中的一瓣放进嘴里，咀嚼着它的苦味。我抬头看塔，塔不语。塔是明代的古塔，一曰百牙，一曰妙因。百牙塔坐落在荷塘边，妙因塔则耸立在长江的岸上。

据说双塔是师徒二人分别建造而成的。这里面有传承的基因，有竞争的意味，有青出于蓝的决心，更重要的，有对信仰的虔诚和坚持。

那天，就是我面对着塔拿一本书发呆的时候，古塔的门是开着的，可以一层一层地爬上去，一层一层地打开光亮，一层一层地俯瞰这座城市。而现在的情形是：随着城市的楼房渐渐长高，古塔也渐渐地被遮掩了，塔门也被锁上了。

门被锁上并不重要。

古塔所散发出的典雅和韵致，每一个到来的人都能感受到。古塔虽敌不过时间和风雨，譬如说它的上面留有弹痕、留有雨迹、留有残缺，但这丝毫也冲不掉当初建造者的精湛的技艺,冲不掉人们对它的精神的寄托和依赖,反而在留存这些的同时,真实地记录了时代的风云变迁。

塔门被锁上了,人不能进入塔中,塔却进入了人的心里。曾经同住在一座城市,如今又漂泊在外的人在他乡相遇了,一壶浊酒喜相逢,畅饮中的话题也许就是这城中双塔。而当他们回家时,无论从水路还是陆路,第一眼看见的还是城中双塔。古塔作为一座城市的象征,在游子的心里,亲切、感性。

所以,我在外地时,就试着把这双塔画在纸上。

但我对我的画一点儿也不满意,我画得呆板、单调、无趣。一位画师对我说,你要画塔,那就不能只是画塔,还要画它周围的景观,如莲花、湖水之类的。我采纳了他的意见,于是我的心中出现了这样一个场景:一座古塔,在静谧的夜间,将装点的塔影投进水里。而在水边,开放着几朵洁净的莲,莲和风掀动水中的塔影,这是何等美妙的意境啊。

我画出来了。不仅这样,我还画出了另外一幅:塔尖上挂着一轮明月。明月是崭新的,塔是古朴的。我用月光擦亮其中的一块儿浮雕,让人们可以看到它精美绝伦的工艺,看到梦的憧憬,看到时光带来的沧桑。

愿意用这样词说塔:内敛、慈悲、清寂、坚定。喜欢在群鸟归巢时看塔,喜欢在烟花绽放时看塔。

春笋般生长的楼房丛中,古塔成为一块儿少有的清静之地,因而它自然而然地成为鸟的家园。那么多的鸟围着古塔飞翔,或者在塔下的树林中毫无顾忌地撒欢。鸟在鸣,塔檐的风铃在轻响。城市中,鸟找不到一块儿安静的地方栖息,除了在塔的周围。我顿时感受到了塔的慈悲,也看到了塔无奈于红尘的悲凉之美。

有一天,我看见人们在塔下的广场上放烟花。烟花高过了塔顶,在塔顶上如花般地绽放。烟花是热烈的、灿烂的,是一次放纵的狂欢;但烟花是短暂的,刹那之间,就会在虚空中寂灭。当最后的烟花响过后,一切都安静下来。塔默默地注视着烟花的明灭,似乎在想着前尘旧事。这时候,我看到:一静一动,一短暂一永恒,都在澄明清澈中进入清寂。

前些日子和几个朋友再去看了一回古塔。槐花刚刚开过,莲花开得正当时。塔还是以前的塔,而我却已经老了,心也安静了许多。我们在拍照时,看见一个僧人,围着古塔转圈。我想,在他的精神世界里,如果光阴是通往那朵莲花的路,那么眼前的塔就是路边的界碑,它指引着心灵奔走的方向。沉默的僧人合掌望着远方,聆听着什么。风吹动塔下的荷塘,波光粼粼,荷叶沙沙,像翻动一卷经书。

说到这里,很想再回到多年以前的那一天。那一天,我带一本经书,坐在塔下,靠着槐树读。读得懂或者读不懂,我都不在意。

不食鲤鱼

鲤鱼有妖气，可妖毕竟不是仙，有市井的味道。我不食鲤鱼，不是因为它有市井的味道，而是因为它的妖气。

小时候，听到有人讲《太平广记》的故事，人鬼神仙一大堆，竟有一则是说池州的。说池州民杨氏以卖鲊为业，所谓卖鲊，就是卖鱼类干货的。这天杨某人在家煮了十条鱼，让儿子在灶边看着。不一会儿，儿子听到锅里喊救命，赶紧跑去告诉父亲，一起去看，锅中连一条鱼也没有了。第二年，家里的狗总是冲着门槛叫，这老杨倒也有联想力，就想："去年无缘无故丢的鱼，莫不还在？"就撬开门槛，却发现了十只龟挨挨挤挤地在那里爬。我对这个故事很感兴趣，因为这是发生在我们居住地的事。

那时我喜欢在池州的小街上走。所谓的小街，就是长长的巷子。有一条有名的巷子叫孝肃街，它的路面一色是花岗石平铺的，千百年来被一双双鞋磨着，磨得光滑如玉。巷子一侧的两边都是店铺。要是在夏天，黄昏时分，一家一家都把竹榻搬出来，摇着蒲扇乘凉。可是总是在这个时候，我会闻到煮鱼的香味，循迹觅踪，那是从一家卖干货的店铺子里飘出来的。我起了疑心，开始怀疑《太平广记》说的是不是他家。有好几次，我围着他家门槛转悠，看看能不能发现龟什么的，惹得那家大人不乐意了，有点儿讨厌地把门关上。

我平日散淡，与世无争，但生性木讷，寡言。据说像这样的人容易钻牛角尖。说句没出息的话，即使后来我知道鲤鱼变龟是古人杜撰出来的故事，我还是不能改变对鲤鱼已经根深蒂固的认知。纵不说它有妖气，说它有点儿巫也不为过。如果要真的很无趣地说出来，那就是我对餐桌上的鱼类有着本能的敬畏。

有一次，妻子唤我："你去看一下锅，别把鱼煮烂了，我接个电话就来。"我到了厨房里，一看锅里热腾腾的，蒸汽突突地顶着锅盖，一屋子鱼香。我揭开锅盖，两条鲤鱼笔直地躺在锅里。妻子在客厅里煲电话粥，我就在厨房里煲着鱼。我不敢盖上盖子，眼也笔直地盯着这两条鱼，想着鱼变龟的事。直到妻子夸张地推开我时，我才发现鱼没有被看好，已经被烧焦了。

作为鲤鱼，它最大的任务就是跳龙门。据说每年有成千上万的鲤鱼溯长江而上，就是为了跳龙门峡的那个龙门。实际上，能跳过龙门的只是少数，何况现在还有三峡大坝在那儿挡着。跳不过龙门的鱼还是要游回来，在尘世中按部就班地活着。我觉得这样活着也很好，只是其中也有倒霉的，让人捉了去。不过不要紧，在锅里烹的时候，这些鲤鱼只要抖动一下红红的鳍，就手就可以遁形，来年化为龟也不失是一种活的方式。

在我的经历中，20 世纪 80 年代的高考是我一生唯一的跳龙门的机会。那年，我的确是跳过去了，可一眨眼的工夫，我又从龙门里跳了回来。在省城转了一遭，又回到了池州。年轻时有许多志向，就像鲤鱼一样蹦跶，弄得一脸的伤痕。要是用人间烟火熏去了那一冲之气，这蹦蹦跶跶的鱼就变成平常的鱼了。倘若在四处碰壁后，无奈地把那些志向龟缩起来，也没有什么不好。要紧的是我们还能回忆起这座城市的味道，并且因为她对我的不离不弃而爱她。

那一天我骑着自行车，到好几家饭店里转了转，为的是看看玻璃缸里的鱼和龟。只有那一天，我一点儿也不寂寞。

青山有声

在我完成一个下午的写作时，总是习惯揉揉胀涩的眼睛，伸伸酸痛的腰，然后打开窗子，看一眼窗外的青山，那就是齐山。它已经被我们这座城市包围了，青山无语，孤独地伫立在高高低低的楼群中，不理会懒洋洋的云朵，也不理会喧嚣的车流。

这个秋天，我忽然喜欢每天在黄昏时爬一趟齐山。不是别的，我只想在一天混杂的生活中，留给自己一点儿小小的安静。我躺在岩石上，书卷抛在草丛中，头顶上有棵檀树的叶子已有些枯黄了，其中一片正悠悠地落下，我看见它朝着我的脸上飘荡着，擦过我的鼻尖，掉到地上。花大姐趴在我的手臂上，爬过下午最后一缕阳光的缝隙，把我的手弄得痒痒的。花大姐是一只瓢虫，只要用手碰它一下，它就不动了。一切都是那么的安静，却并不孤独，因为我的周围有无数的飘动的树叶和花大姐一样的昆虫。

花大姐展开翅膀飞走了。在它展翅的那一瞬间，起风了。檀树的叶子呼啦啦地落下来，昆虫的叫声此起彼伏，蝉的鸣叫是高音段，蝈蝈们的叫声像是无休止的倾诉，还有一种不知名的昆虫，它的叫法是先吸足了一口气，再拼尽吃奶的力量叫出来，一声不换气也能支撑半分钟之久。刚才还是万籁俱寂的山中，现在却是天籁骤至，这大概就是大文豪欧阳修所说的秋声吧。

原来青山是有声的。它总是把天籁藏在树梢里，藏在石隙中，藏在小径上。平时它是无语的，等到它想要抒发时，它就把这些天籁吐出来。不了解秋声的人，就会常常疑惑：这浩浩荡荡的神秘声音从何而来？又无所踪迹地去了哪一个不知之处？秋声的妙处，就是它藏得自然，藏得隐蔽，藏得不露声色。青山固然孤独而低调，但它的深处也留存着风雨波涛，留存着衔枚疾走的兵戈。

齐山之秋声在于它的空灵，它能化解你心灵的沉闷，消除你的疲惫，给你一身的轻松。但是你要真诚地去谛听，才能听懂每一块儿石头，每一根松针、每一只昆虫心灵的独白。风起于它们，天籁也起于它们，它们是这天籁中的每一个音符。

在齐山，有一个名叫阳春岭的地方，是谛听天籁的好去处。这里树木扶疏，岩壑纵横，一条古驿道越岭而过。岭头的岩壁上，有元赵孟頫书的“阳春岭”三个大字。我不清楚赵孟頫怎么会在这里写上这三个字，但我清楚寄隐岩上包拯书写“齐山”二字的典故。包拯“降为兵部员外郎，知池州”时，和朋友一行，在寄隐亭小憩，时有吴畿复等人在场，即请包拯为齐山题写山名。包公欣然命笔，写下了遒劲有力的“齐山”二字，刻于寄隐岩壁之上。

我还知道，因为一首诗，齐山始终和一个人不离不弃，那个人就是杜牧。杜牧于唐会昌四年九月依诗仙李白《赠秋浦柳少府》诗中“开帘当翠微”之句，筑翠微亭于齐山之巅。一日与诗人张祜，登齐山共度重阳，饮酒和诗，插得菊花满头归。好友相见，一句“尘世难逢开口笑”，一句“不用登临恨落晖”表现了两个人相互排遣愁绪，力求旷达的心灵境界。实际上，杜牧登高的盛事，一直成为后人追寻的目标。宋代王安石、司马光等都重登翠微亭，诗人们写下了流传千古的绝句。

我想，这些沉淀的历史也许是齐山真正的天籁。它也是那么不露声色地藏匿着，藏在亭子里、藏在岩壁上、藏在书页中。等到它想要抒发时，齐山就把这些天籁吐出来。

青山有声，它的声音是天籁中的天籁。

城的另一种形式

如果你不是江南人，你可能无法想象江南的那种润湿。江南的雨是闲散的，想下就下，想不下就不下。特别是梅雨季，即便是太阳当空，那雨也会或缓，或急，或飘忽，或柔和地突如其来打湿你一身。

我喜欢沿着长满苔藓的小巷子散步，由于润湿，在我居住的城市里，苔藓一眨眼的工夫就会在墙脚爬高一尺。我在小巷里观赏着雕花的房子和坐在雨檐下酣睡的老猫，观赏着木格子花窗和古香古色的茶楼，我觉得它们是城市飞速发展中遗漏的一种缓慢。有时候，某些速度对文化的保留是致命的，缓慢和悠闲却能酝酿出一种气息。文人们在品茶饮酒之后，往往会在夜里吐出一肚子绿色的东西来，我想，那些绿色的东西可能就是在墙脚飞快生长的、有点卑微的苔藓。

在江南，许多人家的院子里栽种的是杏花和海棠之类的花。我一直以为杏花有一种忧郁的气质，它素雅大方，但花开易落，容颜易老；海棠之美在于雨后，且适合月亮去照它，适合文人们在花下打盹儿。公元1128年，躲避战乱的李清照来到池州，我猜想，她一定会在住的院子里种上杏花或海棠。可是“霎儿晴，霎儿雨，霎儿风”的，对于打盹儿，有点儿仓皇的李清照是谈不上了，但是只要是雨停风止，月亮初升，月儿弯弯照着的定会是才女和诗歌，她们在月光下像海棠一样的美丽和慵懒。

前些日子，有人拿一摞文稿给我看，文稿记载的是池州有史以来状元和进士的名单。具体我也记不得了，只记得大约有二三百人之多。对此，我一点儿也自豪不起来。因为流传下来的，这数百人竟只有一二。但池州是千载诗人地，这个美誉我却不以为过。陶渊明、萧统、李白、刘禹锡、王安石、范仲淹等都为池州写过诗。在这些人中，不能不说的就是唐代诗人杜牧。

杜牧应是家境不错的公子哥，生在江河日下的晚唐。从小优裕的生活加上文人的通病形成了张扬的个性，虽然官拜刺史，但杜牧的主张常不被重视，他感到怀才不遇。而怀才不遇恰恰是生活放荡不羁的开始。他出入青楼，和歌女们击掌合拍，唱着艳情的曲子。他也常常喝点儿酒，带着醉意写点儿诗。杜牧是没有官架子的，这就有“菊花须插满头归”为证：他曾经和他池州的粉丝们在齐山，插着满头的菊花嬉闹着。有一天，他走出西门，酒瘾上来了，便问旁边坐在青牛背上的牧童何处有酒肆？牧童手一指，瞧，杏花村有！杜牧在杏花村里喝着酒，随口吟诗一首：“清明时节雨纷纷，路上行人欲断魂，借问酒家何处有，牧童遥指杏花村。”

没想到，就是这一首诗让一个村庄名满天下，让一朵杏花成了市花，让一座城市以诗歌作了城徽，让一壶酒香了一千多年。

明朝嘉靖十七年，池州知府陆冈站在百牙山上，俯瞰池州城。他发现池州城像一艘船，颤颤地靠在长江边上，于是建造了百牙、妙因二塔作为缆桩，系住这座城市。此刻，我也站在高处，看见了这艘船，它以另一种形式泊在日见丰满的水面上，满载着越来越厚重的历史文化。

到今天，这艘船的吃水越来越深。

由着兴致

从小就喜欢魏晋人，不为别的，就是因为他们那种“由着兴致”的生活。悠闲缓慢，坐在牛车里闭目养神；抱着琵琶，躲在竹林里饮酒弦歌；率性而为，骑着破毛驴上下班。看看他们，多令人羡慕。

但“由着兴致”不等于“由着性子”。两者的区别在于前者含有优雅的意味。兰亭集会，名士们把盛酒的杯子放在弯弯绕绕的水流上，酒杯停在谁的面前，谁就要取杯饮酒，吟诗。这个游戏提了兴致，却按捺了性子。它和击鼓传花不同，击鼓传花的节奏飞快，宜喝酒，不宜作诗；曲水流觞，摇花落酒，由于流水的缓慢，让间隔的时间拉长，所以不仅宜喝酒，更增添了诗意。

竹，似乎是晋人偏爱的一种植物，嵇康等七人就长期在竹林里生活。七贤入画，四周的竹叶青青，绿影深深。我喜欢晋人，也就爱屋及乌，喜欢上竹子。那天大雪，我早起，穿上长靴，踏着积雪，嚷嚷着要去平天湖看雪中的竹子。走了一段路，人迹没有了，雪地如一张大宣纸，无瑕无疵值得敬惜，不忍踏破。所以，我走到半路又折转回来。膝盖以下全湿透了。

帘子那边，妻子放话说：多大年纪的人了，凡事还由着性子！

我纠正她说，应该是由着兴致！古人就有过类似的事情，就算是效仿古人吧，但和他们比起来，我是微不足道的。于是，我扔一本《世说新语》过去,让她自己看。

让她看的是王子猷的逸事。王子猷在我的心里,是穿一袭青袍的形象,像一根修长的竹。他爱竹爱到痴迷的程度,到人家里去赏竹,看够了就走,也不打招呼。更奇葩的事是:有一天也是大雪,他睡醒了,打开窗户,捧着暖酒,望着四野皆白,不禁吟诵起左思的《招隐》来。吟着吟着,忽然想起戴安道。王子猷连夜坐着小船,就去寻访戴安道。走了一整夜,到了戴家门前,王子猷没有进门,却原路返回了。人问何故。王子猷说:"我兴致来了,我就去;兴致没了,我就回。何必一定要见到他人呢?"

晋代人由着兴致的生活,是心灵对自由的追求。

羡慕归羡慕,我觉得我很难达到魏晋人的境界。尤其是兴致不好之时。兴致不好时,阮籍可以对当官的翻白眼,我却不敢。兴致不好时,阮籍可以为一个素不相识的美女大哭,而不怕误会,我也不敢。但我认为王子猷的那种兴致,既不伤害别人,也不伤害自己,又不会引起误会,才是真的好。

那天从雪地里归来,我又读了一遍晋代人的故事,忽然有点儿心虚:今天去平天湖的踏雪访竹,我真的是由着自己的兴致吗?

上我露台

我之所以买这套房子，是看上了它有一个大大的露台。

露台和阳台还是有一些差别的。虽然它们功用基本相同，都是居住者可以呼吸新鲜空气、晾晒衣物、摆放盆栽的场所，但相较而言，露台一般大得多，上方没有屋檐遮蔽，抬头就可以看见天。这对我来说非常重要，从农村来到城市里生活，我忽略的一件事，就是看云彩，看星星和月亮。每年夏季，在家里想找一处凉快儿之地，最好的地方就是露台。泡一壶茶，躺在椅子上，就容易胡思乱想。在露台上，仰面看见的是天空，所以我就常对着天空乱想了。晚间的天空之上，在乱云飞渡时，皓月当空依旧从容，有时繁星眨眼如笑靥，有时银河灿烂，如梦幻仙境。这总会让我不自觉地想起某事某人，想起童年，想起一些似曾相识的东西。

隔壁人家的院子里，栽着一棵大樟树。枝丫旁逸斜出，有一虬枝伸到我家的露台上。我不忍折断它，只是轻轻地将它掰弯，让它换一个方向生长。这样，樟树的枝丫在围栏上拐了一下又离开了露台。几年过去，它越长越粗大，枝杆上的皮也皱裂了。我认为树的枝还是应该以曲为美，只有曲才能带来不单调的景致。许多时候，露台上的我，闲来或坐或卧，饶有兴趣地欣赏着这个景致。树给予我的享受，它的主人并不知道，我的家人也不知道。不知道是件情理中的事，这使我和树的关系成为单纯的个体之间的关系。因为这种关系，它让我发现了树的隐秘。树叶如同一扇翠屏，把露台围成一个小小的天地。樟树一年四季都是青绿色，我猜想它定是有一个小小的技巧，能暗地里偷换着青黄。昨夜秋风凋碧树后，唯有樟树在冷风中不为所动，不随波逐流；到了春天，万物新芽初长时，樟树却在零零星星地落叶，悄悄然，不让人察觉。故而春尽夏初，盆栽苍翠欲滴，花团锦簇之时，露台上往往零落着时令中的异类：枯叶。毫无疑问，这些枯叶都是樟树的。用扫帚一扫，“沙沙”地响；如果哪一天我懒得动，趿着鞋在叶子间走，也是“沙沙”地响。从这沙沙的碎叶之中，我看到了树曾经的繁茂，也看到了它藏匿的悲伤。

说起盆栽，是露台的生机所在。有一钵盆栽里，去年谁吐的瓜子，今天长成了藤蔓。瓜藤凝绿，妖妖娆娆，可就是不结瓜，我想大概是肥力不足的缘故。坐在树影藤蔓间，喝茶看书，吃两三粒焦枣。茶是绿茶，本地人爱喝的都是绿茶，喝不惯花茶、红茶、白茶、黄茶和乌龙茶之类的；书则是一本信手拿来的随笔或者小说，我看书多是为了消遣，不求甚解。焦枣则是有名的西山焦枣，它是本地的特产，只有西山一地可产，在清代时它是贡品。青瓷瓦罐里，焦枣状若玛瑙。物稀为贵，焦枣的价格呼呼地上涨，据说吾辈能弄到的焦枣，一般都不是西山的正品。这也无妨，吃的焦枣多了，也慢慢地会分辨出来真假——西山焦枣的枣核尖而细小，且坚硬无比，这一点儿和其他的枣迥然不同。吐下的枣核，我把它埋在花钵里，一边埋，一边想，不知明年能长出一株小枣树否？

甘露被认为是祥瑞之物。汉武帝为求长生，筑神明台并在台上建承露盘，铸铜仙人舒掌擎盘，以接甘露。《汉书·郊祀志上》记载：“其后又作柏梁、铜柱、承露仙人掌之属矣。”三国时，魏王曹操也曾在铜雀台上立承露盘，大才子曹植写《铜雀台赋》。从此改高台为露台，露台之名或由此而来。百姓们不求长生不老，求的是自在轻松。百姓有优于帝王之处，那就是他们能在夏天的露台上赤膊而睡。这无疑是一种独特的享受。夏季的黄昏，泼一盆水在滚烫的露台上，会腾起一阵烟。每每此时，我会产生出似曾相识的感觉，因为在我小时候，我们从屋里搬出竹榻，来晒场乘凉之前，都会先将一盆冷水浇到自家门前的晒场上。夏天的晒场，遇到水时，会蒸发起一阵水汽，场地的温度迅速地降了下来。如今，这种场景又出现了，只是晒场换成了露台。

我上露台，就像一个江湖人回到家里，卸了枪刀，一身的轻；上我露台，则宜坐宜睡，宜乱想，宜三心二意地读书。

简单生活

幸福是什么？有人说幸福是一只吃不到葡萄的狐狸，对那串葡萄始终充满着美好的憧憬，因而幸福；有人说幸福是一匹白马，骑上它，你就可以成为白马王子，收获到美丽的爱情，所以幸福。而我却要说，幸福不是这样，幸福就是简单的生活。

有一段时间，我迷恋上了散步。散步虽然是简单生活中的一部分，但我觉得能透过它去观察生活。我年复一年地沿着月亮湖边散步，我几乎抚摸过路边的每一棵树，在我抚摸它时，它朝我轻轻地点头。我看过杏花的白，看过桃花的红，看过菊花的黄，刚嗅过桂花的清香，又闻到了梅花的幽香。它们在水中的倒影和在月下的姿态给我以心情的舒畅，它们的盛开和凋谢给我以瞬间的感悟。

在行人稀少的湖边散步，能够活络筋骨，改善血液循环；可以奢侈地呼吸新鲜的空气，远离嘈杂的喧哗，这对健康有益。散步时，我看见远方的楼房里灯火通明，那里有KTV、娱乐室和饭店。每当我偶尔朝它们望一眼时，心里就觉得一阵轻松。因为我用不着拿着沾满细菌的话筒，在充满霉味的房间里声嘶力竭；也不用稀里哗啦地搓着麻将，一天到晚，心里像被猫的爪子抓挠似的，沉浸于输赢之中；更无须宾客满堂，于觥筹交错、喧哗欢笑之中，在推杯换盏间说着言不由衷的话。

因为散步是我闲暇生活的主要部分，所以我无须买车。为停车的地方面红耳赤、为追尾和碰擦争吵、为交保险和车保养而写请假条等等，这和我全然不相干。我没有关于车的烦恼和操心的事儿。我也没有着装的麻烦，对于紧绷的西装，穿上它，总觉得没有便装来得自在，要是偶尔心血来潮，一蹦一跳，会炸了裤线。我也不打领带，那会让我透不过气来，20 年前的领带，一次也没有用过，还躺在衣柜里。

蛙声响起了，若你静心去听，叫声各不相同。蛙鸣几乎是夏秋季节蛙们的必修课，散步时，我的喘息声在一片蛙声中显得微不足道。我有时想，我能分辨出蛙的叫声的差异，却不能听出人类话语中的深意，真是惭愧。相对于街市而言，我喜欢的是野外。我向路边的小爬虫、蟾蜍、鸟，甚至不知名的横穿小径而过的小动物传达过心意：我若是在散步中惊扰过它们，在这里向它们表示歉意。有几个晚上，我在漆黑一团的芦苇丛边坐着，没有手机、没有现金，甚至没有银行卡，用不着担心谁来打劫。这里，只有清风徐来，吹动着芦苇，沙沙作响，如同天籁。

狐狸如果总是吃不到葡萄，憧憬也就变成了失望，转而说葡萄是酸的；骑白马的也不一定是王子，也可能是没有爱情的唐僧。欲望不是幸福之源，幸福寓于简单的生活之中。

简单生活不是要你像梭罗一样，在湖边建一个小木屋，种几畦菜。如果你真的这样刻意地去效仿他，那就不是简单生活了，生活也就因此变得复杂起来。其实，简单的生活就是安逸自在，随意无求。它是复杂之后的简约，华贵之后的淡雅，是物欲消退之后，精神上的轻松。

在简单的日子里，你会给自己充裕的时间去体会生活，感受生活的味道。

生活，简单就好。

·寻常巷陌

已经是九月天了，江南依然燠热。黄昏时推门出来，在小巷的露台上，靠着躺椅看书，方凳上再放一杯茶，凉爽而自在。20世纪七八十年代可不是这样，那时候，一到晚饭时分，巷子里的家家户户，都将竹榻搬出来，放在街巷的两边。坐在竹榻上吃过晚饭，收过碗筷后，又坐在竹榻上乘凉。赤膊的赤膊，赤足的赤足，毫无顾忌，算是一种平民的特权，没有人说有伤风化。蒲扇摇起来，整个巷子里哗哗啦啦地响。不似现在，大家就是想在露台上乘一会儿凉，还半拉个纱帘子，遮遮掩掩的，多麻烦。

上次在九华山小住了几天，沐禅风雨露，听鸟声松声溪水声。偷得几天闲的感觉，就像发一身臭汗的人，跳到水里洗个澡一样的轻松。可等我下山，来到我居住的小巷，忽然发觉这个地方原来有这样浓的人间烟火味，而我竟然从未察觉过。烟火味就是炸油条的香味、下馄饨的葱花味、中药房里的药草味、理发店里的焗油味、裱画店里的油墨味，等等。这些味道，恐怕是因我常年居住于此，嗅觉迟钝起来，反而居其中而不闻，把自己同化在里面了；这不，离开一段时间，再回来时，将它和山上的清风明月一对比，嗅觉似乎灵敏了许多，倒是把这个从前闻不出来的东西闻出来了。

城市的变迁，让城市中的小巷几乎消失殆尽。即使小巷仍在，但因为时而有一两幢高楼夹杂其中，把小巷的韵味破坏了。一色的青石铺路，瓦楞上长草，门当上染着青苔的巷陌，再难找寻。担着甜酒、汤圆或者米糖，吆喝着走来走去的小贩们，已然绝迹。那种纯粹的古典气息、水墨基调的巷子，似乎只有在记忆中才能找到。因为这样，所以我每到一个地方，都要去看那个地方有没有这样的巷子。幸运的是有一次，在歙县，这样的巷子终于被我找到了，它就是斗山街。斗山古街长约两里，一眼望去，它给人以曲径通幽之感。走在斗山街上，猜测着两边深宅大院中，那些已逝徽商的心事，寻绎着他们的家族由兴而衰，再由衰而兴的往事，真的让人恍如隔世，心生落寞。

实际上，寻常巷陌是属于民间的。散落在寻常巷陌中的，不只是理发师、小吃摊，还有许多技艺精湛的工匠和民间艺术家，有的方面，他们和当时的名流相比，毫不逊色。在某街巷的中段，有一个做铁壶的摊子，记得我很小的时候，那个摊位就在了。至于师傅是不是原来那个师傅，我真的没有注意。一块儿马口铁，被他敲来敲去，就成了一把壶了。我曾经买过一把这样的壶，回家发现壶有接缝，大呼上当。但转念一想，何不先烧一壶水试试看？奇怪的是，水烧开了，却丝毫不见水从壶的接缝中漏出来，现已用了十多年了，仍是如此。在某街巷，还有一个专为人画像的画师，只要你坐在他面前两分钟，他就会为你完成一幅栩栩如生的肖像画，真是令人感到不可思议。

说到书画，民间艺人所用的材料要粗糙得多。他们的作品往往是在瓦当上、墙砖上、陶片上；他们的工作室往往是在不起眼的小巷之中。但这丝毫不能掩没掉他们的艺术天才。那些质朴的、带着原始意味的古拙之趣，冲破了表面浮华的蒙蔽。那些和平民文化相对的技巧上的优势，究竟不能作为一幅杰作。我认识的一个朋友，他的画就有着洒脱的山野之气，活脱脱的笔墨，不拘一格。我常到小巷中去看他的书画，感受着他孜孜不倦地对艺术的热爱。一位民间的艺术家,犯不着去攀附别人,只要有市场就够了。甚至有这样的民间艺人,连市场也不需要,他们只是把艺术作为生命之中的灿烂之色,作为人生寂寞中的相伴的美。

辛弃疾有诗:“寻常巷陌,人道寄奴曾住。”也有一些声名显赫者曾经借住于寻常巷陌,或者是从寻常巷陌中走了出来。歙县打箍井街是逼仄的小巷,比斗山古街要短得多,也平常得多。巷中有一砖木结构的明清式建筑,原是黄宾虹故居,现辟为黄宾虹纪念馆。从一个巷陌中的天才到一位闻名天下的国画大师,艺术的追求和体验都含于作品之中,换言之,我们可以从黄宾虹的作品中看到他对艺术的追求和体验。但对于多数人来说,就没有这样的幸运了。一生默默无闻地湮没在小巷之中,是他们的宿命。命运注定他们是和地气相接的,即使他们有许多的成功作品,在历史的长河中,也只能以“佚名”两字署上。

不管怎样,寻常巷陌已成为民间风采的代名词。对于我来说,还是离不开它的烟火味,一有空闲,我总是喜欢在街巷里走走,看看那些弄出烟火味的人。

梅雪季节

梅花疏影,唯有暗香袭人。曾有朋友请我喝酒,我问:“在哪家? ”答曰:“不在饭店,在自己家中。”到了朋友家后,发现菜碟早已摆在梅花丛中了。那天天气很好,暖阳高照,梅花丛中炭火通红,酒香扑鼻,别有一番情趣。在朋友家的后院,数十株硕大的梅树,正盛开着数不清的星星点点的梅花。有红梅、骨里红、玉碟梅、杏梅和照水宫粉梅,似乎席间有美人环绕,四周香风阵阵,耳边环佩铿锵。

偶有几竿青竹,正在远处对你轻轻摇曳。岁寒三友松竹梅,到了两位,不禁让人兴致高涨,平素不沾酒的我,也满饮了几大杯。梅下饮酒,这种快意洒脱,这种闲散适意,人生又能有几回? 白乐天和薛秀才寻梅花时,也只是站在寻着的梅花前喝了几杯冷酒,仓仓促促,无甚趣味。高启写了千古流传的《梅花九首》,遣词炼句,辛辛苦苦,也抵不上此时的我饮下的一杯酒。

酒是青梅酒,只是此梅非彼梅也,它是青梅泡制的酒,度数不高,微甜。若是拼酒,自然是烈性的白酒更好,轰饮之中,花瓣在剑光中飘落,豪气也冲破香气。只是我等在座之人,无“心怛绝兮死复生”一腔悲愤,亦无“仰天大笑出门去,我辈岂是蓬蒿人”的不羁之心,加上酒量有限,只好饮此低度酒了。但这种青梅酒,虽只有十八九度,并不妨碍我们和曹孟德一样煮酒论英雄，梅花如雪飘飘的季节，梅下纵饮青梅酒，高谈阔论，一场酒，一幅画，市井喧哗被关在院门外。

说到梅花如雪，又让人想起雪来。有梅无雪不精神，有雪无诗俗了人。有个朋友说，等下雪时候，我们再去喝上一杯，大雪天喝酒品茶，作一个诗词接龙，总是一件风雅事。虽是梅雪季节，但今年左等右等，雪总不下。忽一日，晨起看见雪花飞舞，推窗一看，对面的齐山兀自白了。平天湖大道上的梅花愈冻愈娇，我在五楼的阳台上，仿佛都能闻到她的香气来。这一次，我兴奋起来，急忙电招好友。

朋友却因出差不能来，这却丝毫不减我的兴致。山中的雪景也许更有趣吧？我穿上棉衣，蹬上皂靴，往齐山走去。山中空无一人，人鸟声俱绝。这使我想起前朝的一场大雪来：崇祯五年十二月，张岱独往湖心亭看雪。“到亭上，有两人铺毡对坐，一童子烧酒，炉正沸。”这两个痴人见到张岱大喜，大声感叹，拉张岱同饮。湖心亭看雪，张岱见到了精神相契的人，看到的是比雪更好的心灵的风景。

可现在这种痴人找不到了，至少今天我没有看见。我用脚踢了踢路上的石子，它纹丝不动，世界像是被冻僵了一样。有生机的似乎只剩下雪了，风一吹，雪簌簌落下，掉进我的颈子里，冰凉冰凉。我期待前面遇到一个煮酒的人，我会在他的前面席地而坐，和他喝上一两杯，要是没有酒，有茶也不错。煮雪泡茶，胜似做神仙。《红楼梦》中的妙玉，用从梅花上收来的雪，在地下藏了个三五年，再拿出来煮沸泡茶，算是极讲究的了。这件事要做到也不难，只是现在车水马龙，连跑步都觉得慢的时代，哪里去寻这样的慢工夫呢。

我在齐山高处往下看，梅雪季节，天地一片洁白。唯长堤一痕，小舟一芥，道上行人两三人而已。无须别的，只这些就足以让我感动不已。

湖边的风

清澈浩渺的湖水，淡墨素描。平天湖长长的堤岸，是我上班经过之路。湖的四季之景，就在我每天的行走中不停地变换。温暖或清寒，热烈或萧瑟，甚至孤星悬月，暗香残雪，带给湖边行人的，定是心境和景色的交融。有时，眼前的风景会突然触动你心底最柔软的地方，让你有丝丝的惆怅、淡淡的喜、轻轻的痛。

对于我来说，时常触动我心的，不是这四季变换之景，而是从湖面吹来的风。站在湖边，风会比你站在街上时要大一些。空旷、岑寂的水面，似乎是风起的地方。那些有规则的、有节奏的一层层的波浪，带着纯净之美，涌向湖堤，激起浪花，然后倾碎在岸边。一次一次地涌来，一次一次地破碎。我曾经固执地认为，就是从这种单调的持续中，生出了风。可别小看这湖边的风，仲春一到，只要它轻轻一吹，那些裸露枝干的树全都长出了新芽，再一吹，湖边的花尽数盛开了，接着，蜜蜂飞来了，蝴蝶飞来了，我想这时候，风就是一个神奇的魔术师，它带给湖边植物的是前世浪花的精魂。正因为这样，这些植物开的花，才如同浪花一样的美丽。

湖边的风，轻盈、调皮，牵牵你的衣角，吹着你的耳根子，仿佛不曾停歇过。温暖与柔和总会让人无力，让人陶醉，因此微风中的我常常在堤岸上坐下来，或者走到栈桥上，像一个从世俗中逃遁的人，独自秘密地消受着这一切，独自心生欢喜。就这样，到了四月，不用说花开得累了，连风自己都吹不动了，一切都到了盛极之时。不知不觉，“缱绻”和“婉约”

这两个词柔软了人的腰肢，等风也慵懒下来时，春天就要尽了。

也许飞絮是风的最浪漫的表达。无论是柳絮还是杨絮，被风轻吹着，无从选择。风把它带到哪里，它们就飞到哪里。每一次，我经过平天湖时，都有意无意地让自己的脚步慢了下来。一边走，一边想着心事。多数时候，我的心事就像这些飞絮，毫无意义地飘散着。我不想给这些心事一个固定的归处，想到哪里，就让它飘到哪里。人们时常注意到飞雪，欣赏它的凌空曼舞之姿，却总是忽略了这五月飞絮。在我看来，飞絮的飘舞更是轻巧、曼妙，被风带得更远，就像一个人委婉而不羁的心灵。这种漫不经心的飞翔，更有着风情，更有趣味和自由之美。

风本身没有什么差别，但因为一首诗，使得平天湖边的风和其他地方的风迥然不同。湖风会从一千年前的某个月夜吹来无尽的诗意："水如一匹练，此地即平天，耐可乘明月，看花上酒船。"月在水中，月在天上，醉酒的李白，已经分不清哪一个是真的月亮了，但是自作多情的风，总是会把水中的月亮悄无声息地揉碎，让诗仙怅惘，让诗仙顿生无奈，却让我们多了一首人人传诵的好诗。

江南胜景，要数水了，水边的胜景，要数那里生长的大片大片的芦苇。湖风吹过的地方，芦苇一起一伏。暮秋时分，我坐在一个亭子里，透过一片枯黄的芦苇，向远处眺望。黄昏将近，水汽迷蒙了起来。这时，我忽然发觉不知什么时候，这个亭子里多了一个孩子，他撑开画夹，认认真真地坐在那里作画。我被他老成的样子所触动，问他："你在画什么呢？""画风。"我好奇地问："风也能画出来吗？"孩子一笑，说："画这水的波浪，画这芦苇的倒伏，就画出风来了。"我的心莫名地动了一下，好聪明的孩子，假以时日，我想，他不仅能画出风，还能画出风的气息。

风的气息来源于湖中的波浪，来源于李白的诗歌，来源于繁茂或苍凉的植物，来源于鸟的啁啾和云的卷舒。我喜欢这种气息，因为它令人回味和遐想。

守候的灯火

城市正以一种异乎寻常的速度扩张着。伴随着它扩张的节奏，我也搬进了新居。我住的新居的前面是一个湖，原先它在郊外，现在它已经被囫囵吞枣地包容进城市的怀里。可它是这座城市跑步前进时无暇顾及的地方，依旧是那么荒凉，和周围的繁华形成了鲜明的对照。枯草倒伏、波澜不兴，几棵秃身的老树，兀自生长在湖中泥泞的小土墩上。那个小土墩上还有一座低矮的小房子，屋顶是用石棉瓦胡乱地盖着的，窗户上糊着的塑料纸，常常被风鼓着，发出阵阵声响。

我搬进新居后就注意到了那座小房子，我猜想它很可能是以前养鱼人留下的。据说这个湖快要被开辟成游乐场或公园，已经没有人在这里养鱼了。可是每到晚上，那个小屋里就亮起了微弱的灯火，证明现在还有人居住。是谁呢？还住在这个四处漏风、摇摇欲坠的小屋子里干什么呢？

在大湖中间，只有一盏灯亮着。我从五楼朝下看，那灯火在寒风的怒号中，在偌大的一片黑暗中，坚强地、孤独地亮着。直到遇上了那次罕见的大雪，城市里许多棚户都被压倒了，我忽然担心起湖中那个小屋来。跑回家里来，打开窗子，只见那座小房子依旧兀立着，而那盏灯在茫茫的雪地里，和雪光辉映着，依旧光芒不减。

转眼到了三月天，湖边的小草绿了起来。而湖中的芦苇仍然枯黄着，延喘着最后一口气。我在一个星期天，沿着湖中的小土埂，在暖洋洋的太阳底下散着步。我忽然有了探究小屋的想法，于是我敲开了那扇用硬纸盒钉起的门。屋主人分明一惊，也许是他想不到会有人到这里来。他从床上欠起身来，诧异地看着我。屋内陈设非常简单，一张床、一个让烟熏得漆黑的灶台，一张桌子，桌子上放着一盏擦拭得鲜亮的油灯。

屋主人七十多岁了，面色蜡黄，咳嗽着，就像一簇油尽灯枯的火苗，很快就要熄灭一样。我说："你不要起来，我们是邻居，散步到这里，不介意吧？"老人说："没什么，只是我这里很久没有人来了。"我轻轻地问："为什么住在这里呢？"老人说，这是他儿子搭建的房子，以前他儿子在这里养鱼，收入特别好。现在城市变大了，这个湖已经被框进来了。我问："现在这里没有鱼了，你还住在这里做啥？没有电，喝的也是没有消毒过的水，万一要是身体有个不舒服，你怎么办？"

老人眼睛红了。他说，九年前，他的儿子和儿媳妇出了车祸，双双离开了人世，是他把小孙女拉扯长大，吃尽了苦。因为家里穷，小孙女出外打工了。如今自己年老了，没有什么留给孙女的，就在这里守着，等待着政府拆迁，那样，这一小间房子就可以换一套大的了。老人的眼里闪着亮光，对我打着手势说，快了，快了。这个湖很快就要修成大公园了，要是明年动工，我还能看到。

其实，按规划这个湖是保留作为城区的湿地的。起码近五年是不能动工的。只是我不忍心把这个消息告诉老人，不忍心打破他的希冀。现在，我依然每晚都能看见那湖中、那一片黑暗中，有一盏灯坚强地、孤独地亮着。并从那亮光中，我分明看见一位老人，用最后一口气，把一套三室一厅的房子，当作嫁妆送给了他相依为命的小孙女。

黑暗中，耳朵醒来

山顶上的小筑是笔会给我安排的房间，有一条石径蜿蜒而上。白天，在那里可以看到清澈的秋浦河绕山而过。这个山庄依山而建，离县城有十多公里，是个幽静的去处。“三月三”诗歌节，就在这个小小的山庄里举行。现在已是深夜时分，河滩上，情绪高涨的诗人们正放着焰火，天空被光焰照亮。

可是，当最后一簇焰火消失时，山庄的一切都归于沉寂。随后，灯一盏一盏地熄灭，黑暗就降临了。

这是清明时节，细雨纷纷。没有月光，没有星辰，只有纯粹的黑暗。我似乎感觉到，这黑暗像一滴黑漆漆的墨汁，被潮湿的雨天氤氲开来，它在我的四周漫溢着，最后把我紧紧、紧紧地包围。

我已经多年没有置身于这样深的黑暗之中了。在城里，即使走在最偏僻的路上，也会有孤灯残照，它们只要发出一丁点儿光芒，就会把黑暗撕裂。而今夜，我坐在庭院的木凳上，白天的那种狂欢般的激情，已渐渐地被抚平了。而对于此时抱紧我的黑暗，我竟然有了一丝感动，这是孤独中的感动。在这个远离城市甚至远离村庄的地方，黑暗有多深，孤独就有多深；孤独有多深，黑暗就有多么的纯粹。

就在我发呆时，忽然听到一阵声响。沙沙沙，从身边倏忽而过。是风，还是什么小动物在奔跑？我不能辨别。都市中的耳朵突然来到这个静寂的世界，多少会有些不适应。但我并不沮丧和着急，我想，在这黑暗之中，心会很快地静下来，那时候，我听力的潜能就会被激发出来。

从农村来到城市时，我还能敏感地听到我从乡间带来的雨声、风声和虫鸣声。山野中的草木之摇曳，地气之升腾，溪流之淙淙在我听来，都是惬意和抚慰的表达，它使我的耳朵得到快乐和舒畅。所以我在进城居住之初，一切都是闲适的，生活也十分随意和轻快。那时候，我读了不少的书，不仅可以听出书画之中的笔墨之声，还可以在闹市区独自驻足沉吟。但这一切在不久后就消逝了，一刻不停的市声是那么强势地进入我的耳膜，不管我愿不愿意。最后，我的耳力麻木了。

城市中的东西丰富多彩，琳琅满目，它不需要敏锐的耳力去发现什么。耳力麻木的我，在城市中生活并不吃力，这就加速了我耳力的退化。四周杂芜之声，使我对于所有的东西，都是粗枝大叶一过了之，它们让我烦躁，不能听出来自它们深处的声音。今夜独处于这幽深的黑暗中，我才发现什么都不缺的城市里，缺少的就是这种幽静和枯寂。在这种幽静和枯寂的氛围中，无论多么小的声息也无从逃逸。

我听到秋浦河的水声了。由于笔会活动的需要，整个下午，我都在秋浦河边的沙滩上走来走去。盛会的仪式热闹非凡，各种各样的节目依次登场。这让我忽略了身边的河流，更不要说去听她流淌的声音了。而现在，秋浦河和黑暗融为一体，繁华喧嚣退尽，她奔腾的声音才渐渐为我听见，并在我的耳鼓里宏大起来。我恍惚从河水流泻的声音中，看到了秋浦河的那一份从容。

在黑暗中，还有虫声和蛙声，还有雨声和树叶落地的声音。这从数万年的大千世界中传过来的声音，几乎被我忽略了，这不能不说是一种心灵上的缺憾。正是黑暗，给予了我对这种缺憾的补偿。置身于深深的黑暗之中，我的听觉终于找到了这个世界的律动，并和它一起回归到本真。

纸窗疏竹影

“怜伊太冷，添个纸窗疏竹影。”爱梅的词人，在作词的时候，想必认为纸窗疏竹影是种暖暖的东西，能给梅以温暖。读纳兰容若的词，我能体会到他的感受——纸窗疏竹影的关键在于这个“影”字，所谓它的暖，应该贮藏在它的影子里，它的暖，应该是家园的暖。

去年天冷，晚间去一家农庄吃饭。整个庄子里的建筑都是仿古的，窗牖也是皖南随处可见的那种木格子窗棂。吾乡仿古的建筑很多，比比皆是。可是古来古去，却找不到真正的那种古典味。这倒不打紧，因为这家农庄吸引我的不是它的古香古色，而是它院子里的一棵梅树。开阔的院子里，孤零零的寒梅开着花。这株冷簌簌的梅花，被窗牖里漏出的灯光照着，像一个脱俗者被一个俗世里的人拽着不放，被动地接受着恋恋不舍的温情。

至于纸窗，现在也不多见了，现在的窗户安的都是玻璃，玻璃和窗纸的区别，就是窗纸容易被捅破，我认为这是纸窗不好的地方，但也是有趣的地方。幼时看武侠小说，知道侠客们大多是爱捅窗户纸的。戴面罩的侠客们，手指蘸一丝口水，捅破窗纸的过程是无声无息的。一旦窗纸被捅破，屋子里的秘密尽收眼底。当熟悉了屋子里的一切后，侠客们方才胸有成竹地破门而入。小时候，我居住的徽派老屋里，窗子也是用纸糊的。我在房间里读书时，也多次被“侠客”光照过，这个“侠客”就是我的母亲。当晚上点上灯，我偷偷地从书包里掏出武侠小说时，总是不由自主地先朝窗户看一眼，看看母亲是不是正从窗纸的洞眼里，像侠客一样悄悄地洞察我的秘密。母亲总不放心我，她要暗中检查我是不是真的在正经地做功课。我做作业时，总有一些青虫趋着光，撞在纸窗上，撞窗的脆声间歇地响着。它们从天井里飞过来，整晚都在分享着我读书的寂寞，这种趣味是玻璃窗户所不具备的。如今，虽然玻璃早已代替窗纸了，但我还是在无所事事的时候，或者在静心默坐的时候，时常想起旧日纸窗的那种柔和来。

古时纸窗上的纸或纱，是要和外境相配的，其中的雅趣，《红楼梦》中这样写道：“贾母因见窗上纱颜色旧了，便和王夫人说道：‘这个纱，新糊上好看，过了后儿就不翠了。这院子里头又没有个桃杏树，这竹子已是绿的，再拿绿窗纱糊上，反倒不配。’”于是换了秋色香和银红的，“糊了窗屉，远远地看着，就似烟雾一样，所以叫作软烟罗，那银红的又叫作霞影纱”。顺便说一句，纸窗的颜色，是玻璃所不及的。虽然玻璃上也可以涂色，但是在玻璃窗上涂色，总会让人感到怪怪的。纸纱和竹子相映，庭院就温馨了起来。贾母提到的竹子，是江南人家院子里喜栽的植物。不知道苏轼是不是江南人，只知道他很喜欢竹子，宁肯不吃肉也要有竹子做伴儿。有了竹子，居住的环境就有了高雅的品位。江南人喜栽竹子，一般来说，他们栽的都是那种纤细苗条的水竹。水竹的青，青到骨子里了，这是它好的地方，它不好的地方是它们总是拥挤在一起，要人费力去修剪。我想，院子里的竹子，还是应当稀疏一点儿为好。我居住的小区里的竹子，密密麻麻地在窗前堵着，它的影子就像一堵墙。这样的情形下，纵有纸窗，它也把“纸窗疏竹影”的境界一下子堵没了，岂不让人遗憾？

纸窗和疏竹是最富表现力的美学上的一个符号。平常人家会被它们打动，就连皇帝也会被它们打动。雍正皇帝有诗写道：“竹影横窗知月上，花香入户觉春来。”可见，对于审美，是不分高低贵贱的。看到美的东西，夏天感到清凉，冬天感到温暖。有个想开茶楼的朋友问我，怎样装修才有品位，我答：“糊几扇纸窗，栽几棵翠竹！”

可以想象，透过纸窗的光，洒在稀疏的竹子上，会添了个纸窗疏竹影。这是暖暖的人家，也是俗世里难得的一点儿诗情画意。

古徽道

在皖南层峦叠嶂的大山里，雾气会从茂密的林子里飘过来。如果幸运的话，循着雾气消散的小路走去，你会发现一条藏身于山腰的古徽道。它在山林的深处逶迤前行，使人油然升起一探究竟的愿望。我常常在山中行走，最大的乐趣就是寻访乡村遗存的古宅和走走古徽道。我甚至谢绝了朋友的执意相伴，独自一人在古道上十里八里地走上一个来回，双脚踩在长满苔藓的石板上，心中感受着时光深处的古意。

古徽道多在僻远之地，多在高高的山上。这些残存的古道，有的已历千年。大凡久远的东西，在岁月的长河中，都会有它躲避不开的磨难。譬如我见过许多百年古树，有相当一部分被雷电击过，留下的只有嶙峋的躯干。我曾经在一个叫石门高的古村落中，看见过一株被雷击过的古树，只剩下半边烧焦的树皮，但它却顽强地活着。树被雷击，是个劫数。古徽道也是一样，早年的古徽道不仅仅蜿蜒在山里，还应该穿行于阡陌之中，穿行于烟火人家。然而，现代人需要的是通衢，田野中的古徽道已经被现代化的道路所代替。即使高速公路要过一座大山，也不用翻山越岭，可以直接打个隧道，穿山而过。所以，失去功用的古徽道，被人为地肆意破坏，变得残缺不堪了，人们把古徽道上的石板撬开，拖到别处，以做他用。久而久之，一段古徽道就这样消失了，这似乎也是一个劫数。

一段古徽道得以保存，一个重要原因是它在人迹罕至的地方。

高低上下的石级，多是就地取材的。古徽道上所铺的石料，和周边山上的石质惊人的一致。前朝的工匠们，一锤一凿，不知经过了多少代人，才完成了这一项浩大的工程。古时候，人们把修桥铺路作为最大的善事来做，有的人甚至把修桥铺路作为漫长人生中的一种精神的慰藉。无论你是富裕的乡绅，还是携金回乡的游子，只要你在家乡捐资修路，你就可以得到周围人的交口赞扬。正因为如此，这蛛网般的古徽道才能够不断地得到修建和完善。实际上，在一些陡峭的山腰上修筑道路并不是一件易事，我曾见过的一段古徽道其实就是栈道。宽大的石条插进岩壁中，人小心翼翼地走在上面，心承受着莫名的惊恐。然而，这么多年过去了，栈道依旧，没有丝毫改变。这所有的一切，足以证明了当年建造者技艺的出色和不苟。

一块块儿的石板，被坚韧的脚底磨得光滑。多少贩夫走卒、官吏商贾、骡马牛羊丰富了古道的传奇。汗水渗透进石级中，泪珠落在石级上，它们叠合在一起，赋予了古徽道亲切和灵性。有多少青年，身带亲人们凑齐的盘缠上路，在众乡亲祈盼的眼神中默默地走出大山。许多美好的憧憬，全都包裹在他们的行囊里。书生们从这里走到京城，历尽风雨，为了金榜题名和功成名就而奋力一搏。又有多少客商，往返数百里，把山里的竹器和茶叶运到山外，把食盐和布匹带进山里。也许，古徽道是他们连接希望和富足的纽带，他们感恩之余，唯一的回报就是把古道一次一次地修葺。许多出嫁的新人，在古道上回望家乡，珠泪轻抛，块块石级上凝结了点点胭脂。更有朝圣的人们，在去寺庙的路上，一步一叩首，虔诚地表达着心灵的敬仰。古徽道阅尽了人间万象，但它默然不语。在古徽道上行走的人们，他们的愿望、他们的情怀给予古道以神韵；他们的故事和传说演绎着古道的沧桑。如果一个人独自在古徽道的石级上坐着，就会涌起和前人对话的欲望。恍惚中，他们的影子一一从身边飘过，枪剑行李铿铿作响。

要说去远方的古道上采风，倒不如说是要去感受一番兴衰的交替。在棠溪镇花庙村，我印象最深的还是古徽道。从快捷的客车上下来，再走上杂树掩映的古道，就会有一种恍若隔世的感觉。古桥是古徽道不可缺少的元素之一，花庙村的胭脂桥，是一个姓谢的家族中的妇女们，用她们省下来的购买脂粉的钱，在河上建造的一座拱桥。可以想象，这座拱桥是精巧的、阴柔的，会让人产生奇异的联想，于是凄婉的故事便在许多版本里应运而生了。这些鲜活的故事，仿佛发生在昨天。当我站在桥上，回味着这些传说时，一声清脆的鸟鸣声让我醒过神来，我才注意到我的脚下，桥板已经残缺，青藤在桥上蔓生，胭脂桥已不复当年的模样了。除了古桥，在古徽道上，还会有古亭随意地出现。古亭也是古徽道重要的构成元素，是供路人休息的场所，多数建造于岭头之上。行人们经过一段登攀之后，大汗淋漓，大多会驻足于亭中歇息。清风徐来，疲劳会在很短的时间内消除。而现在，古亭被人们毫不留情地抛弃了，没有人歇息的古亭犹如没有人气的故宅，只有倒败的份了。碎裂的瓦楞、霉烂的椽子、结满墙壁的蛛网，成了古亭的速写。置身于古亭之下，看着白云飘散，有一种疑真疑幻的感觉。岁月悠悠，兴耶衰耶？沧海桑田的巨变中，只有鸟鸣声依旧，松涛声依旧。

古徽道边常有古墓出现。那用几块儿青砖垒砌的简陋的墓葬，埋葬的究竟是谁？在这十里无人烟的山腰处埋葬的，最有可能的就是长途跋涉、疾病缠身的旅人。可以想象，一个精疲力竭的人，芒鞋竹杖，真的走不动了，于是，他想坐下来歇息一会儿，或者是靠着崖壁睡上一刻，可他万万没有想到，他这一睡就永远地睡去了，直到后来有好心人，就近在路边为他堆起了一方无名无姓的坟茔。石碑也是古徽道边的常见之物，有长条状的，有柱状的。许多石碑的字迹已然模糊不清，我无法看出它的年代，观察出它的一丝端倪。它简朴内敛，静静地伫立在道旁，不吭一声。但它却成了古徽道的文化符号，石碑并不因为字迹的模糊而掩没它的光亮。

在古徽道上行走，除了感受它的古意外，还可以欣赏沿路的风景。根据我的经验，残存的古徽道周边的景色，都是美丽的、原生态的景色。有猿啼和鸟鸣，有从百丈悬崖上倾泻而下的瀑布，有恣意盛开的各种各样的野花。在山涧里，一汪汪被水冲击而成的深潭，像绿色的宝珠相连，从山顶上，一直挂了下去。古徽道，它和高耸的群山、清清的流水，和山岚雾霭已成一个整体。

古道无语。但我感到，它的诉说已经够多的了。它阅尽了沧桑，把无可言说的隐痛埋在深处，它退隐到寂寞的深山，远离太多的人气和喧嚣。对于它，如果再不加以保护的话，我还是担心会有那么一天，这些残存的一小段、一小段古徽道，会在人们对现代生活的追求中彻底地消失。

·银杏黄了

喜欢那笔直的树、那苏州丝扇状的叶子、那令人心醉的淡黄。翻开日历看看节气，正值小雪，寒流一阵一阵地早来了，冻僵了江南小城中的路。在路的两边，我看见银杏树和黛瓦白墙一起，同时苍老。

我面前的一棵银杏树，就是在这个季节，把它的心吐了出来，独自成为风景。许多同样的银杏树，于这个季节，在街道的两侧站成两排，把它们的心吐了出来，从而把一条路装扮成一条淡黄色的河流。

在秋浦路上走着，银杏树淡黄色的叶子落在人行道上，如同一副碎花窗帘铺在马路的两边。踩在这些落叶上，悄无声息，不像踩在其他的树叶上，会发出脆性的声响。这是平静的凋零，也是最美的凋零。它没有面对死亡的惊惶，也没有歇斯底里的埋怨。

这些落地的杏叶，柔无脉痕，光洁如肤肌。李清照写银杏叶：谁怜流落江湖上，玉骨冰肌未肯枯。读没有读过这句诗并不重要，即使你没有读过它，我想你都不想踩在这么美的落叶之上。而当你又不得不踩在它上面的时候，你的心会是怎样的纠结：你怎么忍心去轻易践踏一片落叶对美的最后的一丝眷念？

去年的这个时候，我也是这样地在街上走着。突然，一片银杏叶子落到我的肩上，它略略停留了一下，就被风吹落在地。我弯腰拾起它，细细地怜看，我们像是进行着无声的对话。后来，我打开随身带着的一本书，把它夹在书里。它就像一封感伤的信，刚刚被写；它又像一种古意的美，高雅得让你不敢再视。我想把它放在一个竖式的信封里，在封面上用繁体字写下谁的名字，再把这封信寄给他。可寄给谁呢？谁会收下这一片淡黄——是流逝的时光吗，还是春天里天地间那空旷的清明？

银杏，春天的时候，满身碧绿，但它腰杆挺直，它不媚，就如一个人的少年，心高气傲，不知辛酸的滋味；夏天的时候，枝叶婆娑，它有着骄傲的野，像一个人的青年，挥霍着旺盛的青春；到秋天时，它安静下来，枝条上结着累累的果子，一如着长衫的中年男子，不动声色，处事不惊。

到了冬天，它给予我们的是这优雅之美。这时候，白露如霜，山川之美俱收了，似乎只剩下了孤独。银杏，它就是要在这个孤独中吐出它的心来：让你记住它的光阴——曾经的不媚、曾经的旺盛、曾经的淡然。这些光阴是彩色的，这个彩色就是这满街流淌的大面积的银杏黄。

一对老人坐在公园的长椅上，他们的身边是一大片银杏树。听说银杏有雌有雄，我在想：这一对老人身边的银杏树，哪棵是雌，哪棵是雄？人生若只如初见，并不现实；人生若如银杏，厮守千年，才是真正的幸福。黄色的银杏叶子落在两个老人的身上，一片一片，像是在见证着寒冬中相依相偎的不变爱情。

淡黄色的银杏叶子，是一封寄给心灵的信笺，每一片树叶都有灵魂。

窗外落叶纷纷。我坐在书房里，把去年的那本书重新翻开，那片银杏叶还在里面，只是憔悴了些，淡黄的颜色消退，但保存得还算完好。我把它放在掌心，对着窗口，哈了一口气，把它轻轻地吹了开去。

惊枝未安

月色浮出了水面，平天湖波光粼粼，一只废弃的船靠在岸边。桂花的香味早把空气洇透，灯亮了，远处楼上的人家打开了窗子，有人靠着窗口，他也许被暗香所袭，想着心事。树影横斜在小径上，并不影响我一个人在湖边散步。人、水、树、月既相安无事，又有着一种隐秘的联系，这就是静谧。它无声地铺开，在我的周围建立了某种平衡。

一只鸟飞起来了。原先它是栖息在一根树枝上的，不知怎么的，它突然扑棱着翅膀向湖面飞翔而去。于是，它栖息过的树枝不停地颤抖，似乎受到了惊吓，也就是在这个时候，我散步途中建立了的平衡也随即被打破。

惊枝——这似乎是令人悸动的那一刻，但是，你不要为它着急，因为很快它又会归于岑寂。人们总是喜欢享受着平静生活，无烦无忧，安之若素。实际上，他们又渴望有一些小小的插曲、小小的变化，增添生活的趣味。而这些插曲和变化仅仅只是短暂地撩拨了一下生活的日常，却不影响和谐安宁的大局。

我想到了这个词的异曲同工的表达。惊枝，是石子扔进湖面荡漾起的一阵涟漪，是邂逅某个人或者某个物品的惊喜。

平素爱看看石头，我对于各种各样的石展，一有机会，都不会放过。

我喜欢石奇特的造型，喜欢抚摸温润的石肌。看得多了，我觉得那些价格昂贵的石头，无非是通过它的质、色、形、纹，将品相和内涵和谐地融为一体。这似乎是一个规律，几乎所有好的观赏石都是这样。所以，慢慢地，那些被人称作“奇石”的，在我的眼里也并不特别了。有一次，我参观了一家奇石博物馆。我看见了一块儿巴林石，它鲜红的脉络深入石头的深处，裸露的石面饱胀如一颗涂满鲜血的、正在跳动的心脏。

我仿佛真的看到它在跳动，一颗刚刚离开肉体的、依然在跳动的心脏。这块儿石头给了我那惯性思维一个小小的惊动，让我的眼睛为之一亮。

惊枝，还可以是对某个场景、某个记忆的怦然心动。

多年以前，我们摇橹渡过秋浦河，去一个名叫仰天堂的地方。仰天堂是一座高山，山上有一座寺院，说是寺院，不如说是一座古朴的江南旧宅。旧宅并不大，墙面的水渍和剥落显示出它的年代已经很久远了。然而，吸引我拜谒仰天堂的，不是因为这座旧宅，而是旧宅的主人——一位俗家姓宋的师太。那时候宋师太已年近80岁，在这座山上已经生活了六十多年，她13岁上山，一生都没有再离开过这个地方。

一个孤灯夜坐，把一生时光定格于方寸之地的修行者，她的心灵一定有着巨大的、坚不可摧的安宁。这种安宁如同月下的湖，桂花枝影侵过的小径，以及从中铺展开来的无边的静谧。可我们的到来，一群人毫无禁忌地喧哗和欢笑，是不是会像一只鸟，惊动了老师太内心的枝头？这也许就是她最柔软的地方。这个小小的惊动，是否使她忆起了她的青春，抑或她曾经有过的欢聚？这我不得而知，我只知道，这个年迈的老人，面带微笑，生起了柴火，下厨为我们做了一盆长寿面，我们每人一碗，那绵长的味道，至今犹能回味。

如今师太已离我们而去，可那天她和我们相见时，眼中那一闪而过的光亮却让我记忆犹新。我们并不认为，这次贸然造访会给她带来吵闹和不快。相反,还给她的生活带来了一些生动。如果把师太的平静比作一片森林的话,那么我们的打扰只是惊动了森林中的一根树枝,无法像一阵大风一样,吹动整个森林。

惊枝,就是平静中的那一瞬间的生动。

桂花香，月亮白

桂花的香气总是聚集成团，躲藏在小巷子里，等着你冒冒失失地去撞破它。特别是在夜间，路灯的光，暗暗的，你一个人在黑黑的道上走着，你没有注意到月亮苍白地挂在天上，也没有注意到桂花树悄无声息地藏在人家的院子里，却猛然遭遇到一阵花香，它像雨一样淋下来，淋得你一身精湿，你定会从心底叹道：真香啊。

因为传说月亮里有个广寒宫，宫前有棵桂花树，所以桂花和月亮总是被诗人们连在一起抒情和赞美。喜欢陆龟蒙的诗：“月午山空桂花落，华阳道士云衣薄。石坛香散步虚声，杉云清泠滴栖鹤。”诗有仙气，诗里的人更有仙气。桂花、月亮，会让人有一种飘飘欲仙的感觉。这不一定如诗中描述的那样，非得在清冷的高山之中，我想，在庭院里的桂花树下，明月初上，也能生出这种感觉。

唐朝时，费冠卿进士擢第后，回到家乡池州，去拜访当时一个姓刘的县令。刘县令看过拜帖后，就放在桌子上，看都不看费冠卿一眼。费冠卿无奈，对刘县令说，天现在已经黑了，你就让我在厅廊下睡一晚上，明天再走。说着，就自个儿解行囊，铺开毡席，准备打个地铺。刘县令也不回答，拂衣离去。过了很久，他出来对费冠卿说：“这个地方不是待客的地方，请你到阁子里去睡吧。”

这天晚上，月光明亮，费冠卿从门缝中往外探看，外面静悄悄的没有声息，只见刘县令亲自拿着扫帚簸箕，打扫大堂内外。费冠卿觉得有些蹊跷，就不睡觉干等着，想看个究竟。快到一更天时候，忽然有香气飘来，刘县令拿着手板恭恭敬敬地站在院子里，好像等待什么人。过一会儿，有个戴着云冠、穿着紫衣的仙人，由几十人簇拥跟随而来。刘县令行了个稽首礼，就站在他身旁侍立着。筵席摆设出来了，美味佳肴和奇异水果的气味一直传到阁下。这时费冠卿听到仙人笑着说："费冠卿且喜及第了，他在这里吗？"刘县令回答说："在。"仙人说："我不该和他相见，且给他一杯酒。只要他有心道术，尽早修行，我和他就能相见了。"说完，让刘县令斟酒一杯，送到阁子中。酒是百年不遇的好酒，喝完酒，刘县令就与费冠卿一起修道，选择在九华山结庐居住。

我猜测那阵香气可能是桂花的香，仙人总是选择明月之夜下凡，身上犹带蟾宫的桂香。故事虽然是杜撰的，不可相信，但杜撰者让仙人选择在县衙里现身，我还是头一回听到。有一次，我竟走火入魔，夹带着一本《太平广记》，骑一辆破车跑遍了整座池州城，也没有找到古时县衙的遗迹。真实的县衙是什么样子，我也没有见到过。后来，我去了浮梁县，看到了那里的古县衙，着实大吃一惊。

去浮梁古县衙的时候，天很晚了，月亮都升起来了。我们看到县衙里果真有一棵硕大的桂花树，据说已经有一千二百多年的树龄。清风徐来，桂香袭人，月还是那样的白，游人们已经离去，古老而气派的建筑静静地围绕在我的四周，的确让人神清气爽。我想若是有费冠卿那样的福气，仙人肯定会选择这个时候下界。我在县衙大堂的椅子上坐了一会儿，先过了一回做县令的瘾。可走到后堂一看，那里陈列的都是刑具、兵器、讯杖、夹棍，墙上挂的都是剥皮、腰斩和凌迟之类的刑法，有一股肃杀之气。这不免给我浪漫的遐想大打折扣。秋虫唧唧地叫了起来，我躺在桂花树下的古井边，呆呆地望着月亮。我觉得月亮虽然苍白，却充满了温情，像是隐晦的爱情，总是在夜里开放；我至今也不愿意把月亮当作一个星球，但事实是，因为我懂得的事情渐渐地增多，这个尘世也就渐渐地变得乏味。

桂花开的时候，凉气像是从水井里、从村口、从月光里来。那年我因一些事情在一个大山里的村庄里住了几天，也正是这个时节，夜间的雾气被月光驱散，照见一地冻得金黄的桂花。大地静谧，哗哗的溪水是田园的牧歌。房东的两个双胞胎女儿就坐在这一地桂花上面，皆是一袭白衣白裙，像两个忧伤的天使。我远远地看着她们，不愿惊动这两个小精灵。即使在很远的地方，我都能听到她们说话。妹妹问姐姐："你不是去过城里吗，城里是什么样子呢？"姐姐说："我也说不上来，城里的房子和月亮里的宫殿差不多吧，很高大。城里还有好多桂花树，可是没有一棵比我们村里的这棵大。"妹妹说："我一定要考上大学，到城里去。"几天后，我离开这个村庄时，看见这两个女孩手牵着手，在那棵桂花树下目送着我离去。十多年过去了，不知她们如愿否？

我想费冠卿少时一定有和这两个女孩一样的向往，所以他才滞留京城多年，屡败屡战，终于考中了进士，然而这个尘世在他的心中也渐渐地变得乏味。回到家乡之后，费冠卿便隐入山中，朝廷后来以右拾遗召他回京做官，他也坚辞不受。有一次，我在九华山脚下，找寻他隐居之地，竟一无所获。真正的隐士，是不留一丝痕迹的。

桂花香，月亮白。有的人正想着进入俗世，有的人正从俗世中离开。

第二辑

凡人凡事

我不知那个男孩画的月亮代表着什么，是他的母亲，还是他想象中的恋人，抑或是一种单纯的对美的热爱？我得不到答案。那天晚上，我一直坐在阳台上，目送着这座城市上空的月亮，优美地走过我的屋顶。

火狐狸

卫生院的门诊楼和住院部之间隔着一个大花园。花园中间是一条笔直的小路，路的两旁栽种着高大的水杉。在乡村，人们要是患了重急症，都急于转到县医院，愿意留在卫生院的很少。所以，住院部实际上常常是空的，没有病人。

水杉下的女贞树被修理得整齐，它抽出的嫩叶慢慢地变老了。张铿是院长的儿子，他常带着我们这些孩子躲藏在低矮的女贞树下，偷偷地朝葡萄架那边观望。那时，我们会看见陈芳英坐在葡萄架下，抚弄着她瀑布一样的长发。陈芳英是来自上海的下乡知青，她是卫生院里最美貌的护士。

葡萄架是陈芳英搭建的。整个医院空荡荡的，只住一两个病人。陈芳英无事可做，就来侍弄这些葡萄。雨过天晴时，葡萄藤的叶子鲜绿鲜绿的，在阳光下闪光。陈芳英拿着红色的塑料盘子，在阳光下摘着葡萄。我们这些孩子被她的美貌吸引，蹲坐在水杉下的小路上大声地喊她的名字。

“陈芳英，陈芳英，年纪轻，奶奶精！”“奶奶精”是这里的方言，就是精于打扮，妖里妖气的意思。陈芳英似乎对我们无礼的行为并不在意，她端着盘子走过来，微笑着，给叫喊的我们一人发了一串鲜葡萄。

张铿的爸爸对陈芳英十分不满，他要陈芳英把头发盘起来，或者扎成辫子，他还对陈芳英擅自在医院里种植葡萄大为恼火。20世纪70年代，穿红衣的女人很少，而陈芳英爱穿红衣服，惹人眼球。护士长任阿姨说，陈芳英穿得花里胡哨的，像狐狸一样，今后，不要再吃她种的葡萄。

还真让护士长说对了，不久，卫生院里真来了一只狐狸。那天黄昏，我和张铿放学后，在花园里的草地上玩石子，忽然，我们看到了一只红红的、长尾巴的东西一闪而过，那身影如同一团簇新的火苗，蹿到葡萄架下消失了。护士长任阿姨说，那是只狐狸，你们看到火狐狸了。

医院里来了火狐狸的消息不胫而走。镇上许多单位的人都过跑来，想看看火狐狸是什么样子，连城里县医院的医生都知道了。每次他们来的时候，张铿和我都背着书包，向来者指明火狐狸曾经在什么地方出没过。后来，张铿发现来看狐狸的人，对自己的讲解并没有多大的兴趣，而是漫不经心地对着陈芳英宿舍的窗口看。

我们忽然感到有点愤怒，再有人问起火狐狸的事，我们开始拒绝回答。我们老老实实地上学，有没有火狐狸和我们有什么关系？热闹了一阵子以后，火狐狸的事慢慢地冷了下来，我们却意外地发现城里的医院里有个医生，常常来我们这里。他只要一来到我们卫生院，就和陈芳英一起坐在葡萄架下，像是有着说不完的话。陈芳英的脸上绽放着笑容，笑容和那一大朵泡桐花一样，挂在树上，满足而骄傲。

任阿姨说，县医院的那个医生也是个上海知青，因为关系硬，所以能分在县城工作。陈芳英有福气，搭上了他，将来肯定会被调到城里去。我们心里有些失落，看到陈芳英编织男毛衣时幸福的样子，我们发誓再也不理她了。

可是，陈芳英幸福的样子没过几个月，就换成了愁苦的面容。它如同四月的泡桐花，在快要凋落的同时，会散发着苦涩的味道。我们才知道县医院的那个男医生此时已经回到了上海。回城的他，立即失去了音信。而现在，陈芳英编织的男毛衣孤零零地挂在那里，像一张从火狐狸身上剥下来的皮。

这以后不久，高考制度出台了，没有关系的知青，从这里看到了回城的希望。几个月的时间，陈芳英的窗前总是亮着灯光。但院长，也就是张铿的爸爸说，陈芳英表现不好，政治不过硬，就是再复习再加油，也不让她去参加高考。她就老实地在小卫生院里待着，接受再教育吧。

至于陈芳英是如何通过张铿爸爸这一关，考上医学院的，我们不得而知。我们只知道在高考报名的前一天，院长到底还是把陈芳英的章盖了，随后摇着船，沿秋浦河而下，把她送进了城。

我 22 岁时，在医科大学的毕业典礼上，又一次见到陈芳英教授。她依然穿着红衣，鲜艳夺目。她的这种装扮，不禁让我想起了十多年前，卫生院里跑过的那只一瞬即逝的火狐狸。

夜航灯

这一带的沿江岸边，有无数小小的土坡。在其中的一个坡头上，每天晚上8点钟，黄婆婆都要准时站在那里，望着黑漆漆的江面。

她看的不是别的，是江面上游动的灯，因为每一盏灯的下面肯定有船。黄婆婆的小儿子就是弄船的。

20世纪70年代，长江在夜间还算是静谧的，那时候船只很小，也很稀少。多半天才有一只船挂着一盏夜航灯，从江面上走过。黄婆婆不管它们，她要看的是一只挂着三盏灯的船，那只船才是她小儿子开的船。

在长长的夏夜，我、孙琪和张铿三个孩子，常常坐在坡头上，陪黄婆婆寻找三盏在黑暗中行走的灯。

黄婆婆的大儿子经营的是一条运沙船，船是村里的，它每月都要将黄沙从乌沙镇运到下江，再用大驳船转运到南京。在一次船舶相撞的事故中，黄婆婆的大儿子不幸落水而亡。从那以后，那条运沙船就废弃在江边，只要一有人对黄婆婆提起运沙船的事，她就浑身抖动。过了半年，好不容易黄婆婆抖动的毛病好了，小儿子才畏畏缩缩地对她说起自己想开船运沙的事。

“不行，你不能去开船。”黄婆婆打死也不同意。“妈，你就让我去试试吧。”小儿子软磨硬泡。

黄婆婆说:“你这一去,就是几个月在江上,特别是夜里,黑灯瞎火风高浪急的,我放心不下。”小儿子想了想,忽然拍了一下头,对妈妈说:“其实你可以每天都看见我的。”黄婆婆想,这怎么可能呢,就随口应道:“我眼睛不好,你在江上,我哪能看到你呀。要是你能每天让我看到,我就让你去。”

小儿子说:“这样吧,我们的运沙船每天都要在晚上8点钟左右,经过我们的村子,当船经过我们村时,我就在船上挂上三盏马灯,用灯向你报个平安。你要是看到有挂着三盏灯的船来,就不用担心了。”

黄婆婆拗不过他,就同意了。这样,她的小儿子像他哥哥一样,开始在江中运沙,黄婆婆每天晚上要到坡头上,去看看有没有挂着三盏灯的船。一晃一个多月过去了,挂着三盏灯的船每天都按时经过。可是意外还是发生了,有一天晚上,快到9点了,黄婆婆还没有看到平日缓缓前行的那三盏灯。黄婆婆抖动的毛病又发作了,晕倒在坡地上。我们三人不知所措,吓得赶紧跑去找村里的队长。

队长回家拿了三盏马灯,附耳对我们说了几句,让我们快去办。队长自己带上他媳妇快步向坡头上走去。见到队长,黄婆婆一把抓住他的手,急切地说:“我儿子怎么了？怎么没见他挂灯？”队长指了指坡下面说:“今天可能是运沙船有事耽误了,所以有点迟,你看,那不是来了吗？”

黄婆婆一看,果然远处有三盏灯在缓缓地移动。她回过一口气来,头不晕了,也不发抖了。就在这时,只见有人气喘吁吁地往坡上跑来,不是别人,正是黄婆婆的小儿子。他对黄婆婆说:“对不起,妈,今天累了些,竟然忘记了在船上挂灯,走了一大段路才发现。我怕你着急,就在下江不远处就近靠了岸,跑回来看你。”

“不,我刚刚看到那三盏灯了。”黄婆婆指着远处,“灯还在呢。莫不是我老眼昏花了吧？”队长哈哈大笑,双手卷成喇叭状,高声地叫我们三个人:“孩子们,你们都上来吧,婆婆的病已经好了。”

金针王

王景珍的行医历程可以说是一个传奇。他的父亲为他取名时,特地在大医家张仲景和李时珍的名字上各取一字,希望他以后能以药取胜。可偏偏事与愿违,在这个世代医家中,王景珍喜欢的却是针灸。从6岁起,王景珍对形形色色的针异常痴迷,而对医圣张仲景的辨证论治和药圣李时珍的《本草纲目》没有多大的兴趣。王景珍的父亲叹息道,好端端的祖传医术,就要败在此子之手了。

少年时代,王景珍的书包里总是揣着一大包针。那些针,针身光滑,富有弹性。上课的时候,王景珍就把针拿出来,在自己的穴位上练针。提插、捻转、刮针、震颤,兴之所至,竟不知老师在说些什么。年终下来,门门功课为零。没奈何,只得辍学。他的父亲王鹊(也是取扁鹊上一字)在合作医疗时是赤脚医生,常年背个药箱挨家挨户地跑。小景珍屁颠屁颠地跟在后边,口袋里揣着一盒针。

王景珍得到“金针王”的称号,是源于村里五叔的一次骨折事件。五叔为了赶走一头在菜园里吃菜的牛,用力猛了些,摔了一跤,折断了左臂。他的臂骨不仅断了,还错位了,只要稍一碰到,就痛得嗷嗷大叫,不能配合治疗。王鹊说,你不让我碰,我怎么能给你接上?又怎么能给你上夹板?你还是到大医院去吧,先打个麻醉针。可山村到城里有五六十里路程，那时候，交通不便，全靠人走。看五叔这个样子，起码要来个担架抬着走。

五叔说，不治了，就这么躺着，兴许挨上几天就好了。王鹊说，说哪里话，不接上，你的手会残废的。这时候，王景珍站了出来，掏出那些大大小小的针，望了望父亲说，我来试试。撸袖，舒臂，在五叔的身上取穴，曲池、极泉、合谷，或急或缓，如行云流水般，看得周围的人呼吸都没有了。运针之后，王景珍背着手，在五叔的床边转了三圈。问："还痛不？"回答："不痛了，怪了，不痛了。"王景珍用手揪了揪五叔的皮肤，有感觉吗？回答："没有，麻着哩。"王景珍回过头来，对父亲王鹊说："你接骨吧，他不痛了。"

五叔伤愈后，左手健康如初，他逢人就说，景珍就是金针，谐音的名字起得好，要是把"王"字再调过来，就是金针王啊。得到这个称号后，王景珍对针灸的痴迷更是与日俱增，嘴里念念有词的也是经络和穴位。看看他呆呆的模样，人们更觉得他是聪明过度才如此这般，这叫大智若愚，"金针王"这个称呼非他莫属。同时，人们反而把他的大名忘掉了。

村里宗祠的门楼里住着一位放牛的老头。他常常饱一顿饥一餐的，也不与人多说话。金针王只知道老头不是本村人，他是从上面下来，来农村接受改造的，其他的一无所知。一天，老头的牛棚里忽然来了许多人，那些人见到老头时，都毕恭毕敬，还抹着眼泪。来人带了好多菜还有酒，老头对五叔说："老支书，到你家借个灶，今天我们一醉方休。"五叔说："恭喜老县长平反了，今天晚上我也讨口酒喝，我们多喝两杯。"

就是这多喝两杯坏了事，当天晚上，放牛的老头就有点不舒服。老头对来人说："你们走吧，我要在这里多待两天，和乡亲们告个别。"于是看望老头的人们走了，两天后，老头却下不了床了，他的腹部膨胀起来，隐隐地痛。五叔说，让金针王看看吧。老头说："不碍事，我枪林弹雨都过来了，没有什么能难倒我的，挺挺就会好的。"可这次老头错了，到了第三天，他痛得大汗淋漓，快要昏过去了。

五叔找来了金针王。五叔说，真是苦命啊，眼看着就要过好日子了，又得了这个怪病。金针王说："五叔，你不要急，对付这个病，我有把握。"敲敲老头的肚子，说："五叔，你把他的袜子脱了。"五叔说："老县长的肚子胀了，你脱他的袜子干啥？"金针王说："你别管，你只管脱就是了。"五叔狐疑地脱下老头的袜子，露出光脚板来。金针王又是撸袖、舒臂、进针，一时间，老头的脚底下插了数十根针，金针王一会儿捻捻这个，一会儿动动那个。半个小时后，老头大叫一声，我要上茅房！金针王微微一笑：好了。顷刻收针。老头在茅房，呼啦啦秽物下来，顿时全身通畅，病也立即痊愈了。

老头没过几天就回到县里，听说又当上县长了。又过了几个月，县里来了两位记者，要找金针王，王景珍淡淡地，也没有理他们，倒是五叔热情，和他们唠了一个下午。第二天，县报里就登上了金针王的故事。这一登不要紧，全县人都知道乌山村有这么一位起死回生的医生，一根小针就能治愈疑难杂症。金针王的小诊所里坐的是四面八方来的患者，连外县的也千里迢迢地赶过来看病。

金针王有个原则，看不好的不收费，看好的，你看着给几个钱，自己放在厢房的小箱子里。几年下来，金针王名声越来越大，也渐渐富足起来。有一天，诊所里来了三个人，从兜里掏出一证件来，对金针王说，我们是卫生局的，我姓刘，是这个组的组长。金针王也不看证件，问："有事吗？"刘组长说："你这个诊所无执业许可证，属非法行医，要取缔。"听说要关掉金针王诊所，来看病的人不干了，全围了上来，吵嚷着把刘组长三人赶到门外。

看到这架势，三人始料不及，被村民们围得有些急了。这时，刘组长的心口忽然疼起来，心慌气闷，要不是人扶着，就倒下去了。金针王拨开人群，看了看，说是心脏病发作了，拿来几根长针，就在刘组长的头上、胸脯和手上扎了下去，不一会儿，刘组长慢慢醒来，心口也不痛了。刘组长连说惭愧。金针王摆摆手，对三人说，我读书少，考证比登天还难，我不为难你们，听法律的，明天就把诊所关了。

金针王在第二天果真把诊所的招牌摘了。有人来找他看病时，他总说，现在交通方便了，你去乡里县里吧。遇到推不掉的，或者疑难的，金针王手痒，还是出手一试，只是他再也不收费了。

书痴逸事

那日微雨，我去拜访老许。老许五十多岁了，平生不爱财，唯爱书。先前老许开了一废旧品收购店，风里来，雨里去，也挣不到几个钱。可不爱财的人，财偏偏找了他。由于一次意外的遭遇，老许发了大财。有钱以后，老许索性卖了收购店，买了一幢大屋子居住，过起清闲的日子来。所谓的大屋子就是一楼一底的小别墅，楼上整层设的都是书房。

客厅里喝茶，茶热齿香。我和老许是忘年交，早听说他的书房不平凡，就是没有亲自参观过。我提议说去他的书房里参观一下，好半天，老许才期期艾艾地答应了。看见老许不情愿的样子，我觉得有点好笑："我从不向人借书的，只是想看看书房现场。"

老许倒也坦率："不借好，不借好，我就怕别人向我借书了。"

那书房也是我平生没有见过的，大得让人心惊。拔剑四顾，大书柜波浪一样，绵绵不绝，放的都是书，不禁心中茫然。

老许在收废旧品时，最喜人家把旧书拿来当废品卖。等卖书的人一走，老许就开始在旧书堆里淘起来。遇上好书，就坐在废旧品店里的那几十瓦的电灯泡底下读，读到兴起，常常拍案而起，大声赞叹。读得多了，老许有点跃跃欲试，也想写点什么。到了40岁时，一有闲暇，他便铺纸着墨，写了一些小文章，开始向报社投稿。

初试锋芒,老许连连得手。先是将稿件在邮局投递,后来他也买了一台电脑,通过邮箱向编辑投稿。

左边的书柜里放的都是发表老许作品的报纸杂志,这些报纸杂志是老许的珍宝。你要是用手碰一下,我想老许的心就会揪一下。仿佛那些报纸杂志是前朝的古玩,价值连城的珠宝,一不小心就会弄碎它。

回到客厅,我问:“那么多书,你全读过吗?”

老许笑笑:“浮光掠影地读过,不求甚解而已。我弄来这些书,只是为了每天能看到它们安静地躺在书架上,就满足了。”

书痴老许的儿子名叫大海,他对老许的这个爱好不以为然。他的学习成绩一直不好,考试在班上总是倒数前几名,整天在网吧里打游戏。老许为他叹了不少气后,就再也没有叹过气了。大海也落得个自在,没有人管束,一心在游戏中过日子。我问大海的心愿是什么,他说他最大的心愿就是开个网吧。

我已经很多年没有见过文友老许了,却在一家网吧前见到了他的儿子大海。

大海说这家网吧是他自己开的, 现在他终于有了一家自己的网吧了。说话时,我忽然想起老许来,问大海,大海幽幽地说:

“他已经走了,脑溢血走的,还没到60岁呢,都是读书害的。”

“他的那些书呢?”

“我全都给卖了, 一部分卖给了书贩子, 一部分卖给了废旧品收购店。得了十几万元钱,还算是一笔钱吧,我再添了一点儿资金,就开了这个网吧。”

我没有作声,只觉得心里酸酸的。一是因为老许的去世,一是因为那些书。那些书因老许而住进了书房;又因老许走了,它们不得不回到了它们来时的地方,仿佛一场梦,一次命运的轮回。那日微雨,天气和我拜访老许的那天差不多,我没有和大海说再见,就默默地走开了。

弹棉匠

小三轮车开进了村子，在祠堂前的广场上停了下来。每年霜降之后，这辆车都要到我们村里驻扎一段时间。

弹棉匠从车上跳下来，他穿着纺织厂里的蓝绿色厂服，脚上趿着一双磨旧了的球鞋。紧接着，弹棉匠的身后，跳下来的是一个女人和一个女孩儿。从小三轮车夸张的后篷里，弹棉匠像变魔术般掏出一系列的东西：帐篷、毛巾肥皂、锅碗瓢盆，还有一张大弹弓和一把大锤子，那是用来弹棉花的工具。

支好帐篷，安顿好一切后，弹棉匠对着村里吆喝一声：“弹棉花喽！”

村里的女人们都知道，是那个弹棉花的皖北人来了。有旧棉被翻新的，有做新被褥的，不多会儿，大家把东西都搬到了祠堂前的空场上。

弹棉匠在阳光底下弹着棉花。声声弦响中，棉絮上下翻飞，最后棉花被弹成了一朵白云。在我们孩子的眼里，这是多么有趣的事。那时候，我刚刚读过李白的听琴诗：“蜀僧抱绿绮，西下峨眉峰。为我一挥手，如听万壑松。”我忽然觉得眼前的弹棉匠就如同下山的蜀僧，举锤子时的那一挥手，极有气势，松涛阵阵，有诗意。

在弹棉匠休息的间隙，我们几个孩子偷偷地弹了一下大木弓的弦，那弦“嘣”的一声轻响。弹棉匠笑道：“别怕，结实得很哩，是牛筋做的。”

棉花弹好后的工序就是布纱了。布纱就是由两人将棉絮的两面，用纱纵横布成网状，以固定棉絮。纱布好后，用木质圆盘压磨，使之平贴，坚实和牢固。在布纱的同时，还要在被褥上织出各式各样的图案来，这就是描花。弹棉匠的女人是负责描花的，她先在纸上把画好的花递给被褥的主人看，再把主人中意的图案用彩纱线“描”到被褥上，譬如嫁姑娘描的是鸳鸯，给老寿星描的是松鹤，给中年人用的则描一朵大荷花。

嫁姑娘时，几铺几盖是必备的嫁妆，选的必须是新棉花。用作嫁妆的棉絮必须以红绿两色线，还要在布纱的过程中织图。织图是一件细活，耗时耗力。但无论是做嫁妆被，还是做那些平常的被褥，弹棉匠一律计件收费，工夫都耽搁在这个描花上。在描花的时候，弹棉匠的女人对着彩线左右端详，对着图案精雕细刻，一定要描出个韵味来。她仿佛不是在做买卖，而是在完成一门艺术。

轮到为我家翻新一床旧被褥了，母亲对弹棉匠的女人说：“大妹子，我家这床被子就不要描花了，反正套在被套里，描得再好也看不见。”那女人有点急了，说：“是不是我描得不好？您不满意？”说着，她递过一沓画来，“您再挑挑，要是都不满意，我再给您画一幅。”母亲说：“我不是那个意思，我看你们挣钱不容易，描起花来怪费劲的。”女人红着脸说：“那是我们的手艺，每道工序都不能缺的，缺了就不算手艺了。您甭管这个，尽管去忙吧，要是在这里等着，您会着急的。”

母亲叹了口气走开了。

这时，弹棉匠的小女儿在远处怯生生地看着我们，看了一会儿，她就趴在一块儿大石头上，画起了花儿，由于没有彩笔，她画的花不像花，倒像一朵白云，飘呀飘，从那块儿大石头上，一直飘到蓝天里。

·书画老陈

老陈的山水画和书法有董源之风，用宋人沈括的话来说，就是用笔草草，近看不类物象，远观则景物粲然，幽情深远，如睹异境。老陈有些耳聋，不大爱与人交往，常蛰居一室，却因画技而声名远播。

在一般人的印象里，老陈一年四季都在作画写字，属于最勤奋的那种。一年下来，画纸堆积如山，可拿出来的也就是寥寥可数的几幅作品。求老陈的字很难，求画更难。若你向他开口时，他会说："这几天没有灵感，等哪天有了灵感再给你写写。"聪明的都知道这是推托之词，也就不抱希望了；实诚的人等啊等啊，也没有等到消息，再去求时，老陈还是那句，这时再实诚的人也明白了，就知难而退了。

我想老陈的话也有一点儿真实的成分在里边，他是不想让不满意的作品流出去。大家后来都知道，要想求老陈的书画不仅是难，简直就是不可能的了。这之后，便有人变着法子，得到了他的一些墨宝。

泾县有一纸厂的经理，开车一个多小时，带了一箱纸出现在老陈家门前。老陈借着猫眼往外一瞧，以为人家敲错了门。听人说明了原委，才知道人家新开了一家纸厂，专程来送宣纸给名家试用的。他送来的恰恰是老陈最爱的生宣。老陈有个毛病，只要见到好的宣纸，你就是不请，他也手痒痒，非写一张不可。来人见老陈跃跃欲试，心中暗喜，就着机会提出为他们新开张的纸庄写一幅书法助助兴。老陈不假思索，挥毫立就，客人走时，老陈还送上了一幅自己得意的画作。

老陈爱笔爱墨爱纸，就是不爱用电脑做出来的东西。他觉得字是有灵性的，一经电脑，灵性就没有了，就俗了。因为这个缘故，徽州一家笔厂的厂长就没有那么幸运了。他在送笔给老陈试用时，特地选了大中小三套。三套笔羊毫雪白，笔杆的色泽光润迷人。初见时，老陈也爱不释手，眼放神采。但把玩之间，却发现那光润的笔杆上，有电脑刻的字样，甚为刺眼。于是，老陈收起那些笔说："这笔你还是拿走吧，你的心意我领了。"

老陈名气越来越大了，大到名帖请柬都让人收藏了。难怪如今流传下来的晋宋时的墨迹，都是吊丧、问疾、书简之类的东西。经过老陈的这些事，这也就不难理解了。

我认识的一个房地产老总，他识字寥寥，只会写自己的名字。最近，老总新搬了一间办公室，办公室很大，却空荡荡的，除了满书柜从来没有人看过的书外，再也没有什么。他托我去老陈那里买一幅画，要尺幅大一点儿的，好挂在正面的墙上。我知道有些人虽然无甚艺术兴趣，却因为有钱而想要附庸风雅，但这也不是坏事。于是，我带他来到老陈的工作室。见到来买画的，老陈自然高兴，拿出装裱好的一大堆作品让我们看。挑来挑去，老总终于选中了一幅。

老陈说："这幅两万元。"老总瞪眼，迟疑了一会儿，他才慢慢地说："我也是来替人买画的，价格上我做不了主。这样吧，我把这幅画用手机拍下来，给买画的人看了之后，再作定夺。"老陈只说一个字："行。"过了几天，老总打听了一下行情，都说老陈给的价格不贵，于是又上门来了。老陈说了三个字"不卖了"，就再不言语了。

老总走后，老陈对我说："我没有听见你带来的那个人在说什么，只是看出他并不是懂画之人，所以不卖了。"

安置点

安置点设在一家废弃的敬老院里。这家敬老院由于在山坡的高处，交通不便，所以在新的敬老院落成后，它就一直被闲置在那里。没想这次水灾，它反而派上了用场。几百位灾民被陆续安置在这里，往日静悄悄的敬老院顿时热闹起来。

老查是安置点的负责人，我们的医疗点也设在这个安置点中，所以我们也要服从老查的调度。实际情况是我们在调度老查。我们说院内荒芜的野草是蚊蝇的滋生地，要先除去野草，消毒杀虫，才能切断传染病的传播。老查就花去了一天的时间，割去了杂草，又花了一天的时间，背个喷雾器，把外环境消毒了一遍。我们说水要先沉淀，除去杂质，煮沸后才能饮用，老查就弄来明矾，把大缸里的水弄得澄澈，专门派一个人烧水。

灾民们情绪低落，很多人一天到晚都睡在临时发给他们的草席上，不肯动弹，有病也不愿来找我们。我们只好背着诊箱，一间一间地去察看，看看他们有什么需要。在25号房间，住的是一个七十多岁的老人，他咳嗽着，神情萎靡，像是患上了严重的感冒。

老人不让我们靠近，他说房子被水冲得影子都没有了，活着也没有什么意思了，还治什么病？正当我们无可奈何之际，老查来了。老查一来，就像训孩子一样把老人教训了一通，也奇怪了，那老人在老查训斥之后,竟然乖乖地把我们递过去的体温表塞进腋窝里。

他是一个拗老头。老查说,对付拗人就要用强才行。拗老头的儿子在苏州工作,老人一个人住在乡下。儿子多次要接他去城里住,他就是不肯,一个最重要的原因就是舍不得他的三间大瓦房。圩堤溃破的前半个小时,拗老头还待在家里,打死也不愿离开。当时,他正是老查疏散的对象。尽管老查磨破了嘴皮,拗老头依然无动于衷。拗老头说,他有一只鱼划子,真的破圩了,他就坐在鱼划子里,也不至于淹死。老查见好说不行,就来了硬的,忽地把老头背起来,一溜小跑就上了大路。从某个角度说,老查是拗老头的救命恩人,拗老头服服帖帖地让老查训斥,也就不足为奇了。

有一对儿中年夫妇,逃离家园时骑的是两辆电瓶车。如今,这两辆电瓶车就是他们唯一的财产了。男人借来了一只打气筒,不停地给电瓶车充气。老查把手搭在他的肩上,不语。我看出了老查内心的焦急。这突如其来的洪水不仅毁了一个人所有的财产,还毁了一个人对未来的信心和希冀。老查焦急的是眼前这个男人可能垮掉。倒是女的说了句很现实的话,她说:"我想吃小粑,很多天没有吃小粑了。"

说者无心,听的人记下了。小粑是本地的特产,巧的是老查年轻的时候做过小粑,而且是做粑的好手。有好心人打电话来问这个安置点需要他们捐助什么,老查毫不迟疑地说:"面粉!"面粉运来了,老查开始揉面、擀皮、加馅、捏团。一大早,一个个小粑就这样行云流水般快速成形。在平底大铁锅内,老查把菜籽油在蒸熟的白面粑上来回刷上几遍。稍等片刻,一锅白面粑就出锅了。安置点变得热气腾腾,有了人间的烟火味。豆角馅、粉丝馅、萝卜馅、咸菜馅的小粑,令人垂涎欲滴。

老查做出来的小粑,黄澄澄的不破相,香气四溢。如今人们用电烤箱做出来的小粑,就不是粑了,一点儿那种熟悉的味道都没有了。中年夫妇吃着小粑,眼睛潮湿湿的。有一天,老查正在做小粑时,他沾满菜油的手被人紧紧地握住，正诧异时，拗老头走过来说，老查，这是我儿子，特地从苏州来接我过去。

好哇，好哇，老查连声说着，一边递过两块儿小粑来。拗老头的儿子接过粑，咬了一口说："谢谢你啊，救了我老父亲一命。"老查回头对拗老头说，这下你拗老头没有理由拗了，就安心到儿子那里享福去吧。

雨渐渐停了。我们医疗小分队也要撤走了。我和老查登上了敬老院中的高坡，夕阳西下，漫过堤坝的江水一片通红，村庄还在水底下，只露出片片树叶般的屋脊。老查指了指其中的一片对我说，你看，那片飘浮的树叶下面就是我的家。

纸飞机

我家东边，是三涠巷。巷子里没有树，风大而急，适宜孩子们放飞纸飞机。我们常在巷子里奔跑着，仰面看纸飞机从头顶飞过。巷子两边的高墙，印满了水渍；路上的青石板已被脚底磨得光滑。

有个孩子和迎面来的人撞了个满怀。也难怪，孩子仰面看天，来人是盲人。盲人背着一把雨伞、一把胡琴和一只布袋子，手里拿一根磨得光亮的竹杖。竹杖嗒嗒地在地上敲着。我们都认得他，他就是常来村子里卖酒曲的徐盲人。

旧时的老屋都有天井，徐盲人爱坐在我家老屋的天井边。天井边有一把竹椅，因为有些年头了，竹皮已经发红了。徐盲人坐到竹椅上，竹椅就“吱啦”地响一声。

临近过年，村里的女人们都喜欢徐盲人来。徐盲人一来，她们就可以买到上好的酒曲，能听到他的忧伤感人的二胡独奏。徐盲人一来，女人们就聚拢了来，叽叽喳喳地，讨论和交流着酿酒的心得。

天井里的苔藓是绿色的，暗绿色的苔藓，幽幽地顺着雨痕在青石间爬。徐盲人可不管这些，他看不见青苔。他把布袋子从肩上放下，解开，摊在青苔上，把酒曲一个一个地排好，就开始拉二胡了。

祖母把钱递给徐盲人，徐盲人用手摸摸纸币的大小，说：“哦，是一元的。”从布袋里拿了 11 个酒曲给祖母。对别人，徐盲人酒曲的价格是一元 10 个,因为常落脚在我家,所以徐盲人每次就多给一个。祖母说徐盲人的酒曲就是比街上的好,用它酿出来的米酒出奇的香。因此,徐盲人每来一次,我家就要吃好几天米酒。

天井上面的天空像一块儿蓝玻璃,偶尔跑进来几朵白云。那时候没有雾霾,天井是藏风藏雨的地方。晴天里,它也藏一大片阳光。那天,我就坐在天井上泻下的那一片阳光里,看一本彩色的画报。

我把画报翻得呼啦啦地响。这时,要买酒曲的人都已经买了,没有女人再来买酒曲了。徐盲人收了琴,略带歉意地说:“胡琴是不能拉了,有小哥在看书,拉琴会影响小哥看书的。”女人们听了,自觉地散去了,孩子们却瞅着空一哄而上了。徐盲人说:“小哥小姐们,你们不能这样清玩啊,浪费了大好光阴。你们要读书,站在书里,才能看得远,才能看到无边无际的天。不然的话,你们看到的永远是这天井一样大的、巴掌都能遮住的天。”

孩子们并不理会这些,他们想,你一个盲人,不但说看见有人在看书,还说能看见这看见那,靠谱吗?他们凑近徐盲人的眼睛看,发现那两只眼都没有瞳仁。他们得出结论:徐盲人是真盲人。

盲人是真的,会折纸飞机也是真的。孩子们知道,徐盲人的纸飞机折得非常好,他总共会 12 种纸飞机的折法。徐盲人的纸飞机漂亮,而且飞得远。孩子们围着徐盲人,吵嚷着要他给折个纸飞机。

于是,我的旧画报,被小伙伴们扯了,递给了徐盲人。用画报折的纸飞机,比普通的纸折的飞得远。徐盲人讨来了一支笔,在每一个纸飞机的机翼上,都写上一个“琴”字。“琴”字号的飞机在天井下飞着,在那一片阳光中,画着美丽的弧线,像许多快乐的精灵。

我问祖母,徐盲人为什么在每一个纸飞机上,都写上一个“琴”字?祖母叹了一口气,说:“以前,徐盲人走村串户卖酒曲,都是由一个女子手牵着,他把那个女人当作他的眼睛。后来,那个女子过世了,他只好一个人点着盲杖行走了。那个女人姓什么,我不知道,只知道她的名字叫‘琴’。”

腊八粥

快过年了。母亲用手探了探米缸里的米，说：“米只有一小把了，看来我们要吃好几天的杂粮了。”

所谓杂粮，就是南瓜、山芋和萝卜。在我的记忆里，我们家常年就吃这些东西。听母亲这样一说，我过年的高兴劲儿一下子全没了，低着头，默不作声。母亲知道我的心思，心疼地拉着我的手说：“妈知道杂粮难吃。都怪妈妈不会干活，挣的工分少，在生产队里分不到粮，让你吃不到大白米饭。”

我说：“家里不是还有点儿米吗？”

“是还有点儿米。可是再过几天就是腊八节了，你爸爸在林场里看山，是一定要喝腊八粥的。因为荒山野岭的，孤魂野鬼多，一旦喝了腊八粥，疫鬼就不敢来找你爸爸麻烦。米缸里那一点儿米，要等到了腊八节时，我们熬成粥送给他。”母亲摸了摸我的头说，“再过几天，我们就可以一起喝腊八粥了，好不好？”

终于盼到了腊八节，母亲忙碌了起来。她弄来了一小把赤豆，一小篮青菜，把米缸里的米尽数倒出来，放在锅里熬着。粥香弥漫起来，馋得我口水直流。母亲把粥全盛在一只瓦罐里，用绳子捆扎好，对我说：“孩子，我们现在就上山，和你爸爸一起吃腊八粥。”

到父亲的林场有十几里山路。父亲是右派，是不能擅自离开岗位的。我们翻过两道山梁，就可以望见父亲的林场了。这时，一条小溪挡住了我们的去路。母亲把瓦罐放在大石块上，对我说："你坐在这里不要动，我去搬块儿垫脚石，别把鞋子弄湿了。"母亲去搬石头的时候，我爬到瓦罐边，想揭开盖子，闻闻腊八粥的香味，可一不留神，脚下一滑，碰到了盛粥的瓦罐，眼见它骨碌碌地滚到溪涧里去了。

母亲气得狠狠地在我的屁股上打了几巴掌，牵着哭泣的我，来到父亲住的棚屋。父亲给我洗净了脸，说："粥没了就没了吧，我们可以再熬一次。"母亲说："你说得轻巧，哪里去找米呢？"

父亲拖出了一只箩筐，显然这是他亲手编织的。我向前一看，箩筐里全是白花花的大米！母亲的眼睛都亮了，搂着我哭了起来："你每月定量就那么一点儿粮食，哪来的这么多的米！一定是你饿着肚子省下来的吧。"

"这么大的林子，哪里找不到吃的。野菜、野果、竹笋它们不都是粮食吗？食物要多样化，这样对身体有好处。我吃不下许多粮食，我一直在等着你们来，好把这些粮食背回去哩。"父亲笑了。

我们一起重新煮了一锅热腾腾的米粥。母亲说："粥倒是好粥，可惜没有了赤豆。腊八节，赤豆是打鬼的。"父亲呵呵地笑着："用不着赤豆了，我就是牛鬼蛇神，难不成我自己用赤豆打自己吗？"

那一年，我们一家在远离人烟的林场里，围坐在炭火旁，喝腊八粥，过腊八节。

女儿墙

妇产科的圩生主任坚持要把“最美科室”的称号改为“女儿墙”。我对她说：“‘女儿墙’这个名字好是好，可没有医院这样用过，怕不合适吧。”圩生主任说：“怎么不合适？我们是为孕产妇服务的，说到底，就是一堵为孕产妇遮风挡雨的墙。”

“圩生”看起来有点儿像男人的名字。圩生主任说，三十多年前，上大学的时候，她问过母亲：“‘圩生’这个名字有什么来历？你咋给我取了个男人的名呢？还很土气。”母亲说：“你是我在丰收圩挑大堤的时候生的，所以就为你取了这个名。”圩生笑了，笑得弯了腰：“你们俩怎么这样图省事呢？幸亏不是在牛棚里生的。要是在牛棚里生的，那我不就叫作牛生了？”

圩生的母亲没有搭理女儿，她自言自语地说：“我向你说说女儿墙的故事吧。”原来，那一年县里号召在丰收圩围湖造田，村里所有的男劳力都去圩里了，女人们也不甘示弱，组成了女民兵小队，扛着红旗，去很远的丰收圩挑大堤。圩生的母亲是小学教师，身体弱，加上怀孕已经有9个月了，分到的任务就是给女民兵们送茶水。

可让人没有想到的是，大家上阵后的第三天，圩生母亲的肚子突然痛了起来，痛得大汗淋漓。大队长急得直搓手，扯着嗓子大骂：“直你娘！

叫你不要来不要来，你偏不听，这下好了，这里离最近的村庄还有二十多里地哩，上不着天下不着地的，你就等着在草地上生孩子吧。”女民兵小队的队长是个三十多岁的妇女，她指着大队长的鼻子说：“你一个大男人，遇到一丁点儿事就没有了主意，光知道骂人。你滚一边烧水去，我们女人的事我们女人自己会处理。”队长听到她这样说，如释重负，转怒为喜，咧着大嘴烧水去了。

女人们把她们的外衣脱下，铺在草地上，肩并着肩，围成一圈人墙。天作屋顶地当床，圩生的母亲就在这个女儿墙里生下了小圩生。小圩生落地时，圩生的母亲抱着她哭了。从此，“女儿墙”这三个字，就成了圩生母亲的口头禅。

圩生主任退休前，邀请我去她母亲的村子里看看。皖南的小巷幽深绵长，墙白得如丈二宣纸，墙高得仿佛能摸到天。在巷子里看天空，天空窄如一把蓝尺。

我问：“这些民居的侧墙怎么这样高？”圩生主任笑着说：“这就是我常说的女儿墙。在巷子里走，是看不到人家屋顶的，它们都被女儿墙遮住了。女儿墙的用处，就是为这些民宅挡风遮雨，使它们不易损坏，所以皖南的古民居很多都保存下来了。”

在圩生主任母亲居住的村子里，我看到了女儿墙，听到了有关“女儿墙”的故事。从皖南的小山村回来后，我想，我要做的第一件事，就是要召集大家商议一下，按照圩生主任的建议，把我们妇幼保健院的妇产科命名为“女儿墙”。

芦花白

轻盈而自由，在秋水中飞，那是芦花的白。

两条船在苇丛中探出来，停桨相问："吃过午饭吗？"答："吃过了。"然后两船错开，各走各的路。这也许就是秋浦河中最后的两条船了，它们的主人是朱老大和老昝。两个船公一个顺水而下，一个逆流而上，每天的午后时分，都会在这茫茫的芦花丛中相遇。

十年前，这条百里长的河流上，总共有七八家渔民。他们吃在船上，睡在船上，从上游到下游，又从下游到上游，一年四季在水里讨生活，船就是他们的家。后来，这些渔民陆陆续续地上岸了。在儿子的一再催促下，朱老大也动心了，把船拴在河汊里，在城郊租了一间房，种起菜来。

可朱老大过不惯种地的日子，在岸上，他觉得连路都走不稳。他和坚持上岸的儿子分了家，带着老伴儿又上了船。重回水上的日子是孤单的，因为这时候，百里水路上只剩下他的一条渔船了。但这种情形很快就被改变了，因为没过多久，河中又来了一条船，它和朱老大的船一模一样。

那是老昝的船。老昝的船是往城里运菜的，卖完菜，老昝就会去城西小馆子里喝点儿酒，然后把船摇回去。老昝的女儿一直劝老昝在船上装个马达，省得花力气在河中摇啊摇的，一趟下来累死人，可老昝就是不听。

朱老大和老昝是在一声叫好中认识的，这声叫好是发自老昝内心的。那天朱老大在船头撒网的姿势，是老昝一生中没有见过的。阳光照在水面上，波光粼粼，半蹲在船头的朱老大猛然一跃而起，渔网就在一刹那间忽地散开，像一把撑开的、旋动的大伞。老昝在朱老大撒网的那一瞬间，眼神凝固了，喉咙中却抑制不住喷出一个字："好！"

两个白发的老者就这样，在芦花纷飞的季节成了朋友。对于朱老大而言，老昝就是钟子期，是知音。停船相问时，老昝会把特地留下的一捆菜扔给朱老大，朱老大也会把刚打到的鱼拎上两条送给老昝。

朱老大一生都在船上，没有交什么朋友，除了老伴儿一辈子跟着自己做饭缝洗之外，就是去菜市上卖鱼。从前是有小贩在岸边收鱼的，可现在没有了，朱老大只好自己背到市场上卖给鱼贩子。下午四点后，鱼卖不上价，还要受小贩的白眼。这时候，朱老大总会想起老昝，他认为也许老昝就是世上对他最好的人。

对于文人来说，停船相问多么富有诗意，但对于朱老大和老昝来说，它仅仅只是一种温暖的感觉。这就够了，因为这种温暖的感觉让他们一天不见，就会觉得少了什么，浑身不自在。可是，一年过去了，又到了芦花纷飞的季节，朱老大和老昝的"停船相问"，被老昝的女儿打断了。

老昝的女儿心疼老昝，偷偷地给老昝的船装上了一台马达。船欢快地跑了起来，"突突突"的声音，响彻河面。老昝装上马达的船就不能从芦丛中走了，但朱老大和老昝仍会在河中远远地看见，只是时间已经不是午后了。在他们相见时，朱老大把手握成喇叭状，对着远处老昝的船叫道："吃过午饭吗？"马上又想起来了，还没有到吃午饭的时间呢，就改成："你回家去啊？"对面的老昝竖着耳朵，"啊啊，你说什么"，他听不见。

朱老大觉得没有意思，以后再见到老昝的机动船，也不愿意打招呼了。看见老昝的船来，朱老大都会把船停下来，停在芦花丛中，抽一支烟，看着老昝的船从他面前飞快地驶过。老昝满头的白发，就像一片芦花，轻盈地在秋水中飞，飞到云雾中去，慢慢地看不见了。

薄荷茶

我的手机里,那几日高温预警的短信响个不停。屋子外面,光秃秃的大堤上,抗洪救灾的官兵们正一袋一袋地把装满泥土的麻包扔到溃破的缺口里。士兵们在大堤上来回奔跑,挥汗如雨。七八天过去了,眼看着被冲毁的那几千米的河堤快要合拢了,中暑的战士却多了起来。

我们的医务室就设在溃口处不远的一家民房里。这家民房里,除了我们之外,还有镇政府的工作人员胡玲玲。胡玲玲的任务是为抗洪救灾的官兵们烧开水。有时候,我们忙得不可开交时,也请胡玲玲帮忙,让她用湿毛巾给中暑的战士擦浴。

胡玲玲在烧开水的同时,还做绿豆汤。才21岁的姑娘,能做出一手清凉可口的绿豆汤还真的不容易。热得支撑不住的战士,就会下堤来,到这里喝碗凉茶或者一碗绿豆汤,稍歇一会儿再走。胡玲玲心疼他们,总是要他们多歇一会儿,多喝一碗绿豆汤。

有个三十多岁的士兵,叫陈强,由于年龄大的缘故,体力比不过十八九岁的战友了。中暑过后他半天不能动弹。等他醒来时,胡玲玲拼命动员他喝绿豆汤,仿佛只要喝上她的绿豆汤,陈强的身体就会马上复原一样。开始时,陈强不好意思,勉强喝了一碗,等胡玲玲端来第二碗时,虚脱的他实在喝不下去了。

陈强问:“有薄荷茶吗?”

胡玲玲瞪着眼,她没有听说过有这种茶。

陈强说,他在汶川抗震救灾时,喝过薄荷茶;在广西台风救灾时,喝的也是薄荷茶。那时和今天一样,都是7月份,都是大热天,薄荷茶对防暑降温最有效。

听得胡玲玲都呆了。她说:"你参加过汶川抗震救灾?还参加过抗'威马逊'台风?你真是英雄,我一定要泡一壶薄荷茶给你们。"

可到哪里去找薄荷呢?因为我是医生,所以胡玲玲就求助于我。我虽然学的是西医,幸好还认得薄荷。而现在恰巧正当时,七八月份,正是采摘绿薄荷最佳的季节。我带着胡玲玲到大堤下的一个水塘边,绿油油的,放眼都是一丛丛薄荷。

做薄荷茶,要把洗得干净的鲜薄荷放在开水里,泡一会儿后,再加上冰糖。胡玲玲在放鲜薄荷的时候,犹疑不定地望着我,不会有毒吧?我递过手机给她看,薄荷茶:用薄荷叶泡茶喝,泡法同普通茶叶一样,饮用有清凉感,是清热利尿的良药。薄荷茶的功效与作用:疏风、散热、辟秽,令人提振精神,冰凉解毒,刺激食欲。

胡玲玲大喜,把鲜绿欲滴的薄荷切成细块儿,不一会儿就做好了一大桶薄荷茶。陈强喝了一口,称赞道:"不错,有汶川那味道。"连续作战的战士们也说,薄荷茶好,喝了不犯困了。胡玲玲顿时有了满足感,一有空,就去水塘边采薄荷,然后把采来的薄荷洗净,再放在簸箕里晾着。

部队离开的那天,大堤上的喇叭里,有人唱《十送红军》。歌声里,官兵们排着整整齐齐的队,在沿途灾民们挥舞的手臂中往外走着。送行的人群中,许多人流着泪,胡玲玲就是他们其中的一个。胡玲玲在泪眼里看见陈强背着背包,走在队伍的前面。这时候,她突然抱起一大捧绿薄荷,向他跑去,也不管陈强愿不愿意,一股脑儿地把这些绿薄荷塞进他的怀里。

在我的眼前,一大片绿色洇散开来,我忽然感觉到,在这烈日当空的时刻,天地清凉了许多。

乌渡湖

乌渡湖边，有一间低矮的小平房，简陋得不能再简陋了。前后门对开着，没有窗户。一张床铺，一台电风扇，小桌子上放着茶杯、碗筷之类的小物件。诗人小燕就住在这里，他主要的工作是养鱼，写诗只是空闲时消磨时间的方式。一年之中，会有很长很长的时间，诗人小燕就坐在小平房门前的矮凳上，呆呆地看着浩渺的乌渡湖面。

在小屋里坐了一会儿，小燕提议我们坐船去湖面上转转。实际上，在湖面上转转，要以乘坐手划的小木船最好，这样可以从容不迫，还可以体验到摇橹的乐趣。但这大热的天气，打消了我们这个优雅的想法，因为只要稍动一下，就会大汗淋漓，更不用说操桨划船了。小燕不知从哪里借来了一只动力船，它是平时撒鱼食料用的，宽大平稳。

船在湖面上缓缓地行驶，四周青山的形状和色彩都不断地变换着。这倒像一幅画卷，在你的面前展开，展开，再展开，永远展不到头。乌渡湖的周边，是绿树青山，偶尔在树荫丛中，会现出一个村庄，这有点儿像魔术。船转个角度，这个村庄又消失了。白鹭在飞，飞得让人有点儿遗憾，因为我没有看到湖边有沙滩供它栖息。我想要是湖边有个沙滩多好，不要多，哪怕是一小片也好。但乌渡湖确实没有沙滩，不然，这些白鹭一定会让我看到诸如平雁落沙的美景。

说到画，我想起国画大师黄宾虹来。他从墨色的徽州而来，更是把墨色在这里发挥到极致。一幅传世之作，要靠艺术的天才，更要靠激发天才灵感的催化剂。这湖光山色转换的乌渡湖，也许正是激发黄宾虹艺术灵感之源吧。我忽然没头没脑问了一句："黄宾虹的名画《乌渡湖一角》，在这乌渡湖中，是在哪一角呢？"

大家默然。我觉得问得有点儿幼稚了，国画不是摄影，不会照搬眼前的景色，它表现出的是它的疏淡清逸之气，你怎么能从一幅画中找到真实的所在呢？画中印有题识："池阳有斋山，秋浦之胜曩，拟卜筑其间，因图乌渡湖一角。"卜筑，择地建筑住宅，即定居之意也。黄宾虹终是卜筑其间了，他在乌渡湖边一住多年。我还想问：黄宾虹当年居住的小屋在哪呢？可百年沧海桑田，时过境迁，他偶居的陋室或许早被风吹雨打去了吧。为怕出先前的错误，此问终未出口。

轻微的马达声，惊得鱼儿不时地跃出水面。几乎与此同时，一个写作者的孤独感也跃出了我心灵的湖泊，它和乌渡湖内蕴的那种孤独融为一体。正因为这样，乌渡湖为许多写作者，不，不光是这些写作者，还为画家，为来过此地的所有热爱艺术的人提供了心灵的庇护之地。我忽然有了一种回家的感觉，这个感觉催生了一个念头：我要磨墨枕腕，用诗的语言、用竖式的信笺和亲人的口吻写一封长信，然后托风转寄给乌渡湖，让信沉入湖中，让诗意留在湖面。

岸边的芦苇沙沙作响，几只木船悠闲地靠在菜地边。菜地里生长着旺盛的豆荚，蜻蜓在上面飞着，冷不丁会和人撞个满怀。有几个割鸡头菜的人在小湖湾里默默地忙碌着。鸡头菜也叫芡，它包裹的种子学名叫芡实，又叫鸡头米，是健脾益胃的一味中药。我在菜地边走着，看到有的豆荚已经胀开，时不时有兔子惊慌而过，偶尔还可见到刚蜕的蛇皮。我喜欢这样静静地，消受着湖风的温柔。

中午天气热度还是很高，到了下午湖风一吹，竟是有点儿凉了。蓝天倒映，白云落进乌渡湖的水中，天地一片纯净。小燕搬来了一箱啤酒，我们觥筹交错，兴致很高，竟有点儿忘乎所以了。我想，黄宾虹当年是不是这样——在这夕阳西下的时分，在这样简陋的小屋里，这样的大兴致、大碗地饮过酒？正这样想的时候，收到了一个朋友发来的短信：近来寒暑不常，希自珍慰。

读过短信，我就不再乱想了。

美 声

在月亮湖边，头发花白的老蔡对着湖面唱着帕瓦罗蒂的《今夜无人入睡》。沉浸于歌唱中的老蔡，对周围的一切，仿佛浑然不觉，以至于那些侧目而过的行人，还以为他是地地道道的疯子。

我认识老蔡。老蔡常到湖边唱歌，我居住在月亮湖边，所以无论是油菜花开的春天，还是在霜花盈袖的冬季，我都有机会听到他高亢明亮的美声。老蔡是知名的声乐教授，是男高音。20世纪80年代时，他去北京排演过普契尼的歌剧，轰动了整座小城。

现在，蔡教授越来越落寞了，这是我在和他的交谈中发现的。他说热爱美声的人越来越少了，能欣赏美声的人找不到几个。蔡教授说："许多人只好把美声唱法民族化，通俗化了。当然，这样做是无可厚非的，关键的问题是，你把美声唱法民族化之前，要先掌握美声的歌唱技巧。"

"音乐首先需要欣赏者的素质，欣赏者的素质提高了，音乐才有市场。"有一天闲谈中，我这样对蔡教授说。显然对我说的"市场"两字非常反感，他默不作声了。我安慰老蔡："当然，音乐的纯粹性是要放在第一位的。"蔡教授有点儿冲动，他的声音提高了，他说美声不应该在歌舞演出中，不应该在开业典礼上，而应该在剧院中。蔡教授说着，眼神黯淡了下来："现在，即使在剧院中，美声给你带来的掌声也是稀疏的。那好，我就唱给大自然听。”

就这样，蔡教授常常一个人对着浩渺的湖面唱歌。他曾想把他的美声唱法传给他的儿子，要把他熟悉并享受着的那种快乐传下去。这有点儿家传的味道。但令他更加失落的是，他的儿子对他的美声唱法不屑一顾，坚决地要去开个电脑公司，从而远远地远离了蔡教授带给他的“噪声”。

蔡教授经常回忆起在北京排演普契尼歌剧的情景，那个荣耀如同流星一样，转瞬即逝，现在他已经看不到它的光芒了。于是，他产生了把他的美声唱法传给他的孙子的念头，他对我说，他要从孙儿出生的时候抓起，激发他的音乐天赋，让他热爱音乐，热爱美声。他要把那种不可言说的唱法技巧传给他。我忽然想到，蔡教授就像一个拥有独门秘方的郎中，千方百计地要把这个秘方子子孙孙传下去一样。

那一天，我正在医院值班，蔡教授抱着他刚刚出生几天的孙子，推门进来。他急切地说：“王医生，你看看孩子，他的听力有没有问题？”

医院在新生儿出生后，都要给新生儿做一次听力筛查的，让那些有着听力障碍的孩子早点得到治疗。显然，刚刚蔡教授的孙子没有通过听力筛查，所以才急着来找我。我重新给他做了一遍，还是没有通过。糟糕的是，42 天以后的复查仍然没有通过。

我对蔡教授说：“孩子恐怕是要戴助听器了，三个月后，再复查一次，要是严重的话，要做人工耳蜗。”说话时，我显然从蔡教授的眼里看到了一种绝望，这种绝望像水一样弥漫开来，而他就自然而然地成了水中一动不动的雕塑。

从那天起，在月亮湖边，我再也没有见过头发花白的蔡教授的身影了，也没有听过他那高亢的男高音了。在这以后的油菜花开的春天，或者寒霜盈袖的冬季，我隐隐约约地感到，从此月亮湖似乎少了点什么。

左先生

乡村的手艺像经霜的花，慢慢地凋谢了。

20世纪80年代的乡村的手艺，在我的回忆中虽然是昏黄的主基调，但却夹杂着辉煌的旁白。那时村庄里的木匠、篾匠、画匠在乡间艳羡的目光中，走得一路轻松。

左先生是村子里有名的画匠，并写得一手好字。四里八乡的青年结婚前，都要请左先生在婚床上画一幅牡丹图和一幅鸳鸯戏水图。左先生笔墨简洁，寥寥数笔，出神入化，两株牡丹上滴着露水，一对儿鸳鸯像是要从画里飞出来。名声大了，自然传得远了，草野之中，岂有此等人物？县文化馆老于不信，专程下乡，看了左先生的作品，突然把旁若无人的谈笑丢在一边，噤声不语了。

那时几乎村子里所有的春联都是左先生写的。每年腊月初，人们就开始把红纸送到左先生家，请他写春联。左先生写春联时，讲究的是气韵，这气韵不光是表现在字上，还表现在写字的姿态上。往往是稚子一人，在桌子那边牵着纸，这边左先生轻轻将纸抚平，再深吸一口气，方才落笔。只要一落笔，便是笔走神龙，一气呵成。围观的人们忍不住叫好，左先生听了，也忍不住越发卖弄手段。得意地揭开印油盖子，题款钤印。村民们也以印为荣，相告曰：是左先生写的！

除了为村民们写对联之外，左先生惜墨如金。所以求他的字很难。老于劝左先生加入“美协”，让他在书法、绘画两方面各拿一幅作品交上去，可左先生就是不愿意。平常只要老于一提这事，左先生一声不吭，只自个儿喝茶，说得多了，他瓮声瓮气地说一句：我这是乡村的手艺，拿不出手。仿佛他的画是凡·高的，字是王羲之的，不能流落了出去。

可进入20世纪90年代以后，钢筋水泥代替了榫头，塑料袋代替了竹篮，弹簧床垫代替了老式婚床，村里头脑灵活的手艺人，都及时转型，去做别的营生了，反应慢的手艺人茫然不知所措，面对着突如其来之变呆若木鸡。村庄里的所有的木匠、篾匠、画匠一夜间似乎都消失了。年轻人没有谁再想在自己的家具上画牡丹和鸳鸯，他们的春联也是从城里买来的现成的春联。左先生算是那种反应慢的人，因为他自在惯了，等到有一天他发现连茶钱也付不起了，才知道自己原先那引以为豪的手艺已经没落了。

种田也不行，多少年了，左先生连脱脚下田都没有下过，更不用说犁田打耙了。做生意也不行。手艺丢了，左先生的生活开始捉襟见肘了。饿得昏花了，想起文化馆老于说的什么“美协”来，于是挣扎着到县城里看看有没有机会。老于看到如此情形，鼻子有点儿酸。不忍说破“美协”是没有工资的，打起笑容让左先生填张表，算是接收了。另外，老于还为他找了一家文化公司，让左先生看看大门，当然也可帮忙画画广告。工资也不低，管吃管住还能余点钱。

老于这也是揣着爱才之心行事，看着左先生有了着落，也就吁了一口气。可是过了两个礼拜，左先生一脸不高兴回来了。细细地盘问，左先生才将辞职的缘由说出来，那就是他委实过不惯那样的生活。一般来说，左先生要睡到上午10点钟才起床的，可公司8点就开始上班，人来人往，吵得很；这也没什么，左先生最看不惯的是文化公司的那帮年轻人，画的都是什么乱七八糟的“印象”画，不但不成章法，而且还看不懂。

没有自己画牡丹和鸳鸯那样自在,那样从容。

左先生说,原来“美协”“书协”就是那么一回事啊,早知道不参加了也罢,我们不是一路人。老于苦笑笑说:“先生真是高人啊。我算服了你了。”左先生说:“别笑话我了,我这是乡村的手艺,属于乡下的。乡村不要我了,我死也要死在乡下。”老于说:“先生好自为之吧,我不管你了。”

那个冬天,左先生回到他原先居住的那个村子。后来,我听说,没过两年,他就生病走了。和他一起走的,还有20世纪80年代的乡村手艺。

杏花和巧云

抬眼一望，地上开的都是杏花，天上飘的都是巧云。杏花和巧云，是江南女子的名字，她们普通平凡，有草根味。

杏花和巧云重逢，是在大学毕业二十周年同学会上。巧云依旧是以前那样：云卷云舒，安安静静。而杏花却像过了季节的花朵，她说自己美好的日子已经谢幕。两个女人见面很激动，抵足长谈到天明。

由于在同一座城市里，从此她们有机会时时相约。杏花有说不完的话，巧云总是微笑着静静地听。杏花有了倾诉的对象，她感到自己有无数的烦恼，如果说没有人听她的倾诉，她就会憋闷死，憋闷得从胸口爆炸。

女人，过了40岁，就像花到了秋天，开始凋落。杏花叹息：“红颜已不可挽回，旧时某个人对你的惊鸿一瞥只会加深你记忆中的悲戚。绚烂过得太快，还没有来得及反应，就黯然失色。”巧云说：“凋谢也是一种美，看你怎么去看。”杏花笑笑：“你站着说话不腰疼。”

过了几天，杏花约巧云喝茶。杏花说：“你看我们这样多好，两个女人，在自个儿的空间里。省得在家里看着生气。”

杏花说命运对她十分的不公，让她摊上个倒霉的老公。他下岗两年多了，还没有找到工作，在外打零工。虽然杏花每天回家，老公都端上热乎乎的饭菜，但她总觉得哪里不对劲儿，有一种酸楚和落寞的感觉。

杏花和巧云在一起的时候,总是杏花在说,巧云在听。

杏花还记得罗伯特和弗朗西斯卡的对话,那是经典的爱情,可杏花对巧云说:“那样经典的爱情,我一辈子也没有感受过,哪怕是十万分之一。”杏花说:“我的老公是个木头疙瘩,从来没有说过一句浪漫的话。”

巧云说:“爱有不同的方式,平凡也是一种方式,有的人,还享受不到这种平凡踏实的爱哩。”杏花笑笑,说:“你这是安慰我,我知道。”

女人在一起,谈的多数是孩子。杏花的女儿在上高中,成绩一直都是班上垫底。杏花说:“你看,我花了那么多的精力,请家教,上辅导班,这孩子的成绩总是上不去。上学期,她回家说英语考了 68 分,我说不错,进步了啊。奖励了她一件衣服。等回家穿上衣服后,孩子对我说:“妈,我在班上考了 68 名。真是气死我了,她那个班有 70 个学生,她考了倒数第三!”

杏花越说越激动,她说:“巧云你说,命运对我为什么这么不公?”

后来,她们相约到各自家里玩,杏花先到巧云家。巧云迎接,泡上了一壶好茶。清香扑鼻。杏花注意到巧云的家境并不比自己的家境好,相反,从家里的摆设看,比自己的家境要差得多。桌子上放着许多药瓶儿,药瓶的中间有个相框,像框里嵌的是一个男人和一个男孩的照片,相框上罩着黑纱。

巧云说:“那是我的老公和孩子。前年遇到一次车祸。”

“那药瓶呢?”

“我有肾病,每月还要透析哩。”巧云依旧是以前那样:云卷云舒,安安静静。说得轻巧,说的时候带着笑容。杏花的眼睛湿润了。她们喝茶的时候,抬眼一望,在江南,地上开的都是杏花,天上飘的都是巧云。

纸上的月亮

那天傍晚，我回家的时候，见到了那个孩子。他衣衫褴褛，坐在菜市场的路口。那个地方有点儿肮脏，散发着难闻的味道，充斥着噪声。孩子的身边放着一个旧搪瓷碗，碗里乱七八糟地躺着几枚硬币和几张纸币。显然那个小男孩是个乞丐。

断了一条腿的小乞丐，盘坐在一个石凳边，在一张纸上画着，全然不看那个装着零钱的、张着口乞讨的搪瓷碗。仿佛这个男孩坐在这里就是为了画画，乞讨只是他附带做的事情。他是那么的聚精会神，心无旁骛，对川流不息的行人视而不见。

我走到他身边的时候，正好是他完成作品的时候。我看见他欣喜若狂地举起那张纸，对我一笑。

满是灰土的脸，笑起来是那么的灿烂。那张纸上，画的是一轮新月，而那轮新月，弯弯的，更像是一个温柔的微笑。两个笑容，让我的心骤然一亮。

我想把这幅画命名为“憧憬”。在这样困苦的境况下，那个孩子的憧憬，依然如同美丽的月亮，照亮着我们的心灵。

在城市生活多年，说实话，我已经几十年没有看过月亮了。不是看不到月亮，而是为了生计的奔波，城市红绿交映的灯光让我忘记了月亮。

记得童年的时候，我们帮妈妈在地里干活，常常是顶着月光回家。在回家的路上，我们总喜欢看一眼头上的明月。她有时挂在树梢上，有时从山顶上向下探望，有时在云层里羞怯地走动。那时，我们一直把母亲当作月亮。后来长大了，我们又把未来的妻子想象成月亮的模样。

可是现在，我们生活安定、衣食无忧的时候，却忘记了月亮。

憧憬往往消失在安逸里，失去了美好的向往的人更值得悲悯。相反，充满憧憬的乞丐却是富有的人。

面对着这个行乞的孩子，我忽然有一种泪湿的感觉。就他而言，在这个世界不能公平地对待他的时候，他却拥有一轮皎洁的月亮；而对于我们，这个世界已经给予了我们很多很多，我们却迷失其中，让内心美好的东西弃如敝屣，蒙上尘埃。

我不知那个男孩画的月亮代表着什么，是他的母亲，还是他想象中的恋人，抑或是一种单纯的对美的热爱？

我得不到答案。那天晚上，我一直坐在阳台上，目送着这座城市上空的月亮，优美地走过我的屋顶。

落子无悔

朋友从几百里外的城市来，见面不到三分钟，就从包里摸出一盘围棋子。摆摆手说，别张罗饭局了，先杀一盘再说。云走雁飞，金乌西沉，不知过了多少时间，也不知杀了多少盘。在最后一盘棋中，我看到对方露出了破绽，考虑了好一会儿，终于想出了对策，可落子之时，早已饿得头晕眼花，放错了地方。一缩手，想拿回去，那可晚了，手腕被人捉住：放错了地方也不行，不许悔棋，悔棋就算你输了！

对门的邻居总盼望孩子能学棋，说是能提升智力。可那五岁的孩子非常喜欢盯着杂志上花花绿绿的美女看，却怎么也不愿意学下围棋。家长无意中拿着一封面是美女棋手的围棋杂志，逗着他说：“学棋好，你看，学棋后就能娶这样的美女做老婆。”这次居然就说通了，邻居把小鬼领到我家，让我启蒙教棋。我打趣道：“小子，你学棋干什么？”回答是娶老婆。娶老婆干什么？回答是娶老婆能生小孩。生小孩干什么？小家伙扑闪扑闪着大眼睛：生小孩让他学棋呀。

想想孩子的话真有点儿哲理，人生就是这一循环，一步一步地，像是在走棋。我是在初中一年级的时候迷上围棋的，老师在台上讲课，我瞪眼在台下听，脑子里却在轰轰烈烈地下棋。其实围棋是个害人的东西，别说什么提升智力了，一学期下来，我的成绩一落千丈。有几次，当教鞭落在我的头上时，我才打翻了脑子里的棋局，一脸茫茫然地从棋盘上醒来。

那时，乡村的雨天如同节日一般。平时在田间劳作的人们、手艺人，包括剃头匠，在雨天，都聚集到一间有天井的大屋子里。女人们在悄无声息地玩着纸牌，她们一上午抢着干完洗衣之类的工作，仿佛就是为了下午能安安静静地打牌；篾匠剖开一片片青青的篾丝，篾丝绕着手指，像舞台上的演员抖动着丝带；剃头匠把一块儿长条的白布挂起，把锋利的剃刀在白布上晃了晃，就在我的头上剃起来。

整个假期，我都沉浸于围棋里。我常常在这个有两个天井的大屋子里，左手黑子，右手白子，躲在角落的一个小桌子上厮杀。左手和右手下棋有无数个好处，就是没有对手的时候，也不寂寞；也没有对手唠叨打扰；更重要的是左手和右手下棋，像周伯通的左右手互搏，鹿死谁手总是个悬念。怎么说到这里了，算是废话吧。就在剃头匠给我理发时，我的左右手互搏还没有停止。我突然对他说，给我剃个光头吧。

剃头匠是个矮胖的人，我感觉到他怔了一下。

他问我想好了吗，我说想好了。他说："多好的头发呀，不后悔？"我说："你就别说了，我不后悔。"于是剃头匠一刀下去，一绺头发掉了下来，而在同时，我的左手下了一颗黑子；又一刀下去，一绺头发掉了下来，我的右手同时落下了一颗白子。每一下，都是同样的决绝，义无反顾。当时，我真的不知道下棋和剃光头有什么关联，直到后来，中日围棋擂台赛期间，聂棋圣的连胜使日本棋手发誓剃光头这件事，让我感到这八竿子都打不到一起的事情，怎么会有这样的巧合。

从此以后，乡村剃头匠的样子一直印在我的脑海里。时隔多年，我还能看到这样的景象：一个矮胖的身影夹着一个木盒子，高高低低地走在阡阡陌陌里，就像是硕大棋盘上移动着一颗白子。

又过了几年，我的棋艺一直没有长进，对门的邻居家的孩子却像春笋一样地长大了。就在他十一岁那年，他夺得了全市少儿围棋赛的冠军。可是，他的学习成绩却和我当时一样，在班上被无情地垫了底。我问他："你不后悔？"他抬起稚气的脸回答："落子无悔。"

坐在莲花上的隐者

我固执地认为一座山是有灵魂的，特别是眼前这个状若莲花的秀逸山峰。且不说峰顶有高僧大德的塔墓、禅院坍塌后的废墟、岩上古人留下的淋漓酣畅的书法，单说那生动活泼的巨石、淙淙流淌的溪水、榉树枝头缠绵的雾、婉转悠扬的鸟声以及那个独自在山上居住的汉子，就足以让人对这座山峰油然而生出敬意。

这座山峰就是莲花峰。

她位于九华山麓，青山之阳，离我的居住地大约有三十公里的路程。我喜欢山，更喜欢原始的、没有被开发过的山。那些被开发过的山中，废墟被高大的屋宇代替，旧光阴漫漶其上的碑文，也一律被朱色描红，仿佛一切都是新的；还有那些卖纪念品的、卖饮料零食的，以及一拨一拨的游客，会让一座安详的山失去幽静，失去本色。而现在，面对这座待字闺中、尚未被开发的峰峦，我们选择从一条小径上山，于苍翠的竹林和高大挺拔的杉树之间行走，心灵也变得澄澈起来。

这是一个上午，阳光从枝叶间漏下来，在逼仄的土径上撒下一路碎银。到达莲花峰时已经是中午，当我们为眼前绝美的风景而惊叹不已之时，一个四十多岁的中年人出来迎接我们，看见他时，我第一个念头就是称他为隐者。他叫方忠良，已经在这个一千多米高的山峰之上，居住了三十多年。我觉得称呼他为隐者，应该是确切的。查询相关解释，隐者，就是指那些脱离尘世、回归自然的人。我想起了贾岛，相比之下，我比他幸运得多，贾岛走进深山，寻隐者不遇，隐者采药去了，只见到了他的童子。我却因为现代的通信工具，早早相约，轻而易举地就见到了我想访问的人。

坐在这个中年人的石屋里，泡上一杯好茶。茶叶香气散开，似乎润湿了昨夜的梦痕。茶是上好的绿茶，坐在这高山之巅，喝着茶，心境终是与平时不同。石屋四周，除了一小片一小块的茶园外，茶树多是生长在石缝间，总算起来，约莫有二百多亩。20世纪80年代，一个叫方大彪的人，身患绝症，医生说已经没法治疗了，幸运的话，顶多能再活两年。方大彪听后，二话没说，匆匆地办理了病退手续，背着几件行李和一把锄头，上了这海拔一千多米的莲花峰。在莲花峰上，一个小小的山洞里，他安了家。那时候，方忠良刚刚十四岁，他跟随着父亲在山上开垦茶园、读书、修筑上山的路。

我还相信，在莲花峰上生活的人是有神灵护佑的。冬季，风雪连天，洞口上挂着冰凌，两个人在山洞里冷得簌簌发抖，但是他们终究没有被寒冷击垮。而峰顶纯净的空气，安静而无欲的生活，却让被病魔判了死刑的方大彪，又奇迹般地在莲花峰顶活了二十多年。莲花，生长于污泥，绽开于水面，象征着纯洁与高雅、清净和超然。而一座山"开"成一朵莲花，也许冥冥之中有它独特的寓意。在莲花峰上，我见到了一尊古石佛，雕刻这尊石佛年代已经不可查考了，也不知道谁是雕刻者，但佛像依稀被擦拭过；在茶园的旁边，一块儿古代佛殿的遗址上，有个巨大的石柱，它默默地向人们昭示着这个消失的建筑曾经有过的辉煌。方大彪去世后，为完成父亲的心愿，年轻力壮的方忠良选择在山上住了下来，他把他的青春书写在这座山峰上，他觉得这是他向父亲表达敬爱的最好方式。礼佛，筑石屋，种茶采茶，虽散淡而闲适，在我看来，却正是一种无畏地坚守。

没有电，也就没有了空调，更没有电视。一支蜡烛，点亮无数个黑夜。初来莲花峰的人无不叹道：好美的山啊，在这里住着，真是不可多得的享受！于是，他们找方忠良商量：想在山上住上十天半月的，好好地感受一番，不知你愿意不愿意？他笑着没有作声。他们说："怎么，你不相信我能住下来？"他还是笑了笑，不说话。于是他们住下了。可没过两天，吵着要在山上住下的人有点儿不好意思地对他说，想要下山了，不是因为别的原因，因为家中有急事要处理。方忠良还是笑笑，对他们点了点头。他知道这仅仅是一个借口，耐不住寂寞和断不了牵挂的人，是不可能在山上住下去的，哪怕只有几天。

微风吹得树叶沙沙作响，云正从峰上走过，它们不时留恋地回望一眼。风是疲倦的，云更是疲惫不堪，它们从远方来，到远方去，没有丝毫歇息。我们也同这些云和风一样奔忙不停，总想着远方到底有多远，总是想着那永远的远方。而在今天，我的心境却迥然不同，我手捧着这杯渐渐淡下去的绿茶，在这莲花峰上，心慢慢地安静了下来。

现在，我面前的这个中年人，就是一个坐在莲花中的隐者。他超然的生活态度，就是一朵硕大的莲花，那些俗世间的名利，如风、如云，虽然在莲花的旁边去了又来，但莲花从来都是不为所动。

想到这里，我回头看看身边的一块儿岩石，它的上面刻着的四个字：去来如风。是呀，来来去去的是俗世的功利，永恒不动的是清静淡泊的心灵。

学雷锋的事儿

在我上小学的时候，学雷锋的春风吹遍了全国各地。人人争着做好事，比着做好事的数量和质量。

班主任把我们分为五个组，每月评比一次学雷锋的成效。大海、小胖和我分在第四组，三人暗暗地把手握在一起，要月月争取评到第一。

但是哪里有那么多的好事可做呢？我们走在路上的时候，希望能捡到钱包什么的，再交给老师；坐在教室里时，希望凳子腿突然断了，好拿把锤子去修；或者希望遇到一位老人，迷了路，我们扶他回家。但多少天过去了，这样的事情一件也没有碰到。

事情终于有了转机。那一天，忽然下了好大的雨。我们发现舒二爷的秧苗放在竹筐里，没有用东西遮蔽。

小胖说："秧苗一定是怕淋雨的，你看，大人们把秧苗放进筐里之前，不是使劲地先把水甩干吗？"

我们想想也对，大家一致确定秧苗是怕水的。不让舒二爷的秧苗淋雨，这不是做了一件大好事吗？三人赶紧抱来稻草，把筐里的秧苗盖得严严实实。做完这件事后，我们躲在暗处，盯着那担被稻草盖住的秧苗。

雨停了以后，舒二爷提着烟袋从屋里出来了。他看见自己的秧苗被人用稻草盖住，不由得大怒起来，骂道："是哪个缺德鬼盖的，你给我站出来！”

我们三人没有想到舒二爷竟然发了这么大的火。我们三个人你推我，我推你，站在了舒二爷的面前。我说：“二爷，我们学雷锋哩，怕你的秧苗淋了雨，才用稻草给盖上的。”

舒二爷这才明白过来，他知道我们三个孩子是好心办了坏事。他呵呵地笑着说：“学雷锋好啊，不过，这秧苗不能用稻草盖，用稻草盖秧苗，会把秧苗‘烧’死的。再说了，秧苗是不怕雨淋的，淋点雨反而有好处。”

我们脸红了，想不到做的第一件“好事”，就是件大坏事。

到哪里去做好事呢？大海挠挠头说：“有了，我们可以帮助五保户曾三姑扫地呀，她是个瘫子，扫地不方便。”小胖不以为然，说：“那是什么好事呀，就是一件小事。”我说：“可我们找不到大的好事做，就先将就着做这些小事吧，扫地总比一件好事都不做强吧。”

于是，我们每天轮流帮助曾三姑扫地，曾三姑说：“孩子们，你们玩去吧，三姑自己行。”我们说：“三姑，我们学雷锋哩。我们三人已经决定了，从此，天天要帮你扫地。”曾三姑说：“学雷锋好啊，谢谢你们，孩子们。”

一个月过去了。五个组把他们做的事情汇报给老师。有拿着铁锹把坑坑洼洼的路修好的；有把盲人牵着过岭的；有给军烈属家抬水的；有在下雨的时候，把家里的伞借给别人的。轮到我们的时候，三个人都没有作声。

老师说，你们这个组把这次学雷锋的活动，说出来给大家听听。我鼓起勇气把扫地的事说了一遍，心想，这下可垫底了。

想不到结果却大出意料。班主任老师说：“这次学雷锋的成果以第四组最为突出，虽然他们做的是很平凡的事情——扫地，但是他们每天都坚持着。雷锋说，一个人做点好事并不难，难的是一辈子做好事。所以，第四组应当评为第一名。”

听了老师的话，我们高兴得跳了起来。

第三辑

村庄古宅

查济村是缓慢的。溪水缓慢地流着，风也是缓慢地吹着。就连天上飞翔的鸟，也是那么不紧不慢，在一个枝头上叫几声，几十分钟后再飞到附近的枝头上发呆。因为缓慢，所以古旧，所以平静。偶尔的一盏电灯、一台电视这些现代的东西，也改变不了这古旧的格调。在这种格调中，你若听到潺潺的水声，你若沐浴着那来自明代檐口上的风，你就会觉得速度不再重要，重要的是你的心灵已存入静默之中，它会让一切都变得平静而澄明。

雨中呈坎

选择一个雨天到徽州古镇呈坎。我一路想象着，当淅淅沥沥的雨从古宅的檐角滴下时，一个独自走过小巷的人会有怎样的一种心境呢？

由于忘记穿上雨靴，雨水打湿了我的裤脚，湿湿地让人难受。我在呈坎迷乱的巷子里行走，转来转去，发现又回到了原地。这才意识到，呈坎是有名的八卦村，巷弄比《水浒传》里的祝家庄还要复杂。

“你要鞋套吗？”在村头一家院子里，一个五十多岁的农妇招呼我。她手里拿着绿色的、红色的、蓝色的一大把鞋套，向我兜售。我买了一副，套上脚，舒服了很多。农妇狡黠地看了我一眼，说：“你是迷路了吧，来我们这里的，不迷路才是不正常的。要不要我给带路呢，不贵的，20元钱的导游费。”交谈中，我得知农妇姓谢，她常常坐在院子里的小凳子上，一边做着拣菜叶、剥豆子之类的家常活，一边看看有没有迷路的游客。

因为我是她今天的第一单生意，所以她坚持要带我先看看她的家。家里堆放着农具杂物，混乱不堪，地面似乎是用旧砖块随意新排的。这样的屋子太普通了，和江南随处可见的民居没有什么两样。可从窗牖及马头墙来看，确是清代的风格。谢大姐听我这样一说，得意之情溢于言表。她曾对别的游客说过这幢老屋是清代的，可没有一个人相信。老屋是她丈夫的祖父传下来的，她丈夫祖父的祖父在罗家也是响当当的人物。

“呈坎的人都姓罗。老祖宗是罗天真、罗天秩两兄弟。”她解释说，“我是姓谢的，是从附近的村子嫁到罗家的。”谢大姐打着伞，带着我在深巷里穿来穿去，嘴里念叨着：“你来呈坎是来对了，你看呈坎的四面，八山相围，水穿村而过，风水好。有两句话说得好：看过黄山天下无山，走过呈坎一生无坎。”我知道，这两句不过是宣传呈坎的广告词，此坎非彼坎也。“呈坎”这个名字的来历应是《易经》的“阴阳二气，天人合一”之说，阳为呈，阴为坎，四周的高山为阳，中间的洼地为坎。

在呈坎的老街上，有一家当铺，当铺的柜台比人还高，人们去那儿当东西，需要踮起脚举起手，才能够得上台面。谢大姐说：“当铺的柜台之所以做得这么高，是为了让当东西的人和当铺的伙计不能相见。都是乡里乡亲的，怕给人家当得银子少了，被人骂刻薄。”我说：“也许还有一条吧，那就是柜台坐得高，有一种居高临下的感觉。”谢大姐说：“你说得那也是，那也是。”

历代为宦为商的呈坎人，在村里留下了许多高宅大院。高宅大院间，是一条条窄小的弄巷。短巷与长街垂直，东西走向，宽约一米，又称“一人巷”。许多横街横巷，伴随一条小小的溪流，把古村切割成一个个大小不等的消防分区，以防火患。小雨淋湿了铺在巷子里的光滑的青石，滋润着墙脚的翠绿的青苔，更添了些古意。谢大姐一路走，一路用土语哼着我听不懂的小调。我在这小调声中，进入了一家又一家古宅。

燕翼堂是一座明代建造的民居，两栋三间三层楼房，进门是一大厅，大厅的前边有一天井小院。天井是徽州地区古民居中一大特色。绵绵不断的雨水从天井里泻下来，落进自家的天井里。燕翼堂的天井，此刻正接受着天光和雨水，谢大姐说，燕翼堂的天井是聚财的，它的房主是明代御医，由独门的药方挣四方的钱财，挣了一份大家业。这天井是名副其实的“四水归堂”。

真正的财富之水是流经呈坎的那条河。在河边，谢大姐说：“这条河名字叫众穿，群众的众，穿衣的穿。”旁边有人笑了：“还穿衣的穿呢。别听她的，听她的，你会觉得我们呈坎人没文化哩。众川河的川应是四川的川。”谢大姐不好意思起来，搓搓手说：“我没上过学呢，反正就是那个音。”河上有一座桥，叫环秀桥，为了消弭刚刚的尴尬，谢大姐拉我上桥，硬是要用手机给我拍照，说桥上照一照，烦恼顿时消。

看完了呈坎标志性建筑罗东舒祠后，谢大姐说游览结束了，该看的都看了。我打算离开呈坎的时候，恰好雨停了。收了伞，谢大姐一个劲不停地问我，满不满意她的导游，付20元钱导游费值不值。

村庄的鸟

几乎没有一辈子不离开村庄的鸟，到了冬季，树叶慢慢地落光了，曾经被枝叶掩映的鸟巢就袒露出来了。冬天的鸟巢是空的，巢中的鸟迁徙到南方去了。鸟总是往舒适的地方飞，至于明年它会不会飞回来，我们并不知道，也不想知道。鸟走的时候所做的事，就是把空荡荡的巢留在村里。

有时候，人还不如一只鸟。在村里，有的人一辈子也没有离开过村庄。他们早晨拿着一把刀或者一柄锹出去，晚上还是拿着那些东西回家，年复一年，直到老死。村后的坟山上，埋的都是整个村庄里老掉了的老人。

我常在人们收工后，找一把锹，踏着月光，去田里看看庄稼。这其实是一件可有可无的事，但我喜欢这样做，因为在村里，我似乎是一个闲人，无所事事。我把水从别人家的田里放到自家的田里，又把水从自己家的田里放出去，我觉得这样很有趣。这时候，村庄好像陷入了一个巨大的雾气之中，静谧无声。可有一次，在突然间，我听见一声声"咕咕"的鸟叫声传过来，它越来越响，越来越急促，最后成凄厉状了。

那是猫头鹰在叫。猫头鹰一般在夜间鸣叫，它是一种不祥的鸟。它的叫声本就恐怖，加上从坟地那边传来，显得更加阴森可怕。要是听见猫头鹰的叫声，就预示着村里要死人了。祖父说，猫头鹰在叫唤要死的人的名字，当它鸣叫的时候，你把耳朵贴在水缸壁沿上，就可以听出它在叫谁，水缸就类似于鸟语的翻译。我多次听过猫头鹰叫，但每次我都不在水缸的旁边，今大也是如此。我把铁锹插在地上，静静地听了一回，没多久，它就停歇了。祖父睡在床上多年了，他衰弱不堪，全身浮肿，看看快撑不住了。村庄总是有疼痛之时的，这一次要轮到祖父了。果不其然，过了几个月，他就静静地走了。

后来，我们在上学的路上，从一个柳树洞里抓到过一只猫头鹰，它的身子一动不动，只有亮晶晶的眼珠转动着。我从来没有见过一只鸟有那么大的眼睛，也从来没有见过那眼睛里闪动的神秘的光芒。我们害怕极了，在河边把它放了。

从那时起，我开始注意村庄里的鸟了。我的眼里，大多数的鸟仿佛是有着巫术的。村西头的乌鸦也是如此。乌鸦是冬季留在村里的鸟类之一，让人惊讶的是，在冬季，乌鸦的数量似乎多于往常，它们黑压压地蹲守在村头的树林中、草窠里；它们各叫各的，互不相干，没有鸟停下来，去听另一只鸟说话，乱糟糟的，场面很混乱。那年春节前，过小年的头一天，我站在霜雪覆盖的草地上，满怀心思地看着它们。

母亲在屋里唤我吃小年饭了，菜肴是一只火锅，突突地冒着热气。火锅里别无他物，只有一把咸菜，和水一起煮。我吃了一小口，就不想吃了。母亲说今天菜里加了点油，要比往常好吃多了，多吃点。可我还是吃不下，我来到村西头，看见原先金黄的颜色已经暗淡下去的草垛上，还有在地垄边，散落着许多黑点，那就是乌鸦。我稍稍走近一些，就会有乌鸦被惊飞过去。有一只被我惊动的乌鸦，还围着我飞了一圈，方才远去。村庄总是和贫穷相伴，我想，村庄里的乌鸦也是贫穷的鸟。

乌鸦在聚集着，越聚越多。村里人知道，乌鸦开会，村里或有灾难发生，乌鸦落在谁家的屋顶上，谁家就不吉利。村里人都密切地注视着这群乌鸦的动向，提防它们一不留神就栖息在自家的房屋上。可是事情还是发生了,有一小股乌鸦飞到了王三家的马头墙垛上,王三大怒,挥动着竹竿驱赶着它们。可那些乌鸦从墙垛上跳到屋檐上,从屋檐上跳到屋脊上,就是不从他家的屋顶上离开。精疲力竭的王三,坐在地上,喘着粗气,骂了几句,终于放弃了驱赶。

我靠在草垛上,草是牛整个冬季的食料,也是猪棚中不可缺少的东西。稻草的温暖抵消了村庄冬季的寒冷。草垛为我遮挡着从北面吹来的冷风,那从长江北面吹过来的风,会深入人的骨髓之中,痛到我的心灵深处。我靠在草垛上,拿出一本书来。我向往的大学就在江的北面,它如同海市蜃楼,在我手里的册页中时隐时现。我用书枕着头,望着天空。天上什么也没有,那么长的时间,没有一只鸟飞过。我无聊地想起了那只绕我飞翔一圈的乌鸦,而正当我想起它的时候,肚子忽然痛了起来。

很长的日子里,我全身乏力,不想吃东西。紧接着村里的人接二连三地病倒了,王三也不例外。乡村医生背着药箱在村里走来走去,但病倒的人越来越多。起初人们以为自己的身体还算强健,抵抗一下就行了,用不着费事去医院,但现在他们觉得这次是真的熬不过去了。村里人对乌鸦的厌恶和畏惧与日俱增。那天晚上,王三的女人在群鸦待过的林子里烧了些纸钱,撒了点米,而后偷偷地在家里绣起了喜鹊。在村里,王三的女人在刺绣上的功夫是一流的,她的手艺曾经博得村里所有女子一致的认可。那天,我终于看到了王三的女人绣的喜鹊,枕巾一般的大小,是两只喜鹊的双喜图。那件绣品就挂在王三家厢房的侧壁上,活灵活现,栩栩如生。

村里人把结婚、生子、上大学、疾病痊愈诸类好事都归功于喜鹊。不光是村里人这样,似乎从古到今,从村里到县里,人们都是这样认为。我知道有这样一个故事,说是古时有个叫黎景逸的人,居住在空青山,有个鹊巢在他的身边,每天他都以饭食喂它。后来邻近有个丢失布匹的人,诬陷是景逸偷盗的,景逸打死也不承认。刚刚想施刑,景逸看见他的喜鹊栖在狱楼上，向景逸作报喜传语之状。当天他就被赦免了。后来才知道，是喜鹊化成人，假传圣旨，帮助恩人脱了大难。照此故事所说，喜鹊和乌鸦不同，它是给人报喜的好鸟。

王三的女人刚刚把喜鹊绣好，果然就有人传说听到了喜鹊的叫声。我躺在床上，听到这个消息，心情也好了起来。母亲说，喜鹊似乎在王三家的枣树上叫了几声，就飞走了，以后再也没有叫过。听了母亲的话，我的心忽而又暗淡起来，病中的我如同狱中的黎景逸，多想从窗外的枝头上，看到一只报喜传语的鸟，让我脱离疾病的羁绊，然而我什么也没有看到，什么也没有听见。十几天后，我的病竟然神奇地好了起来，没有打针吃药，村里的病人也一个一个地恢复了健康。

不管怎样，我还是觉得喜鹊和村庄关联不大，因为一年到头，村里并没有多少喜事，即使有人生个孩子，也是穷命，没有什么可贺喜的。没有喜事的村庄，自然也就没有喜鹊来报喜了。在村里人看来，和村庄联系最多的鸟，要数布谷和燕子。每到插秧的季节，布谷比人还要着急，它在远处一声接一声地叫着“播谷，播谷”！村里的年轻人学着它的声音回应：“布谷谷，布谷谷！”像调皮的学生跟老师唱歌时，改变着老师的调子。布谷的叫声很幽远，你甚至找不到它所在的位置。听到它的叫声，我们常为晚一两天播种而感到羞愧。鸟语是鸟自己的语言，它们婉转的叫声是为了吸引同类，但布谷的鸟语不同，它是说给村庄的，声音的里面是一种对自己无关之事的焦急。

燕子总在人的屋檐下做巢。燕子的到来，给主人增添了一丝不易察觉的自豪。燕子选择的是高大明亮的屋子，有时候，它还会在屋主人家筑上两个燕巢，这让主人更为得意。燕子飞回来的时候，村里人几乎每天都能看到燕子。即使白色的燕粪落在人的头顶上、肩膀上，那人也不恼，顶多把它擦掉了事。更为关键的是，燕子是消灭害虫的益鸟，它不知疲倦地在帮助着整个村庄。

村庄的鸟很多,很多是我叫不出名字的。不管我认不认得它们,它们都在村庄的周围飞翔。鸟把种子丢在屋顶上,就飞走了,瓦楞上的草是它们的杰作;鸟把一棵树上所有的虫子都啄死了,这棵树后来长得高大挺拔;鸟从一片玉米地里扑棱棱地飞出来,惊跑了一只正在拱山芋地的野猪,后来这片地获得了前所未有的丰收——没有人知道这些事情是让一只鸟改变的,而事实是,飞来飞去的鸟悄无声息地改变着村庄。

然而,这些鸟都不是我感兴趣的,我羡慕的鸟是大雁,它是不属于村庄的鸟,它不在村庄停留,只是路过村庄。那一年我初中毕业,在天高云淡的初秋,我看到了无限自由的大雁,排成“一”字队形,飞过村庄上面的天空。

小圩渔庄

小圩渔庄在乌渡湖一角,是诗人小燕养鱼的地方。风光旖旎,美景如画。当年黄宾虹蛰居于此,创作了许多作品。而今小燕在这里开了个小渔场,养了十亩方塘的鱼,写了十亩方塘的诗,天光云影和诗情画意,在鱼塘里共徘徊。

有一天,我坐着小燕撒料的铁船环游了乌渡湖之后,便和这家渔庄建立了不解之缘。每到周末,我们都会接到天生渔庄的电话。天生渔庄离城不远,开车十几分钟便到。别以为天生渔庄是个度假的地方,有豪华且气派的别墅,如果这样想,那你就错了。天生渔庄其实就是个巴掌大的小屋,土砖砌成的,没有任何的装饰。

来天生渔庄的都是爱好文学的朋友,一落座,照例先聊几句诗歌,聊着聊着,便觉得无聊起来。大家开始打牌、钓鱼,最后是吃饭。刚开始时,有人咬着我的耳朵说:“不要以为世上总是有免费的午餐。小燕时常喊你们去他的渔庄,一定是引诱你们去钓鱼,据我所知,钓的鱼的价格,应该比市场上鱼的价格高出很多吧。”然而,后来发生的事让这个猜疑的人脸忽地红了。

曾经有个论坛写手,也是个钓鱼高手。那天他手气特顺,不一会儿就钓了四五十斤鱼。按照垂钓的规矩,钓者要向鱼塘主人支付所钓的鱼的费用,才能拿走鱼。当钓鱼高手把钱塞到小燕手里时,诗人小燕脸涨得通红,像抓到火炭一样地把钱扔到地上。小燕说:“都是写诗的人,还谈什么钱,多俗套。”顺手就把那一袋子鱼,扔进钓鱼高手小车的后备箱里。

小燕不知请这些文艺朋友打了多少次牌,喝了多少次酒,赠送了多少次鱼。天生渔庄里除了小燕外,还有小燕的妻子。小燕的妻子不写诗,却比小燕更有诗人气质。她长得白白净净的,和小燕黧黑的脸对比鲜明。当客人们嚷嚷地打牌时,当小燕坚持地要送鱼给朋友时,她会一个人静静地在远处的水塘边的小凳子上坐着,托着腮沉思默想,仿佛小燕所做的一切与她无关。只是到了钟点时,她会准时来到厨房,开始为客人们做着家常饭菜。

小城的诗人们一拨一拨地到小燕的天生渔庄采风,与其说采风,倒不如说是休闲。采风也罢,休闲也罢,无论是谁,只要是和文字沾上边的,小燕都热情地招待他们。我忽然想,养鱼和诗歌这两个毫不相干的行业,怎么会这么有机地在小小的渔庄中结合在一起,让人深居其中,丝毫也不觉得有什么不对劲的地方。诗人小燕并不丰厚的养鱼收入,究竟有多少花费在这湖畔的诗歌沙龙上?

今年的雨季,洪水暴虐,我在长江大堤上防汛。偶然在微信朋友圈里看到了小燕发的照片。滔天的湖水淹没了小燕的鱼塘,天生渔庄的四周一片汪洋。只有小屋的屋脊露出水面,像一条无肉的鱼的椎刺。可以说,这一次洪水毁灭了诗人小燕的一切。我想,等抗洪救灾任务结束后,一定要去天生渔庄看一看。一个月后,防汛任务终于完成了,当我走下江堤的时候,第一个想法就是联系小燕,我拨了他的电话,但电话一直无人接听。

诗人小燕还在天生渔庄吗?我翻看着以往他发给我的微信,找到了他写的一首诗:“一水一山一钓竿,一颦一顾一柔肠。一年一度一秋色,一咏一觞一渔庄。”诗的下面,是黄宾虹那幅著名的画作:《乌渡湖一角》。

树影之下

曾经见过很多的古树,它们虽然有着不同的形状,不同风霜的痕迹,但它们旺盛的生命在每一寸时光里都是郁郁葱葱。这里有没有生命内在的东西?或者说,一棵这样的古树,究竟向人们昭示着怎样的意义?

到达缟溪曹村时,我们第一眼看到的就是一株巨大的银杏树。这是一株七百多年的古树,主干斑驳,枝条苍翠。硕大的树冠像一把巨伞,遮蔽着青砖黛瓦的村庄。仲春的阳光如同一只温暖的手,在树冠上轻轻地抚摸。古树是村庄的灵魂。古树的存在,可以让人窥见村庄历史的幽深,可以让村庄充盈着古老的韵致,还可让人感受到村庄的人文情怀——诸如环保意识、家族信仰、风水的布局与和谐。

眼前的古村落,就在这棵银杏树的遮蔽之下。树下,村民们竖起一堵雪白的矮墙,矮墙上写着缟溪曹村的村史。但这几句简单的村史并不能说明什么,我不得不借助村人的介绍,才慢慢地弄清了这个村庄的形成、鼎盛、苦难和风俗。也就是说,在一棵古树庇荫下的家族,是怎样在久远的时光中,经历着风刀霜剑的磨砺。

元末明初,曹氏祖先来此定居,手植了这棵银杏树。他做梦也没有想到,这株银杏树将伴随着他的家族成长,成了村庄和家族的标志。一代一代的曹氏族人在树下繁衍的同时,如树影般笔直的戒律也在不断地端正着家风、族风。他们在山上打柴,砍树;在田间栽秧、收割。闲暇之时,他们还会读读儒家的经典。这种耕读之风,在粗茶淡饭的生活中,其乐融融,筋骨的劳累,在阅读的愉悦中,烟消云散了。

于是从这个小小的山村里,走出了曹曰瑛、曹曰玮两兄弟,一文一武,那么鲜明地走到大清的历史舞台上。

曹曰瑛,进士出身,康熙三十三年以博学鸿词荐为翰林院待诏,内廷纂修。他文章好,书法亦为一绝,《红楼梦》作者曹雪芹的祖父曹寅就非常赏识他,称曹曰瑛为侄。一次,曹曰瑛奉命到福建颁诏,皇帝特许他途中回老家缟溪上坟。途经南京时,曹曰瑛看望了曹寅,曹寅即写诗赠之。曹曰玮的名气更大了,他也同在康熙三十三年参加甲戌科会试,夺得头名状元。康熙三十六年春,皇帝第三次亲征葛尔丹,曹曰玮随驾,累立功勋;三十九年,曹曰玮为山西利民路参将;四十一年,曹曰玮回京候升,次年,升为浙江金华副将;四十三年,升任陕西靖远卫副将官,官衔为左都督;四十五年,升任陕西兴安、汉羌挂印总兵官。是年八月,汉江洪水,州城尽淹,曹曰玮领兵抗洪抢险,不幸感染风寒,医治无效,年仅三十六岁。我们坐在银杏树下,听村人说着久远的故事。当他们说起曹曰瑛、曹曰玮时,眼中放着神采。在我们看来,那些旧事,竟比史书中所记的有趣得多了。

是啊,家族的荣耀,对于其后人来说,是一笔永远挥霍不尽的财富。这种荣耀更加凝聚了族人之心,成为他们的精神力量,这是一种激励和鞭策的精神力量。这种荣耀高大无比,让族人仰视,让族人敬慕。当他们把这种仰视和敬慕移情到祖先手植的那棵树上时,鲜艳夺目的红布条就被自然而然地、紧紧地系到了它的枝头上。

古树上的红布条,就是村人所说的"挂红"。哪家生孩子、盖新房、娶媳妇的愿望成真,哪家就会在树上挂上一块儿红布还愿,表达人们的崇拜、祈求和希冀。在曹家人看来,这棵树上附着着人类看不见的神灵——

也许是祖先的,也许是其他人的神灵。

这使我对缟溪曹家的古树产生了敬畏之情。前年正月十三,在我第一次来缟溪曹村时,就有了这种感觉。缟溪曹是有名的傩戏之乡,每年正月,村民们都要举行一次“朝社树”的仪式。仪式之初,村人们各自戴上土地、天帝、关公、包公、社公等二十四神造型的面具。当他们戴上面具后,便成了“傩神”。傩神从各户门口走过时,家中老人会点燃一个稻草把,托傩神把家中的鬼疫带走,名为“驱疫”。傩神的队伍在村里巡游着,捎走了一个个的邪气和疠疫。巡游的目的地就是村外不远处的那棵“社树”。所谓“社树”,实际上是两棵树,一棵为桠枫,另一棵是檀树,它们生长在一起,长大后两树竟合而为一。到达“社树”之下时,人和神开始了对话,不过,这种对话的方式,是以舞蹈的形式展开的,这是一场古老的巫舞,傩腔悠扬,锣鼓、鞭炮、铳声齐鸣,社树终于被唤醒了,这棵在冬季落光叶子的古树,此刻就如同一个慈祥的长者,微笑着,赐予子孙们新的繁衍和生存的希望。

这一次,我在近处细细地观察那棵社树。如果不是细看,怎么也想象不到它竟是两棵树融合在一起的。树冠投下的影子里,摆放着“朝社”时燃香、上供用的石臼和石案。弥漫在我周围的气息,顿时让我的呼吸变得滞重起来。一棵树,当它从平常的土地上走向心灵的高处时,它就拥有了特定的神秘。即使对于我们这些造访者来说,这种神秘也会自然而然地在我们的心头投下它的影子,何况是日日夜夜生活在树影下的村人呢?

在缟溪曹村的入口,是一大片古树林,这就是村落的“水口”。早先的皖南,只要有村子的地方,就有水口。但树木保护得如此完好的,恐怕要数缟溪曹村了。在这里,古树们投下的影子,都显得这么苍老。我伸开手掌,也只能收获到斑点的阳光。坐在这些树影之下,我忽然感到了一个人是多么的渺小,这如同面对着缟溪曹家绵长的历史,顿觉手中的笔墨是多么的单薄,力不从心。

茅坦杜家

我对遥远气息的感受，多来自所见的古宅。感受古意，不一定非得要去看秦砖汉瓦、商鼎周彝，有古宅可访就足矣。这个冬季，周边的古宅我陆续看了不少。各地的古宅都有着其独特的内涵，我们可以从细微处找出它们的文化脉络。

对于茅坦杜，有它的历史可循。六百年前，曾经有一个人，带一把茅镰，来到荆棘丛生、野兽出没的荒岗和滩涂，结茅为庐，刀耕火种，将茅草荒山变为阡陌平畴。这个人就是茅坦杜家的祖先杜绍先。从此，一个临水而居的大家族在香山湖畔葳蕤而生。

茅坦杜家，是池州赫赫有名的四大家族之一。明清以来，出文武进士四名，举人十名。贡生、廪生、庠生、秀才在四大家族中当数第一。要说这样的昌盛之家，遗留的古宅应该很多吧？可在老街上，在青色的、被数百年行走的路人磨得光滑的石板路上走着，我却看不到一幢像样的老宅，心中不免滋生起一丝遗憾。

领我来看古宅的朋友有点儿尴尬，说抗战以前，茅坦杜家有近百幢富丽堂皇的宅子，最大一幢有十二进。如今许多古宅都毁损了，子孙们迫不及待地在原址上重建了崭新的楼房，现存的古宅只剩下二三幢了。我们来到杜大鸿的故居，我们发现这幢古宅没有想象中的华丽和恢宏。

清末武进士杜大鸿，官至江南建昌府营守备，封武德骑尉。他的宅子却异常低调，前面没有古树石狮，没有宽敞的庭院，看起来似乎更像是寻常人家。但只要细细地去观察，你就可以看出老宅的低调丝毫不掩它的精巧。在它檐下的雕梁上，栩栩如生的雕像吸引着人们的目光，那些身着官服的人，似乎在交头接耳商议什么事情，在人物的两旁，雕刻着屋宇和盆栽。伸出的檐柱上，一文一武的木俑在默默对视。

可惜这些鲜活的、精巧之作随着斑驳的墙壁而暗淡下去，古宅的后人们也许对它的危倾十分焦虑，着力地加以救护和弥补。他们用钢铁代替原有的户牖，用泥砖补缺。可这种修补的方法，破坏了它的古朴和典雅，犹如一幅画中的败笔，显得格外刺眼。但回过头来一想，在时光的面前，古宅由新到旧，由盛及衰是必然的，怎么样去修葺都是无关紧要的。

杜宗鹤是茅坦杜的状元。18 岁时通过府州县试，20 岁时府州两试中第一名，得廪生。顺治四年朝廷开科取士，杜宗鹤被世祖福临帝钦点为状元。朝廷授杜宗鹤为粤东肇庆府高要知县，杜宗鹤在高要县整修城楼，兴办学校，植麻种桑，平反冤狱，三年之后，思乡归隐，重回故乡茅坦杜家。

我在村里寻访一个周遭，却找不到杜宗鹤的故居，问遗址，也没人知道。这倒是合乎情理的，因为归隐之人，更注重的是精神的价值。他也许结庐湖边，也许泛舟水上，享清风明月，看荷艳鱼肥。读书人寻找的是心灵的住处，再华丽的住所，也会倾圮，只有心灵最终的归宿，才不会坍塌。

村头高大的进士坊，原是一座古宅的正面，后来它成为一面不朽的旗帜，号召着杜氏后人们在旗下鱼贯地进入仕途。如今的进士坊的后面，是一片废墟。古宅不见了，连墙基也找寻不到。我们只能把它当作遗址看待了。废墟上荒草萋萋，没落的气息弥漫其中。在时代的变迁中，古宅和旧时的观念一样，日渐式微。青年人再也不把仕途作为毕生的，甚至一代又一代人的追求。

在茅坦杜，杜绍先用过的一把茅镰成了家族的象征。在茅镰和印绶之间，我发现了其中存在着的某种关联。这种关联伴随着从耕读到出仕的过程——艰难而漫长的距离。多少杜家子孙，多少年寒窗苦读，熬红了双眼，而当他抬足在进士坊下走过时，我又觉得所有的一切只是一步之遥。

这个冬季的某一天，我坐在进士坊前的巨大的插旗石上，像是置身于一个家族从耕读出仕到致仕回乡的前尘影事之中，其中深切的体味唯有他们自知。

烟火人间

秋天是人间烟火味最重的时候。吃着炸秋蟹，喝着三河米酒，望着巷道里一溜磨得光滑的石板，才知道在熙熙攘攘的三河古镇，也可觅到一份独特的安静。

抛弃了烦劳的人，才感觉到尘世的好。可身在尘世中的人，又怎么能抛却烦劳？偷个空闲，坐进明清风格的户牖里，也是暂抛烦劳的一种方式。三河古镇的古建筑，有着江南特有的精致。头上是小巧的天井，地下是潮湿的，石级上常生有青苔，桌子上偶尔残留油渍。趁喝茶的工夫，我从天井里望天，天蓝得深不见顶，蓝得像穿越到古代。

店主人把毛巾搭在肩上，吆喝着，伙计把大煎锅敲得当当响。有几个人围着一张桌子坐着。围着桌子坐的那些人，弓着身，抱着腿，扒着脚丫子，那些姿态，只有在市井中才可见着。三河茶干递上来了，三河茶干，是三河古镇的特产，“麻辣酸甜咸”竟然是五味俱全，让吃的人越嚼越有味。围坐的人吃一块儿茶干，喝一口三河封缸米酒，就可以在小店里消磨一个下午。

朋友们喝着米酒。酒在瓦罐里，瓦罐上贴着大红的标签。在我看来，似乎古镇上所有的东西都贴着大红的标签，古镇的本身也像一只盛酒的瓦罐，贴着大红的标签。美艳的老板娘不时地用她的丹凤眼，睃瞄着我的朋友，为我们斟着酒，说着玩笑话。朋友红着脸，不敢正视，只好低着头喝酒。店主人在堂中走来走去，对老板娘的行为装聋作哑只当不知。这时，吃茶干喝米酒的那拨人哄笑了起来，摇摇手，把老板娘招了过去。

万年台是一个古戏台，有庐剧正在上演。庐剧和三河镇有不解之缘，街上的店家都会来几段庐剧，庐剧《小辞店》就取材于镇里的二龙街。说的是旧时在二龙街开客栈的胡翠莲的故事。来自外省的青年蔡鸣凤到三河镇经商，住在胡翠莲的客栈中。因丈夫吃喝嫖赌，胡翠莲对丈夫死心的同时，却和蔡鸣凤日久生情，结为露水夫妻。三年后，蔡鸣凤辞店回家，和翠莲约好来年三月再见面。却因蔡鸣凤家中有妻，在回去的当晚就被妻子和情夫杀死。没想到，胡翠莲和蔡鸣凤的这一别竟成永别。

古街的民居的大门前，挂着写着姓氏的灯笼。陈家、苏家、高家、胡家等等。在胡家势力大的时候，讥讽胡家的庐剧《小辞店》不敢在三河上演。剧可以不演，迎亲队伍却是大受欢迎的。从古鹊亭那头摇摇晃晃地坐着轿子过来的新人，大红大绿，大青大紫。那天，河边的柳荫底下，一对儿青年坐在石凳上，男孩抱了抱女孩，看了一回戏，又看了一回轿子里的新娘子，然后对女孩子说："我还想抱抱你。"这是陈年的谜语，戏里戏外，"情"字总是烟火人间的第一。

老大楼茶馆对面的"一人巷"，只有半米宽，巷子两边的垣墙却有四五米高，中间只容一个人穿过。可就是从这条狭窄的小巷中，走出了闻名中外的诺贝尔物理学奖获得者杨振宁博士。这里家家户户黄发垂髫怡然自乐，却又家家户户垣墙高筑，温馨中保持距离，那样自然，不加雕饰，浑然一体。

光线从"一人巷"上方的天缝里泻下来，洒在被脚底磨得光亮如镜的青石板上。我无须避让什么，轻快地穿过小巷，像是从人间的烟火，走向烟火的人间。

一个村庄的门楣

笔陡的山围绕着，冬季的阳光照着，错落有致的房屋挨挨挤挤地坐落在一起，这个村庄就是刘街村。在皖南山区，它再普通不过，无论如何也算不上一个景点。暖阳在苍桧丹枫间投下了影子，在修葺一新的民居中自在地游移，把沧桑的感觉传递给每一个来到这里的人。皖南独特的民居在这里分布得是那样的和谐，借助着山势和溪水，构成了一幅美丽的图画。

近了看，阳光静静地照在人家的门楣上。虽然又是一年深冬，但是它和几百年前的阳光一样温暖。那些斑驳的、褪色的，或被重新涂描过的门楣，像是用一种低低的语调，对你说话。试想一想，很多年以前，总会有一个德高望重之人、一只生花妙笔之手，铺纸濡墨，枕腕为乡邻写下诸多门楣。这只是我的一种想象，是我对门楣最初的理解。可当我见到刘街村的“天一门”时，才发现门楣并不是我想象的那样简单。

门楣代表着一个家族的家世和精神、权力和荣耀，它的上面书写的也不仅仅是吉祥祝福之语。咸丰元年，24 岁的年轻诗人刘瑞分走出大山，放弃了科举考试，以歌咏志，创立了青山诗社，同时讲求经世致用之学。入李鸿章淮军后，才干凸显，功绩卓著，升迁迅速。据载：刘瑞芬“光绪二年，掌管两淮盐运使。旋授苏松太道。历任江西按察使、布政使。

十一年，改三品京堂，充出使英俄等国大臣；授太常寺卿，迁大理寺卿，仍留使。十三年，改驻为英国、法国、意大利、比利时四国大使。十五年，召授广东巡抚。”

“天一门”是慈禧为表彰刘瑞芬之功绩，亲笔书写的。在刘街村见到这个名字时，的确让我无比地讶异，因为在紫禁城御花园内也有一个“天一门”，我记得我还在门后“人”字形的“连理柏”前留过影。在历史上，民间建筑物以皇宫内建筑的名字命名恐怕是绝无仅有的，它确定了一个家族显赫的地位。可惜的是这个名字对于刘街村的刘姓村民们毫无意义，因为从拥有它以来，这个门楣并没有给他们带来任何实质性的好处，它仅仅寄托着统治者对这个家族中的某一个人的殷切期望。

《洛书》中有“天一生水”之说，我猜想的是，慈禧寄予希望的能臣刘瑞芬，能为她或者说为大清王朝带来源源不断的“水”，财富是朝廷的命脉。在平捻结束后，淮军军饷的筹措，全赖刘瑞芬支持；左宗棠平疆后，清政府敕令江西每月协济陕甘军饷二万两，其中刘瑞芬共筹集银两一千一百二十五万六千两，以供前方之用。刘瑞芬看到了先进技术的力量，他积极推进洋务自强。可遗憾的是，两次鸦片战争的赔款，以及镇压太平天国和捻军的起义，几乎花光了清政府的家底，要兴办新式军事工业、建立新式军队，经费从何而来？为此，刘瑞芬严查厘捐关税，开辟了新的军饷来源。在北洋水师的创立过程中，刘瑞芬的主要工作是购买军械，筹备军需，开源节流，对于北洋水师的建立和发展，功不可没。

虽然刘瑞芬为大清王朝四处开源，带来了不小的“水流”，但这些只能给这个腐朽的王朝以苟延残喘，一个已经朽烂的大厦，不是一木所能支撑的。在刘瑞芬死后不久，大清朝就覆灭了。

我在刘街古村的小巷子里徜徉，脑子里不停地回味、猜测着那些门楣里隐藏的故事。这个家族中的每一个人，他一生的作为，他一生演绎的故事，他一生的做人准则，都是为了光耀自己家族的门楣。门楣是一面旗帜，是一个戒律，是一个姓氏中所有人的人生见证。它像一根鞭子，抽打得浪子回头，鞭策着这个大家族中所有的精英不懈地进取，使他们以不同的方式，达到各自人生的顶峰。

阳光照着年年依旧的门楣，虽然刘街村的人在时光中一茬一茬地变化着，但家族的门楣给予一代一代的他们以不变的精神，它成了一个家族的精髓，无论族人走到何方，都在心中悬挂他的门楣。

所村访古宅

向青山之阳进发。路边枯黄的稻草上覆盖着一层薄霜。穿过陵阳小镇,循着白色的霜迹找寻,不久就会出现一个村落,那就是所村。

所村的“庆余堂”是一幢保存完好的、精美的古民居。实际上,以庆余堂为名的建筑多得数不胜数,单从名字上看,它们的屋主很有可能是从商之家。商家总是很忙碌的,没有什么忘世脱俗的心情。但这家“庆余堂”的主人却在檐下书写了宋代诗人、理学家程颢的《春日偶成》中的诗句:“云淡风轻近午天,傍花随柳过前川”,可见他一定是个有文化的商人。文化让古宅的气质得以升华。虽然时间洗尽了它的铅华,居住其中的家族也可能衰败没落,但曾经华贵的气息却依然弥漫于屋中。几年前,黄梅戏《拉郎配》和《桃花女》就在所村“庆余堂”拍摄成功。我想导演们定是感受到了弥漫于古宅之中的循俗又浪漫的气息,才决定在这里开机的。

根据经验,古宅保存完好的村庄,往往是在较偏远的地方。所村就是一个远离喧嚣的村子,但它却没有躲避掉战事给它带来的伤痛。“盛泰”是一家古商铺,算是所村最恢宏的一座建筑了。我很诧异,在这偏远而人口稀少之地,为什么要盖一个这样大的商铺,它究竟出于经商者的何种构想?原来所村的陈氏家族在江西浮梁经商,他们用经商所得在家乡建房,一是为了光宗耀祖,二是为了有一个安全的总部,至于盈利倒是其次。令我惋惜的是,“盛泰”的后半进房屋已经颓圮坍塌,空余一泓清溪绕着废墟长流。所村虽如世外桃源,却不是他们臆想的安全之地。“盛泰”古商铺可谓是多灾多难,被长毛洗劫过,被日军烧掠过,几拆几建,它历经了多少人间的血雨腥风,也见证过了多少人间的患难真情。这日渐萧索的古宅,被茫茫的岁月销蚀着,慢慢地成了一种遗迹。

我信步走到一家古宅的门前,耄耋之年的屋主人正坐在围椅上打盹儿。他闭着眼,我猜想他也许是在回忆往日这间宅院的旧事。攀谈中,事情却大大出乎我的意料,老人竟然不是这所古宅的原主人。这么大的宅子,是老人在20世纪70年代仅仅用一千元钱就买下来的,他对古宅神秘的原主人一无所知。老人的女儿也有40岁了,她很热情,主动领着我上楼参观。楼是旧时小姐的绣楼,因久无人住落满尘埃,油漆的颜色暗淡下去了,在人经常行走的地方,油漆干脆剥落了,只有长长的“美人靠”上依旧有一抹淡红。老人的孙女说,小时候,她就是坐在这美人靠上读书的。楼上原本就有一间书房,幽静,没有人打扰,是读书的好地方。我从厅堂中精美的雕刻和它掩饰不住的风采中,揣测着古宅原主人荣耀的家世和突与其来的变故——他原是鼎食之族,冠缨之家,还是书香门第?最后的一位屋主是纨绔子弟,为了贪图享乐而贱卖了老屋,还是他有难以言说的苦衷,匆匆忙忙一走了之?当然不循着某些线索去寻找,这定是没有答案。

让所村一举成名的古建筑是它的宗祠:太平山房。我在各种各样的画报中看到过。当我到达所村,真实地站在太平山房前的广场上时,阳光和煦,薄霜已经化了。这座依旧保存得十分完好的祠堂,和一般的皖南宗祠相比,在风格上独具一格。它高大的门房飞檐翘角,遮蔽着后面的建筑。从正面看,还以为它只是一座巍峨的牌坊。这让看惯了江南祠堂千篇一律、机械单调的格局的我,耳目一新,才知道原来祠堂也可以这样修建。太平山房是明代建筑，若是平时，它是隐逸的，掩映在苍翠之中。只有在这个冬季，当南方的秀色一天一天地淡下去的时候，它灰白的基调，才慢慢地显露出来。砖塑浮雕上，活灵活现地上演着经典的戏曲；庄重对称的马头墙，古意盎然。一切都源于民间工匠灵巧又朴拙的手笔，他们的技艺在冬日暖阳下，熠熠生光。

在所村村里走着，看到一幢一幢的古宅和水泥建造的新居相杂而处，青石铺就的小路，使得它们之间并没有什么不协调的地方。有黄叶落在古道上，让我体会到了季节删繁就简的过程。我忽然感受到这个过程，不知不觉地使人和古宅一起回归到本真。

感钟山记

在江南山区的一些地方，一个村庄就是一个姓氏，一个姓氏就是一个家族。譬如我的老家碧岩村，有王村、舒村、巩村，都是以姓氏命名的。记得在小时候，大人们指着对面的大山说，那座高山上还有一个村落，是檀姓，但它不叫檀村，叫感钟山村。那个地方满山翠竹，村里没有蚊子。蚊子哪里去了？祖母说，被罗隐先生用扇子扇走了。

罗隐是晚唐诗人，有一天他来到感钟山，被蚊子叮咬得无可奈何。传说中的罗隐先生可不是一般人，他有金口玉言的本事，他说："蚊子，蚊子，全给我出山！"他的话一说完，蚊子就飞走了，山上就再也没有了蚊子。那时候我常常想：真有这样神奇的地方？被蚊子咬怕了的我，望着那座童话般的大山，心中充满了向往。终于，一直到今天——这个开年的第一天，我真的实现了这个愿望。这一天，正是深冬，当我们到达感钟山时，村里有几个人正在修葺破败的檀氏宗祠的门楼。宗祠往往是一个家族的精神所在，里面供奉的是这个家族的所有祖先。所以，只要是这个家族的子孙，无论贫穷富贵，无论男女老幼，都会对它充满虔诚和敬畏。

我们在檀氏宗祠里转了转，发现这个宗祠建筑的样式和其他村子没有什么两样。要说有差别，就是它比以前我们见过的宗祠要小一些。檀氏族人并不多，全村只有两百多人，所以它的宗祠不需要那么大，宏大的宗祠更适合大的家族，对于较小的村落来说，那种雄伟气派的祠堂显得奢侈过度，并不实用。宗祠的匾额是鎏金的、硕大的，它高高地挂在门楼上,流露出一种威严,凛然不可亵渎。

很多村庄都有一个称作“水口”的地方,这个地方一般都是林深路险,山重水复疑无路。感钟山村的“水口”也是如此,我们到达这里时,见茂密的森林遮蔽了天空,只是觉得有些特别,却不知这个地方就是“水口”。一个牵狗出山的妇人对我们说,这里的树木之所以没有人砍伐,就是因为它是感钟山村的水口,当年,日本鬼子进村,来到这里就不敢再往前走了,阴森的树林让侵略者害怕。妇人说:“你们进了水口,就会看见‘来龙’,那里就是村庄了。”“来龙”是一条蜿蜒的小小的山脉,果然,它像一只巨手轻轻地抱住了整个村子。

祠堂里也是存放家谱的地方,由于檀氏宗祠正在修缮,所以家谱暂时放在一个长者的家里。这个长者七十多岁,正在山上砍毛竹。他腰间别了一把砍刀,上午的阳光把他的脸照得明亮。我们跟在他的后面,穿过一片水稻田。田埂上正在化冻,泥泞泞的,十分难走。老人大步流星的同时,还不时回头招呼着我们不要滑倒。

家中只有老夫妻二人,他们的儿女都在山外面。会面的时候开始有点儿冷清,我们间间断断地说些闲话。女主人也七十多岁了,看上去比男主人要显得苍老。四年前,她下肢麻木,做了脊椎手术,花去了好几万元钱,看上去,家中似乎有些清寒。可这丝毫也不影响他们待客的热情,他们泡上茶,上了花生、酱生姜等佐茶的点心,女主人端了一大盘鸭蛋到厨房里煮。素不相识的我们过意不去,说别煮了,我们要走了。两个老人急了,涨红着脸,显得有点儿生气。

我们只得留下来。男主人高兴地打开话匣子:“你们说,我们这个村子为什么不叫檀村,却叫感钟山?这个名字是有来历的。元代以前,这里是没有村庄的,只有一座很大的庙宇,香火鼎盛,信众极多。洪武年间,寺院里光是敲钟的就有两个人,他们是一对儿孪生兄弟。兄弟俩家中穷,来寺院做工。他们尽职尽责,敲钟从未有过差错。不仅如此,兄弟二人还非常勤快,将庙宇中的一应杂活全部包揽。住持说:‘你们两人很不错,是个诚实勤劳的人。不过,到这个年纪还没有娶到媳妇,总是憾事。这样吧,寺院出钱给你们一人娶一房媳妇,你们成个家好了。’这对儿孪生兄弟就是今天檀氏的祖先,娶妻生子后,他们想:要是不来寺院敲钟,他们恐怕永远是光棍汉。为了感念寺院里这口带给他们的幸运的钟,兄弟俩就把他们居住的地方称作感钟山。”

告别了老人,我们想在村里走走。老人家门前有一棵硕大的皂角树,临走时,女人打了一小袋皂角带回去,那是天然无害无污染的洗发材料。走在村子里,看到房舍多已换成了新的,楼房和平房相挨着,错落有致,也有几幢老屋,灰暗地夹在中间,多是没有人住的,主人或已搬迁到山外了。我们在村里闲逛时,人们看着我们,以为我们是来买桂花树的,因为感钟山家家户户的房前屋后,都栽着桂花树。村里人说,到桂花开的时节,满村都飘荡着花香。对于这远近闻名的桂花树,有人来买,也有偷花贼来偷。前些日子,有几个人深夜来偷桂花树,让村里人发现了,所以如今一旦有陌生人来,大家都很警觉。

现在正值冬天,竹子依然是青的,溪水在衰黄的草木下流动。鸟儿也隐藏起来了,要是在春天,山雀的叫声一定是少不了的。路上很清静,偶尔有一辆载着火桶和山货的卡车下山,司机还停下来和我们打个招呼。我们下山的时候,看见村口路边的一个小庙中,有个孕妇和她的家人,正在一个披甲执鞭、脚踩巨蟒的神像前烧香。问之,神像乃王灵官,是道家镇守山门的护法神。感钟山人把他放在入村的路口供奉,也是冀望他能守护一村的平安吧。

人是朴素的,家族是朴素的,愿望是朴素的,对一件物事感念了几百年的情感是朴素的,就连从山中吹过来的风也是朴素的,它牵牵我们的衣角,从我们的身边吹过。我们离开感钟山时,不知不觉地把风景留在了身后,把时间留在了身后,只把那一份刚刚感受过的淳厚,悄悄地带下山来。

桃源有多深

桃源总在最深处。

她是隐秘的、美丽的。她好像总是坐在山那边的一片云霞里，静静地朝你微笑，这种美感常常会撩起你的一丝遐想，勾起你一探究竟的愿望。渚湖村就是这样的一个地方，她勾起我的探究之心已经很久了。

寻访渚湖村，就是寻访一个桃源。离开国道，进入了一条小道。路的两边灿然地开着大片大片的桃花。面对桃花织锦的乡村，回头再看看我的身后，已经恍如隔世了。你若是偶尔从一大片红霞里露出黛瓦白墙，那必定是一个掩映在桃林中的村庄。“已经到了渚湖村吗？”回答曰：“没有到，到渚湖村还早着呢。要经过好几个这样的村子，才能到达。”车向深山里开去。看着窗外，我不知道我还要在这条小道上走多久，也无心去想需要多久。只是贪婪地大饱眼福：镜子般的水田，绿油油的树，桃红李白的色彩。我忽然想到，平生所见的色彩，似乎全是从这里泼出去的。

当我踏上渚湖村这块土地时，最初的感受是它和武陵人所见的桃花源大不相同，武陵人所见的桃花源是“乃不知有汉，无论魏晋”，而渚湖村却是一块儿建设中的热土。村里正在修路，挖掘机突突地开着。这似乎毫不影响我的兴致。在一家院子里，我站在一棵灿烂的桃树下出神，庆幸是在桃花季节来到这里，桃花的多彩多姿暗含唐诗之情趣，但转念一想，如果是秋天来此，又有何妨？也许这里秋天更美，可以再感受一番宋词的愁绪。

桃花的肌肤非我等俗人能亲，我将想抚摸花瓣的手缩了回来，在放花池里洗了一回。这是一汪永不干涸的泉眼，四季恒温，泉水浇灌着全村三百多亩土地。元末明初，四处迁徙的渚湖村的祖辈，就是依这个泉眼而定居下来的。我不知道为什么取名"放花池"，而不是别的名字。我猜测大概是因为汩汩的泉水从地底涌出，像一朵花在开放吧。可以想象，数百年前，满面风尘的先祖们，挈妇将雏，在池边丢下芒杖，摘下斗笠，打算洗一把脸。忽然他们发现，这不是普通的泉眼，它是一个开放着水花的泉眼。先祖们认为这是一块儿瑞地，于是放下锄头，筑起了第一间茅屋。我突然明白了，渚湖村人如此看重这一汪泉水，是因为它流动的是一个家族延绵不绝的、圣洁透明的理想。

一只大黄狗坐在院墙上，静静地看着我们。有人举起相机，对它按了快门。大黄狗懒洋洋地从院墙上跳下来，又懒洋洋地踱过桥去。一条小溪把渚湖村分开，小溪上架设着四座明代拱桥："翠宝桥""继翁桥""迎璋桥"和"怀亲桥"。小桥流水，自然离不开古树。在小溪的旁边，有两棵近千年的古树，一株是银杏，一株是黄连。桥、水、树天然一体，我想这大概就是一个村庄的灵气，它氤氲不散，悄无声息地护卫着一个村庄。当然，给这个村庄带来灵气的还有一座小山，它孤零零立在村后，小巧玲珑，像一块儿宝珠，村里人叫它"宝山"。而村外的大山却宛如长龙，昂首搅尾，来戏这颗宝珠。当一个村里老人说出这个奇特的意象时，这个村庄蓦地在我的眼里鲜活了许多。

在一片遗址上，有个老者告诉我，这里曾有个祠堂，一个气势恢宏的大祠堂。那里挂着清内阁大学士宰辅鄂尔泰"世不忘姜"的报恩匾，它述说的是一个姜姓老妇让鄂尔泰逃过死难的故事，述说的是渚湖人的质朴和善良。实际上,在质朴和善良之外,民歌更是渚湖这个村庄的灵魂。在农舍里,我听到了当地农民歌手姜梦玉唱的罗城民歌。这个把山歌唱到北京的农家女子,大大方方地为我们唱了一出《洗菜苔》:

妹在河里头洗菜苔,郎在上面撑木排,一篙子攮下来,哎子哟,一篙子攮下来。

歌声高亢、俏皮,带着淡淡的泥土的气息,我们在歌声中感动,在心里悄然地拨动起曾经的心弦。民歌让人回到年轻之时,潜藏着让人回味的、难以忘怀的情景,民歌让伤心之事流走,却留下美好的、甜蜜的记忆。

在放花池边,渚湖村人指着村前的高山说,那就是义湖山。从这里走向山的深处,有个古迹"金公避兵处"。明代大臣金声起兵抗清,兵败退于义湖山。金声隐藏山中练兵,至今山中仍可见五十亩的练兵场。义湖山上还有大小菱角洞等风景名胜。可是这时天色已晚,我已经不能再往前行了,望着前面桃花的深处,留下了一丝淡淡的遗憾,也给将来再来渚湖村留下了一丝念想。

在我的心里,渚湖村就是一个桃源。要问桃源有多深?我想,桃源的历史文化有多深,桃源就有多深。

祖母的故乡

一直以为祖母的故乡在月亮之上。月亮是遥远的,又是亲切的;月亮很陌生,但又充满了温情。小的时候,在我的脑海里,祖母的故乡就如同月亮一样,遥远而亲切,陌生而又充满温情。它似乎是一个虚拟的概念,从来没有真实地出现在我的生活里。

记得车前子曾说过:月亮很大,就有身世之感。祖母的身世,关乎到我的身世。但是我的少年时期是一直浑浑噩噩,从来也没有想到过问一问祖母,她的闺居曾经在哪一朵云里,她少女时在哪一条溪涧中浣衣?

现在祖母已经去世多年了,我却在这多年后的一个冬日,踏着暖阳,第一次来到了她的故乡。

祖母的故乡是池州有名的元四村,那是一个美丽的村庄。错落有致的民居,蜿蜒随意的溪流,庄严宏大的宗祠。太朴山宛若屏风立在村后,一条山脉如游龙从“屏风”上绵延而下,龙头处有一小山形同龙珠,游龙戏珠,更增添了山村的动感和灵性。

一直有一个愿望,在祖母生活过的地方,仔仔细细地走一走,用心灵去感受一番。曾经在这个季节,我很喜欢在郊外散步,沿着铁路或者河流,在有阳光的下午,我想知道它们到底能伴随我走多远。今天在元四村,我似乎和往常一样,沿着村里的两条溪流慢慢地走着,默默地想着心事。但总是觉得又有哪儿不同，在这里，我始终有着一种有别于平时的异样感觉，因为我在不知不觉中，已经把眼前的两条溪流当成了一个村庄抑或一个家族的血脉，而我，和这个村庄、这个家族天然地保持着某种关联。我知道，沿着村里的小溪行走，不是要知道它们能伴随我走多远，而是要看看它的源头有多远。

坐在光滑的捣衣石上，我捧起一汪溪水，水在手心里，被阳光照着。尝一口，清洌甘甜。

很多人都可能会有这样的体验，那就是他忽然觉得一个陌生的地方，一个他从来没有去过的地方，给了他似曾相识的感觉。可是他实在想不起来什么时候来过这个地方，前世，今生？还是在梦里？的确，我这次是来这个村庄寻梦的，我也相信，我寻到的梦一定是最温暖的。抚摸着白色的石灰粉墙，站在一家古民居的天井里，在今天，在这个村庄中，我的每一个片段里，我都愿意让太阳淋着，让我再享受一番她的温暖，我知道，那似曾相识的温暖，是祖母的温暖。

雄伟的祠坐落在村子里。是三座：敦睦堂、孝友堂和秩叙堂。我惊讶一个村庄竟有这么多保存完好的宗祠。硕大的朱漆廊柱，镏金的牌匾，祖先的牌位，衬托出建筑的肃穆和庄严。在秩叙堂里有一张乒乓球桌，我就在那个祠堂里打了一回球。一般来说，在祠里不能如此放肆，但我认为我不算是外来的客人，因为这是我祖母的故乡，祖母的祖母也许就在我的旁边慈祥地看着我。在敦睦堂里，我是平生第一次在祠堂里吃中餐，清香的豆腐，和祖母手做的一模一样，熟悉的味道又把我带回了童年。

曾跑过很多很多的古村落，那只是一个又一个笔墨相似的摹本。元四村却不同，它是我祖母的故乡，所以对我而言，这个古村落里弥散着亲情。在疏疏落落的巷子里走着，一只白鹅跟在我的后边，走了一段路后，它又折了回去；很快又有一只黄狗跟了上来了，走了一两个里弄后，它也走开了;一只猫在院墙上睡得香甜,我用手抚摸了一下它光滑的毛,它竟然没有丝毫反应。一切是如此的安静和亲切,是因为这是我祖母的故乡。

坐在一块儿颓圮的门廊下,我想起了我的祖母。八十多岁的那年,由于身体的缘故,她已经分不清东西南北,痴痴的,不会说话,甚至不会吃饭。可是有一天,她突然不见了。找遍了全城,也没有见到她的影子。全家人都急疯了。第二天的上午时分,她被元四村里的人送回来了,依然是痴痴的,只是眼睛有了光亮。谁也没有想到,她一个人没有坐车,步行了六十多里,回到了她的故乡元四章家。她已经有四十多年没有去过元四村了,乡间的道路早已发生了许多变化,令人惊叹的是,她竟然毫厘不差地找到了回故乡的路。冥冥中若有神助。祖母回到家后的两个月后,就去世了。我们知道,祖母的那次突然出走,完成了她最后一次对故土的依恋和告别。

如果老车再来池州的话,我最想对他说的就是:月亮很大,大到可以包容了一个姓氏;月亮很小,小到可以浓缩成一个村庄;那个村庄是我祖母的故乡,祖母的故乡是那个姓氏中圆圆的月亮。

村庄的秘密

每个村落都有一个秘密，它隐藏在某个深处。诚然，我对村落的感觉，有时会被时间空间分割得支离破碎，但始终会有一条隐秘的线将这些碎片串联起来，我想这有可能就是隐藏在深处的那些秘密。在村落的秘密中，也许有一个独特的词，有一个碑帖、牌匾、草木或者农具，诸如此类的东西，看起来它和这个村子毫无关联，而实际上，它却是整个村落永远的灵魂。

某个周日去涓桥镇大叶村收集古楹联，发现祠堂中所存的古楹联多有“石林”和“秋浦”的字样。“秋浦”当然是指吾乡安徽贵池，由此推断，对应的“石林”也应该是个地名。问遍了村中男女老少、乡贤名士，竟然全摇头茫茫然。回家百度搜索“石林”这个地名，结果却没有一个“石林”和叶姓有关。难道“石林”这个词是大叶村的秘密吗？前日偶翻宋词，无意中探究到了它的由来。

脉络渐渐清晰：叶梦得，宋代词人，生于苏州吴县。绍圣四年登进士第，历任翰林学士、户部尚书、江东安抚大使等职。晚年隐居湖州玲珑山石林，故号石林居士，所著诗文多以石林为名，如《石林燕语》《石林词》《石林诗话》等。死后追赠检校少保。歙县叶氏为叶梦得后裔，后迁至祁门县箬坑乡。始祖为宋代户部尚书叶椿秀，为躲避战乱，由歙县黄墩迁至祁门沙堤,叶椿秀长子叶斌把所居的村落改名为石林。

在南渡诗人中,叶梦得的词婉丽又清旷,是辛派词的先驱。“石林”由地名变为一代诗风的标志,又从这个独特的标志成为一个家族的象征。宋元之时,社会动荡不安,这个家族只得四处迁徙,但无论落根于何方,子孙的怀中始终揣着一本《石林词》。大叶村的叶姓就是南宋末年从祁门箬坑迁来秋浦定居的,在耕读传家的古训中繁衍生息,“石林”渐渐地成了他们血脉中的秘密。

得天独厚的大自然的赐予是古村落人丁兴旺、丰衣足食的秘密之一。徐村是风景秀丽的万罗山边的一个古村,族人沿清溪河而居,人称山边徐。李白诗中“逻人横鸟道,江祖出鱼梁”描述的就是山边徐村上游一里处的清溪河段,在这一段河流中,盛产麦鱼,而清溪河的别处,却很少可见麦鱼的踪迹。这是一个让人惊奇,至今也说不出缘由的现象。

麦鱼是一种名贵的水产品,其形小而似麦粒,值麦收季节方能收获,如今已不多见。我家离山边徐村不远,因此小时候也能常常吃到麦鱼,母亲常把麦鱼和鸡蛋放在一起蒸,味道极其鲜美。麦鱼盛产于山边徐村河段,是上天对徐家的恩惠。清代官府立有碑刻:清溪河麦鱼归徐姓管理,任何村落和他姓,不允许在清溪河捞捕麦鱼。从那时起,徐氏家族主要的经济来源就是麦鱼。

有时候,村庄的秘密被有心人暗暗地守护着。清康熙年间,文士徐邦璇,娶妻程氏。五年后,徐邦璇不幸病故。年轻的程氏,毅然挑起重担,纺纱织布,日夜劳作,抚养遗孤,服侍卧病在床的翁姑,让老人安享晚年,将儿子抚养成人。家族请旌,朝廷批准建坊旌表。1954年,一场特大洪水冲破了河堤,在这场洪水中,山边徐村十多幢古民居被毁,四十多人丧生。族人引以为自豪和荣耀的贞节牌坊也在肆虐的洪水中垮塌。暴雨中,两块儿节孝牌坊眼看着就要被水卷走,就在这时,有个青年奋不顾身地跳进水中,将牌匾捞起,偷偷地保存在家中。他也不张扬,为的是怕把牌匾弄丢了。后来“文革”时“破四旧”,许多古物荡然无存,这两块牌匾却完好地保存了下来,这也使得牌匾再次躲过一劫。

在村子里行走,草木是村庄的容颜,它构成了村庄的轮廓,供你去辨认你在村庄的什么地方。特别是那些树冠如云、躯干硕大的古树,常常是一个村落的地标。我喜欢坐在郁郁葱葱的古树下,倾听风吹过时,那些树叶“沙沙”的响声。许多黄昏,太阳把余晖涂抹在树冠上,我看到古村在余晖中渐渐地隐入草木的深处。

春天,草木有着浓郁的繁衍气息。一年一度繁茂的草木,把它的繁衍气息散发在古村落中。猪狗牛羊,兴旺的六畜在这种气息中出没。这种气息也是隐秘的,非得要你在村落中走一走,住一住才能感受出来。到了冬季,古树的虬枝挂满了枯藤,虫蚁居于其中;有的古树皮骨分离,显得锋利而峥嵘。这时候,村庄的气息转为幽远而沧桑。村落中的古树常常生长于“水口”处,遮蔽护卫着村庄。古树的枝干上系满了红绸带,成了护佑生民的神灵,这就是村落的风水。

多年前,我去过一个叫源溪的山村,在这里,每到正月十三,都要举行古老民俗活动:朝社树。源溪曹家的“社树”,其实是两棵树,一棵桠枫,另一棵檀树,长大后两树神奇地合而为一。古树前有一石臼,臼前有一石板,供朝社时燃香、摆供。正月十三,村中傩戏会的会首率领朝社队伍来到古树之下。朝社队伍敲锣打鼓,舞伞放铳,沿路在水口、桥梁、古庙之处都要停下来烧香、礼拜,树下祭拜完毕后,戴“天帝”面具的人和戴“土地”面具者开始对舞,祈盼来年风调雨顺、五谷丰登。红伞撑起,也就是在这一天的这个时分,古老的村庄和天灾疫鬼秘密地达成了和解。

对于茅坦杜家来说,普通的农具——镰刀是这个村庄的圣物。在杜家祠堂,有专人看管着七把镰刀。他个头不高,寡言少语。在我们的请求下,拿出镰刀给我们看。他虔诚的样子,让我们有点儿心虚,似乎我们是在窥探着一个家族的秘密。

明洪武十八年，杜家始祖杜绍先，因避军乱，从太平县辗转到贵池，卜居茅坦。当时茅坦山洪泛滥肆虐，荆棘杂树丛生，猛兽成群，荒无人烟，芦苇遍地。他们用镰刀割芦苇，以芦苇搭茅庐，在芦苇滩上开荒种地，开始了世世代代的艰苦创业，生息繁衍。为缅怀祖先这段艰苦创业的历史，杜氏后裔们在当年搭建茅庐旧址上，建起了祠堂，将祖先传下来的七把茅镰刀供奉在里面。每年都要举行隆重的祭茅镰仪式。“文革”期间，茅镰被当成“四旧”上缴。当时有人偷偷留下一把悄悄藏了起来，最后一把茅镰刀终于得以保存。如今，这七把镰刀每把三寸多长，是最后一把茅镰刀改制而成的。

村庄的秘密也在它的家谱中。三年前，我的办公桌上留有一个写着电话号码的纸条，那是老家族人留下的修谱电话。来人没有见到我，就把电话号码留下来，嘱咐等我回来时，再打电话和他联系。我拿起那张纸条，又把它放下了。三年后，当一本厚厚的家谱同样放在我的办公桌上时，我的心中充满了歉意。

我出外三十多年了，最近听说儿时居住的村庄要拆迁了。年轻人兴高采烈，早早地签了约，等着住进小区的楼房。年老的人却不同，他们忧心忡忡，因为他们的村庄将不复存在了。他们并不担心未来的家被安置在哪里，他们担心的是那个不复存在的村庄，会在子孙的记忆里永远地消失。听说我是一位写作的人，一位并不相识的族人找到了我，送我一本《王氏家谱》。初次见面，他没好意思说很多的话，我猜测他一定有要我为村庄写一点儿文字的意味在里面。

如今那本簇新的家谱还放在我的书架上，我每天对着它，写不出一丁点儿文字。但我看见那本家谱，就仿佛看见了从前的村庄。在我第二次见到那个送我家谱的族人时，他说了一句话：“小区是住人的地方，村庄是住魂的地方。”他的轻言轻语，却振聋发聩。我回望了一眼书架上的那本家谱，这才看出了它才是所有村庄中最大秘密。

·物件上的名字

在乡间，我见过许多物件上都写着名字。譬如在簸箕上写个“王达明”，在扬谷车上写个“舒其长”等等，你一看物件上的姓名，就知道它是属于谁家的东西。锄把上、蓑衣上、梯子上都有名字，它一般写的都是物件主人的名字。

每家的东西都有人借，借着借着，东西转来转去，最后就不知道是谁家的东西了。在自家的物件上写上自己的名字，主要是怕丢失。母亲有个蒸笼，因为蒸笼上没有地方写名字，所以当东家借，西家拿之后，最后找不到蒸笼了。为此母亲很是懊恼，让我用小刀在新买的蒸笼上刻上字，刻上字的蒸笼就再也没有丢失过。

有的人在物件上写名字，是表达他的自豪感。二伯家有个“人”字形梯子，梯子往地上一放，就是爬上去安灯泡、贴春联。它是村里独一无二的东西，按说对于全村独一无二的梯子，谁都知道是哪家的，完全可以不用署名。但二伯坚持要在梯子上写上他自己的大名。当我磨墨鼓劲在他的梯子上写字时，我看见他满足地托着下巴，站在一旁一直微笑着，欣赏着他的梯子。

有的物件上所写的并不是它主人名字，写的反倒是制造它的工匠的名字。我见过一副脚踏水车，上面刻的名字是“康小发”，而它的拥有者实际上是"王三"。细细一问,才弄清楚康小发原来就是做这副水车的木匠。我家有一烛台,烛台上刻的名字也不是我祖父的名字。所不同的是,这些工匠的名字后面都带有一个"制"字,以示和物件主人的区别。工匠们把名字写在物件上,就是图它的广告效应,要是东西做得好,见到的人就会说:"瞧瞧,这是某某做的,东西做得多精致!"敢把名字写在物件上的,多是手艺精湛的工匠。

在城里,物件上的名字,一般都是主人定做的,这样的物件,多半是有纪念意义的。我们举家迁到城里后,父亲特地把一套茶具放在客厅显眼处。这套茶具是父亲非常珍爱的东西,因为瓷器上写的是父亲的名字。它是父亲在景德镇参观时,特地让厂家烧制上去的。父亲的一只白玉笔筒上,也刻有他的名字,而笔筒上的几个字,出自父亲的手笔。

其实,在物件上写上名字,古时就有。在秦始皇兵马俑中,弩兵、战车、骑兵穿插而成的队伍,在黄土覆盖的地下,形成了威武雄壮、令人叹为观止的军阵构图。陶俑们都是面目各异、个性不同的武士肖像,形态逼真,栩栩如生。在这些陶俑身上,考古专家发现了八十多个能工巧匠的名字,他们的名字一般都刻写在最隐蔽的地方,比如腋下、臀部等等隐秘之处,等闲是不容易看到的。这些工匠把自己的名字刻在陶俑上,也许这就是我们现在所说的责任制吧。

物件上的名字,对自己来说是亲切的,对别人来说则如同符号。事情也不全是这样,有些名字会随着物件的不朽而不朽,如秦俑。

到老田吴投宿

古人行走江湖，住宿是个大问题。假如刚刚走过一段荒山野岭，恰恰又到了暮色四合之时，心中不由得忐忑起来，要到哪里才能寻个住处呢？要是远远地望见有个村庄，掩映在葱郁的树林中，心头就有了着落。但想住店是不可能的，纵然囊中有些银两，村子里却几乎没有什么旅店可住。古人解决这个问题的办法就是去人家投宿。

在村子里左转右转，挑拣一家民居，摘下箬笠，放下背篓，手提起门环敲了敲。主人开门问："客官有何事？"答曰："在下因贪程赶路，无意间错过了宿头，不知道可否借宝地暂住一晚？"于是主人微笑着把客人请进门，端茶倒水，用过晚饭后，分宾主坐定，两人相谈甚欢。一个投宿的故事就这样完成了。

在九华山老田吴村，窄窄的玉带河穿古村而过，河边是皖南村庄特有的青石路。几千年来，这些青石板上究竟有多少人走过，谁也不知道，能看见的是它们已经被鞋磨得光滑，一块块儿青石闪亮如玉。在这些青石板路上走过的人中，就有唐代的大诗人李白。唐天宝年间，李白应青阳县令韦仲堪之邀，同游九华山。行至九华山脚下的老田吴时，诗仙投宿于村中。酒酣耳热，名士吴用之得知和他对饮的是名震天下李谪仙时，不禁大喜，请求李白赋诗一首，李白也不推辞，即席吟诗道："洪荒既已判，江天今已图，未有九华图，先有老田吴。”

单从这首诗，足可见老田吴的古老。从汉初起就居住在这里的老吴家，经历代繁衍生息，至唐代时就已经成为九华山下一大旺族，村庄的规模之大，在皖南已是居前。而今村里的古建筑多已被毁坏，但从残垣断壁和高大耸立的梁柱中，依稀可见当年的繁华。譬如说有两个天井的民居在老田吴比比皆是，这样的民居在古时应算豪宅。每个天井的四角处是厢房，所以，只要是有一个天井的房屋，至少就会有四间厢房。主人会把朝南的西厢房让给客人居住，以示这里的人家是好客人家。

李白离开老田吴不久，也就是唐至德年间，新罗僧金乔觉上九华山时，也曾落脚于老田吴家，这一次投宿更是成就了九华山辉煌的未来。金乔觉是古新罗国王子，出家后携白犬“谛听”航海来到中国，随后辗转至九华山，行至老田吴时，已经是暮晚时分，于是，金乔觉敲了下一家朱漆大门。开门的正是吴用之。这一次偶然的投宿，让金乔觉与老田吴的名士吴用之结下了深厚的佛缘。金乔觉在老田吴居住了 49 天，受到了吴用之的热情接待。离开老田吴上山之前，金乔觉赠诗《酬惠米》感谢吴用之的供养之情。

“弃却金銮衲布衣，浮海修身到华西。原身自是酋王子，慕道相逢吴用之。未敢叩门求它语，昨叨送米续晨炊。而今飧食黄精饭，腹饱忘思前日饥。”

在老田吴村北头，吴氏宗祠遗址东侧，是记载金地藏圣迹的重要碑刻。吴氏族人为纪念地藏王金乔觉留存老田吴的圣迹，于金地藏在老田吴的歇脚之处建造了九华行祠。九华行祠是老田吴村最重要的建筑，门楣上的四字是吴用之亲笔所写。实际上，九华行祠没有人们想象的巍峨华丽，它是一座低调的、简朴的小屋。搬个凳子，用手就可以触到它的屋檐。我从没有见过这样小的祠庙，也没有见过这小小的祠庙竟然有着这么深的文化底蕴。它缘起于一次平常的投宿，却用一砖一瓦真真切切地记录下了浩瀚的、广博的佛教历史的一页。

无疑吴用之是幸运的，在他的一生中，竟有两个历史上的巨人来他家投宿。现时，他的故居在时间消磨中，连一丝痕迹也没有留下，但是，这个屋宇中发生的故事，却慢慢地丰富起来，一代一代地流传了下来。对老田吴而言，前来投宿的不只是金乔觉和李白二位，上九华山朝山的文士们都会在老田吴歇个脚，住上一宿。宋代的程九万、元代的陈岩、明代的王守仁、清代的程文绣等人的诗篇中，都有在老田吴投宿的记录。

而今，老田吴村的周围有了许多豪华的酒店，村中的民宿也有不少。行走在九华山河边，镶嵌着酒店名字的霓虹灯在夜幕中不停地闪烁着，旅行的人再也不用去村里的人家投宿了，旧时月下叩门的意境也无处找寻。我突发奇想：我能不能仿效古人再在老田吴投宿一次，找回这个失去的意境呢？为了这个想法，在一个薄暮时分，我一直在老田吴村的巷弄里走着，可是在古村那么多家颓圮的门坊前，你叫我去叩哪一家的门呢？

院冲杨

老先生从厢房里取出三件东西来。一封信、一本规划图、一本书。信是他本人写给有关部门的，情真意切，呼吁政府对院冲村进行红色旅游开发；那本规划图纸是老先生请人做的，描绘的是村落作为休闲度假村的前景，看上去很专业；书是某个社会团体编印的一本小册子，是新四军在这一带抗战的图片，其中有两页的篇幅是介绍院冲杨的。

我是在周末骑行时，偶然抵达这个村庄的。骑行是无目标的行走，骑行有一个特点，就是专挑风景秀丽的、有些偏僻的地方行走。当我们看到有一条小路弯曲着拐向山里时，就义无反顾地跟着它进去，想一探究竟。

大约顺着山坳走进去半里路，眼前豁然开朗，出现一个二十户左右人家的村子。要是不走进去，你可能根本想不到这山巅之上会有一块儿平坦之地，翠竹之下还掩藏着一个这样大的村庄。村里祠堂前的场子上，有六七个人在锯着木材，搭着脚手架。看到我们推车进村，各自露出惊讶的表情。

我们问：这是什么地方？老先生走出来，打量了我们一下，操着方言说："你们是城里来的吗？这个村子叫'猿'冲杨。"我听不明白，问他怎么写，他说："医院的院，冲锋的冲，白杨树的杨。"我这才明白原来老先生把

“院”字读成“猿”了。交谈之后弄清了，这个地方的每一个村庄都只有一个姓氏，不带杂姓，所以他们称呼村名时，总爱把家族的姓氏放在村子名称的后面，如汪村柯、垄上陶等。

祠堂的主体结构保存得还算是完好，只是墙上粉刷的石灰掉下来，显得很斑驳。大门上挂着一块儿牌子，上面写着“新四军第七师沿江团团部驻地”几个字。祠堂和一般的江南宗祠并没有两样，这样的民居在这附近很多。房梁用最粗大的木料做成，位于最高处，形成屋脊。一道房梁就是一进，二道房梁间有一个天井，接纳雨水。较为气派一点儿的民居，多有两个天井。而院冲村的这座祠堂只有一个天井，明显地比周围的祠堂少了一进，但是每进面积还是很大的，比起村子里其他的屋宇，要堂皇许多。我们把头盔夹在腰间，逐一观看着四面墙上挂着的新四军沿江团的事迹介绍。

我想，新四军第七师沿江团把团部驻地安在这里，真是不错的选择。这个世外桃源般的村庄，四面环山，不是本地人，即使和它相隔咫尺，只要你不到村口，你也不可能看见它。新四军就是利用这个有利的地形隐蔽下来，开展游击战。沿江团曾在一个夏季，连续拨除了查村和馒头山两个日军据点，使敌人元气大伤。日军前来报复，翻山越岭到达院冲杨外围几里地时，天已经快黑了，笔架山上，竹木沙沙作响，似有雄兵无数。胆战心惊的日寇，恐惧万分，不发一枪就草草收兵了。

老先生带我们在村里转了转，他最为自豪的就是六棵大银杏树。六棵银杏树平均分布，村头三株，三角形排列，村尾三株，一字排开，像是村庄的守护神。在村里的小巷中走着，一路都是破碎的瓦砾。许多人家一把铁锁锁门，人已杳然无影，只待衰草淹没了门槛；有的人家根本不锁大门，任凭房屋空着。年轻人耐不住山中的寂寞，都去城里安家了。老先生告诉我说，村里只剩下五六个老人在守着。不是儿女们不孝顺，其实上了年纪的人故土难离。再说，一村人都出去了，村庄就没有了。

我看着在祠堂门前忙碌的人，有点儿疑惑地问：“他们是？”老先生回答：“他们是我请来的工匠，外村的，来帮助我们修缮祠堂的。”说话的时候，他招呼工匠们歇会儿，大家先用午餐。老先生拉住我们说，中午一起吃吧。我们撇不过情面，就留下来，众人围着八仙桌坐着。乡村的手艺人，是极受尊敬的，中餐也有一顿好酒。他们喝得脸通红，萝卜烧肉的香味，刺激着我的食欲。可我不好意思，只吃了一碗饭，而我的同伴则傻乎乎地问，还有饭吗，他去了厨房又多盛了一碗。

老先生一再把那三件东西递给我看，毫无倦意地对我们解释着。我看出了他想光大他的村庄的急切之情。对此，我很惭愧，因为我只是一个普通人，因为骑行偶尔到这里，对他的理想没有任何帮助。只好把电话号码留给他，说下次你到城里时，别忘记联系了。望着老先生失望的表情，我们逃跑似的匆匆告别了。

有一块儿红红的匾额挂在墙壁上：我们才知道，老先生是院冲杨一位退休教师，已经六十多岁了，看上去却只有五十多岁。

村庄的树

在皖南,你不是一眼就可以看到村庄的。皖南的村庄常常被绿树丛荫所遮蔽。如果你看见山脚下,某个溪流边,突然出现一丛、两丛高大挺拔的树木,那树林的下面肯定会藏有一个村庄。而那丛树林,就是我们通常所说的"水口"。

皖南人认为,村庄的水口,是村庄风水所在。水口之处,栽种的往往是枫树、香樟和檀树。对于村民们来说,水口上的树是神秘的,祖先的魂灵聚集于此,无论你有千万个理由,你都不能动水口的树。

鱼冲里是和王村相邻的村子,在鱼冲里,有一棵千年的枫树,它的根须深入地下,盘桓周围几百米远,参天高耸,枝叶婆娑,灰色的粗糙不平的树皮,像一块块儿鳞片,用手一掰就会纷纷脱落。夏天的傍晚,我和小伙伴们喜欢坐在枫树那粗大的、裸露在地面的树根上,数着从枝丫间漏下来的阳光,听着细风吹动枫叶的"沙沙"声。

有一次,村里为了筹款建学校,决定把这棵树卖了。当砍伐的人一斧头下去的时候,枫树的伤口上汩汩地流出了鲜红的汁液。"老树流血了!"在场的人都惊呆了,砍树的王三吓得扔掉了斧子,跑回家后,躺在床上,几个月也没有起来。

村前屋后,所栽的树多是相同的,大多是榆树、枣树、檀树和槐树。

而桑树及梨树是不准近村栽植的,要栽在离村庄很远的地方,“桑”与“丧”“梨”和“离”的谐音,让村人觉得不吉利。榆树和枣树是有生殖意味的树,喻多子多孙,早生贵子之意;檀树和槐树则寄托着儿孙们甜蜜的生活,以及他们常在怀中,安全吉祥。

树见证着村里人的生活,老树更是见证了村庄中几代人的生活。有的树竟是村里的始祖所植——在歙县新安江畔的漳潭村,有一株古樟树,树干需八人才能合抱,相传,汉张良不留恋功名利禄,离开朝廷在此隐居,成为后来的漳潭村人的祖先,这棵古樟树就是张良栽种的。在许多村落,人们对待古树就像对待祖先一样,虔诚地供奉着,在古树的枝丫上系着红绸,在它的根部摆着供品与燃香,古树成了村人心中的神。

我最喜欢的是松树。在松树林中,是不生长杂树野草的。特别是在秋天的时候,风一吹,地上落满了松针。有松树的地方通常是干净和凉爽的,松林之中,清风徐来,沁人心脾。小时候,我常拿一本书,坐在松林中读,我觉得在那里读书,有禅意。松树一般是野生的,谁也不会特意去种一棵松树,但正是这些松树,用它常年的绿色、硕大的树冠丰盈着村庄,它们掩映着低调的院落,把参差错落的屋舍揽入怀中。

年纪越大,怀旧之心也重了起来。回到村里的时候,我常常要去数数那些留存下来的古树。由于各种原因,古树越来越稀少了。奔向城市的人们,对古树的保护和敬畏,正在日渐减少。许多古树,因为偷伐,因为雷打电劈,只剩下一截截树桩。但你不用担心,在村里,每死去一棵树,都会有新生的树从原地生长出来。

新生长的椿树,一月不见,就会长高一大截,它全身披满嫩黄色的花朵,映着阳光,醉在春深处。垂柳摇曳,在溪岸边排成长队,逶迤远去。柿树林,最美的时光是在冬天,冬天里挂在树上的果实,像是村庄里挂出的串串红灯笼,让村庄温暖起来。小木匠的眼里,每一棵桑树都能做成扁担。而常常瞅着杉树的,多是村里活够了的老人,他们要在离去之前,为自己觅一株上乘的棺木之材。

村庄里的树,是鸟来筑巢之处。树为鸟遮阳遮雨,鸟给树以生机勃勃。对村里的人来说,他们自己就是一只只从天边飞来的鸟。村庄就是一棵树,是他们暂时歇息的地方,等老了的时候,他们还是要飞走的。

桃花春水女萝枝

当我走进石门这个小小的村落中的时候,我愿意称呼它的另一个名字:桃花坞,同时我更愿意把这个村庄当作一个姿容绝代的女子,用我的想象带她回一趟遥远的唐代。

她在层峦叠嶂、如诗如画的群山中,恬静又活泼,快乐而忧伤。春日迟迟的早晨,那千年的石板路上,她款款地行走,裙裾拂开一路朝霞;在烟雨迷蒙的细雨天,她撑着红纸伞,在小巷,在龙舒河边,清新如一朵雨中的桃花。

这是桃花的源头,难怪这里满山遍野都是桃花。因而这个女子便天生有桃花一样的面容,桃花一样鲜艳的明眸。曾经有个诗仙被贬谪到人间,他四处游历,阅尽了尘世间大好河山。可是有一天,却迷失在这桃花筑就的坞中,流连忘返,醉与花眠。他在常常醉卧的岩石上,写下“春台岩”三个字,从此,那块岩石的下面,一直是片片落红,诗意葱郁,酒香千年犹存。

有桃花的地方,春水就会上涨,这就是桃花春汛,春汛之季总是湿漉漉的。这时候,这个女子在阁楼上,身着唐装,圆润的双肩,半掩的酥胸,推开窗户,一丝幽怨映照在如镜的方塘中。可是春水再涨,也高不过那个前来联句唱和的诗人。他就是站在这涨高的春水边,遥望到了更远处的九子山，看见了那里秀出的九朵芙蓉。然后，他用这造化天然的石潭中的春水，写出了“妙有分二气，灵山开九华”的千古绝句。

我最想说的就是，这桃花坞的傍晚，似乎有无数女萝枝在溪水上摇荡。与此同时，月亮在溪水上摇荡，这个美丽的村庄也在溪水上摇荡着。恰巧，那个常常醉酒的诗人走来了，他看见她女萝似青丝飞扬，宛若神仙，便情不自禁地弹剑而歌：“桃花春水生，白石今出没。摇荡女萝枝，半摇青天月。”她虽然不大懂得诗的含义，但是她听出来，这是一种美如天籁的声音。她开心地一笑，露出洁白的牙齿，猛然间又觉察到自己有点儿失态，慌忙将手一掩。她这个动作被那个醉酒的诗人看见了，不禁心旌一动。

这一动的心旌，一直在他以后到了夜郎时，还轻轻地在动着。那个诗人是谁？他就是李白。

当我把思绪从唐代拉回时，才发现，我到达这个村落之时，已是花落的季节，大片大片的桃花已经谢了。我一点儿也不觉得遗憾。我想，这些零落于地的花朵，必定早已被人堆成了香冢，或者在春水边，被含泪抛洒，让它们随波逐流而去。至于那挂着明月的女萝枝呢，已经珍藏在诗仙的诗中，让后来的我，或者和我一样来这里寻觅她的人们，慰藉一下心仪已久的情感。

线装杏花村

杏花村是一部线装书。无论它悠久的历史、厚重的文化,还是它今天的发扬光大,都使得这部书格外令人炫目。杜牧的《清明》诗是线装书的序言,以一首诗作为序言的村庄,注定有着诗的意境和浪漫。

清明时节雨纷纷,路上行人欲断魂。借问酒家何处有? 牧童遥指杏花村。杏花开得正盛之时,恰巧是春雨初下之时,春雨润物无声,洗得花更加娇艳。今年的春雨稍稍有点儿变卦了,有时它会挟“倒春寒”之威,或淅沥,或倾盆,摧花折柳,这倒让人不禁怜惜起花来。

雨水节令已过。骤雨来时,是倾斜的,它打得花枝乱颤。那一刻,恐怕在村中行走的人,会生起把倾斜的雨扶住的想法。当然,一个人产生这种想法时,大多是在酒后,在酒后,踏着蹒跚之步,斜睨着眼,总是想吟一首诗。所以从古到今,那些来过这里的诗人,四处寻找酒家就不足为奇了。

春雨首先淋湿的是线装书的序言。一首《清明》诗被雨洗得发亮,历久弥新。许多迟滞在雨中的诗人陆续登场了,车辚辚马萧萧,长衫绫罗、环佩叮当,他们用诗描绘着杏花村十二景。

平天春涨是十二景之首,这当然要让李白开个头。“水如一匹练,此地即平天。耐可乘明月,看花上酒船。”罗隐接下来写的就是十二景之一的“昭明书院”，即“秋浦昭明庙，乾坤一白眉。神通高学识，天下鬼神师。”书院亦称书堂、山房、书屋、精舍，是名人读书著文之处。梁太子萧统曾在杏花村送粮赈灾，百姓感其德，建造了昭明太子的衣冠冢和太子庙，因庙中有珍藏文物书籍的文选楼，所以又称为“昭明书院”。虞邦琼的“茶田麦浪”也是其中一景：“晴翻翠浪野云边，日午风微皱绿田。疑是清明时节事，一村烟雨杏花天。”曲水流觞，风雅四月天。杏花村十二景，景景皆有诗。

楹联也是线装书中的重要部分。明代山西人张邦教，曾出任池阳郡同知，后官至陕西按察使。他在池州任职期间，“留意山水，赏表杜樊川遗迹，因自号曰‘惜花人’”。“惜花人”常在杏花村流连忘返，叹息这里无酒可沽。他在杏花村前立亭，撰联曰：“胜地已无沽酒肆，荒村忽有惜花人。”清代李暲是杜牧的粉丝，他为杏花村杜公祠撰楹联：上联为“此地有秋水长时，华汀落雁，翠微含笑，华盖晨钟，遂令太守流连，西城问酒；”下联是“那边是莲峰凝秀，柳岸飞莺，塔影横波，猿啼雪夜，竟使谪仙倾倒，南国传歌。”一副楹联，如沐春风，道尽千古杏花情。

线装书中弥漫着酒香。清人柯日乾“何处觅黄公，青帘远近同。门前乌桕树，犹作杏花风”写的是“黄公酒垆”。说的是唐会昌年间，有个叫黄广润的人，在杏花村开设酒店，店内有井，泉香似酒，汲之不竭。小时候看童话，读过能生出米的米缸的故事，它竟和从酒垆的井中，能取出酒一样的神奇。我想杏花村的酒，是因为诗而来，而诗又是因为花而来。杏花村的酒，是大地的佳酿。杏花撩起了诗人的兴致，黄公酒又助了诗兴，一个村庄就这样丰满了起来。沈昌作《杏花村》诗：“杏花枝上着春风，十里烟村一色红。欲问当年沽酒处，竹篱西去小桥东。”若当年沽酒处还在，那沽酒的人哪里去了？

《杏花村志》是这本线装书的注释。提起《杏花村志》，不能不提到杏花村人郎遂。今日重读《杏花村志》十二卷，会从中体会到斯人的性情和才艺。我可以依稀看见一不乐仕途的书生,一袭长衫,布囊在肩,在村里村外行走。“凡夫缙绅幸布,无不咨询;巷议街谈,无不茹纳。”郎遂是最早在杏花村采风之人。他孜孜以求,不遗余力,历时十一载,终于授梓成书。《杏花村志》问世之后,被收入钦定《四库全书》。这个注释的意义非同小可,正是因为这个注释,才让杏花村的归属有了着落。面对拓印的竖式的繁体文字,我们感恩之心洇透了殷殷字迹。

三月阳春,春服既成。邀二三好友,走进杏花村中,饮一回酒,看一回花,就是读一部意味悠长的线装书。

碧岩花开

花开是次第的。先是杏，然后是桃花，是梨花，到了四月，则是《红楼梦》里的麝月抽到的一支签：开到荼蘼花事了。可是碧岩村不是这样，4月底，还有大片大片的油菜花，还有漫山遍野的映山红盛开着，奢侈极了。村里人似乎对这种奢侈并不惊讶，从来也不觉得自己就是个赏花人，因而看花不是花，任你那些花儿开得多么的灿烂，人依旧是原先的恬静散淡。

碧岩村是我的老家。记得童年在乡下砍柴时，总喜欢摘一朵杜鹃插在担上，花朵簇簇闪闪的，我就像一个有点儿招摇的樵夫。这柴火放在脚屋里，上面的杜鹃半天就萎了，只要再过些时候，它就会完全枯掉的，我也不去管它，从没有想到过把它插在瓶里，拿水养着。有一种叫“端午锦”的花，学名称蜀葵，它总爱在夜间湿漉漉地淋着露水，傻乎乎地站在菜地里。碧岩村子里的人虽然不喜欢种花，但对于端午锦，多数人还是喜爱的，由于它开得硕大，开得热烈，因而有了乡间的喜庆味道。我记得，媳妇总爱在月色星光下，把菜地里的端午锦摘一朵，偷偷地挂在床头上。

李白的诗，也和这个村子有关的。“夜到清溪宿，主人碧岩里。”李白来过这个村子，诗中却没有提起任何一种花，因为星斗之下，花都隐去了，隐在深深的夜里。诗仙只提到过村里的风和水，在他投宿的那天夜里，一直在枕席边响着。这个我倒有一番感受，遗憾的是，李白没有看到溪水中的花。碧岩村溪山回环，春寒回来，轻风过了林梢的时候，清亮的溪水中，漂浮的必定是桃花，一瓣瓣的桃花和流水泛在一起，让看到的人，无不是心思徘徊，如李后主的词，比平时多生了几分感慨。

桃花、杜鹃开得脱俗，不拘何处，想开就开。油菜花和木槿花就有些不同了，油菜花只能整整齐齐地开在地垄里，花谢了之后，还要结籽。早上，你如果从油菜花地里过的时候，那浓重的露水，会把你的裤腰以下，全部打湿。木槿花一般开在人家的篱笆里，它的枝条通常是被人剪下，插在篱中，过几天这些插在土里的枝条，就存活了。木槿开花的时候，簇新的花朵像水一样漫过篱笆，所以村里人又叫它“漫过篱”。在山岩边，在树丛里，还有高大的泡桐，它从一片蓬勃中探出头来，开的是一树白中透红的花，一开就是一大丛，怒放在满山的青绿中。

上学时，我喜欢看太阳倚在西山、迟迟不下的情景。只那一刻，花事的烂漫像是忽然变得简淡了，春像是一阵粉色的流云，从山的那边漫过去了，这仿佛使我有了远意。拂开地图我找着：苏州、杭州，哦，还有浩瀚的大海。它们都在山的那边。山的那面，有着比碧岩花开更繁华烂漫的都市。我读着王家新的诗：“小时候，我常伏在窗口痴想，山那边是什么呢？妈妈给我说过：海。”那时候，去看大海，去看都市，成了我儿时最大的愿望。

可是现在，漂泊半生的我，曾经的那一份远意已经化成了归意。就如同我的父亲，嘱咐我在他去世后，要将他葬在老家的坟茔里。春天，正是韶华胜极之时，他走了，在这春的喧闹中默默地离开了人间。骨灰到了村里时，阔别了二三十年的乡亲，相识的或不相识的，依然围拢了来，吊香祭奠。我含泪望着远山，忽然觉得最亲切的地方还是脚下这片故土。梨花如雪，一片片地飘落在我的肩上，也飘落在我手捧的盒子上。我忽然有点儿想责怪这些梨花了，“梨”和“离”之读音为什么要如此相同，梨花又为何要和胸前的悼花一样的白？

乡野的花，比起城里花坛中的花，多了一份灵气和精神，它是山川画卷中的点缀。而碧岩花开，对于我而言，还多了许多另外的东西。

譬如慰藉，譬如亲切。

天上的村庄

那天雨停了之后，站台上的人们开始不安起来。因为等待很久的车没有来，于是有人烦躁和埋怨着，在原地走来走去。其实，在快节奏的城市中，缺少的总是安静和缓慢。就在这失望的情绪在站满人的站台上蔓延的时候，突然听见有人喊：“看哪，天上有个那么大的村庄！”

顺着她的手指望过去，我看见雨后初晴的天空上慢吞吞地现出一大片云霞，云霞不断地变动着，簇拥出一个黛瓦白墙的村庄。一条青色的小河围绕着它向东流去，最后隐没在大片大片的“花丛”中。美景让成天生活在钢筋水泥丛中的人们眼睛一亮，在凝视中暂时忘记了等车的焦躁，心情忽然平静起来。

此景只是天上有，我想，它只不过是海市蜃楼而已。直到有一天，我来到查济村后，才知道那天看到的“天上的村庄”，此刻就在眼前，她正静静地躺在江南群山的怀抱中。

在查济村，你适宜在细雨霏霏时撑着一把伞，慢悠悠地散步。因为在雨天，溪水微涨，微涨的溪水会丰腴古老的村庄；因为在雨天，雾遮村庄，越浓的雾越能将岁月藏得严严实实；更重要的是雨天会让你的心臆舒展，洗去久积的烦恼，放松紧绷的心情。最好雨不要太大，要便于你的行走。

我就是在一个雨天去查济村的，在雨中沿着查济河或在小小的里弄里走着，听沧桑的桥梁和颓圮的古建筑叙说它们的故事。高高的马头墙，昭示着查济曾经的辉煌。那些元明清时期的建筑，有的保存完好，有的却已经坍塌了，那些坍塌的古建筑，也是很随意地倒在地上，自然而安宁，没有一丝对旧日的不舍和嗟叹；有的仅存一个高大的门楼，但它静静地站立在那里，充满着力量之美。在一家院落里，正屋的那面墙已经倒下一半，但在没有倒塌的那面墙檐下，依然可以很清晰地看见彩绘的各种图案。许多姿态各异、美轮美奂的砖雕和石雕也是很随意地散落着。

还有桥。沿村中的查济河而上，几乎每走百来步就会有一座桥。所以在查济，你就有可能在雨天，间或看到桥上，一个或者几个撑伞的女子，看到她们很随意地给这个村庄添加了几分灵动。我们见到的这些桥，多被一种爬山虎的青藤缠绕着，桥的下面，很随意地横竖着长长的石条，这些可能是以前倒塌的桥梁留下的。妇女们就蹲坐在这些石条上，把笑声和捣衣声丢进水里。

查济村是随意的。在许多百年老宅里，人们抽烟喝茶，玩着纸牌，一天就这样过去了。他们不介意香烟是否廉价，也不介意打牌的输赢，只是图个兴致，等到吃饭的时候，后面喊一声："吃饭了！"这边应一声："来啦！"便将热腾腾的青瓷碗端上八仙桌，菜也是随意的，是家里地里的韭菜，是山间刚拔来的竹笋，是鸡窝里刚生下来的鸡蛋，或者就仅仅是一碗面条。而院子里的母鸡"咯咯"地在长满青苔的石板上啄着，漫不经心地，全然不顾我们的来临。倒是我们不好意思起来，像一个打扰别人清静的不速之客，有点尴尬退出门外。

我坐下来，坐在石板桥上，让风轻轻地吹着。查济村是缓慢的。溪水缓慢地流着，风也是缓慢地吹着。就连天上飞翔的鸟，也是那么不紧不慢，在一个枝头上叫几声，几十分钟后再飞到附近的枝头上发呆。因为缓慢，所以古旧，所以平静。偶尔的一盏电灯、一台电视，这些现代的东西，也改变不了这古旧的格调。在这种格调中，你若听到潺潺的水声，你若沐浴着那来自明代檐口上的风，你就会觉得速度不再重要，重要的是你的心灵已存入静默之中，它会让一切都变得平静而澄明。

我在村外的油菜花中走着，忽地想起了那天在站台上看到的那片云霞，以及那片云霞中的村庄。

第四辑

花草水鸟

人可以渐渐地变老，河流却越来越年轻。美丽的秋浦河和清溪河深入我们这座城市的腹地，给柔美的城以灵动和完美的情感表达。风和日丽时，水波不兴，仿佛在妩媚地诉说风情；风雨骤起时，滔滔大水，表现的是心意决绝和义无反顾；月色当空时，浪花鼓荡，那是小城缠绵的缱绻，或是佯作恼怒的轻嗔。

·水　声

16岁那年，我第一次出远门。在小轮码头，我买的是“散席”票。“散席”票是最便宜的船票，比四等舱还要便宜几倍。它是轮船的底舱，你可以领张草席，睡在舱板上。那时坐散席出行的，都是一些小贩和四处讨生的人。为了节约路费，他们买的都是散席。人多起来，自然就非常拥挤。我蜷缩在一个角落里，躲避着叫骂、汗臭和争吵，一个人憧憬着远方城市的繁华。

夜半时分，四周嘈杂的声音已经停息。躺在散席上的人们进入了梦乡，我却翻来覆去地不能入睡。江水冲击着船舷，发出哗哗的水声。我偷偷地笑了，我觉得这水声欢快而优美，如同天籁。

水声仿佛是时光的脚印，三十年来，一直走在我记忆的背后。人有时是很奇怪，在一生之中会忘掉很多事，甚至是一些很重要的事情，但他却能记起一些看起来是很不起眼的东西，譬如水声。

在壮志和豪情尽付于东流之后，去掉那份追求的执着，真正需要的还是宁静。这才想到宇宙寥廓清远，每一个人只是其中一颗暗淡的微粒。在一个鸟声渐老、芒花乱飞的暮秋，我回到了老家碧岩村，突发奇想，想在那儿住上几天。旧居早已蛛网密布，桌子上落满了灰尘。我忽然想到古时的英雄，从江湖隐退之后，一定会拽杖蹒跚着回到旧时的山林。我不是英雄，谈不上迟暮的感觉，我爱上的只是乡村悠缓生活的趣味。

没有电脑，没有电视，关上手机，可以拿起一本书，在小院子里，坐在椅子上，消磨掉一个漫长而安静的下午。屋边的小溪围着篱笆流着；窗外的青山叠嶂，像波浪一样起伏；树木在风中，轻轻地摇。我忽然感觉到日子长了好多，而同样的时光，在城市的节奏里，似乎过得飞快。

在晚上，我随意扔下枕边凌乱的书，关上灯，睁眼躺在床上。乡村的夜，万籁无声，万缘俱断。这时，我忽然听到了水声！水声来自屋后的小溪，潺潺的流水，流淌不息，竟然发出如此好听的声音。这叮咚叮咚的节奏让我迷醉，我曾经在旧屋里住过多年，惊讶的是我从前好像从来没有听到过它。我想这音乐般的水声，大概只有在内心宁静的时候，才会去注意它，去享受它。

接下来我翻开的是梭罗的《瓦尔登湖》。那是从乡村再回到城里以后的事。读这本书是缘于一个湖——平天湖。平天湖是我所居住的城市中的一个美丽的湖，镶嵌在城市的中心。从楼顶上看她，她温润得如同一块儿宝玉。那天夜里，我走在岸边的栈桥上，听到了桥下激荡的水声。你可能想象不到，这么柔美的湖，会发出这么大的水声。我想知道原因，于是我打开了梭罗的那本书。

书中的一泓秋水，不染纤尘。一个人湖边筑屋、种豆、耕耘和写作的同时，灵感会化成缕缕轻风，在自由和闲适的思想之湖上，吹动微微的波浪。我忽然明白，选择是否隐居并不重要，重要的是我们对生活姿态的选择和感悟。

整个秋天，我都没有离开那本毛边的书，我坐在阳台上，闭着双眼，享受着从那本书中听到的水声。

水　渍

像是被六朝的潮气洇透的，老宅里到处都是水渍。在蚊帐的顶部、白色的墙壁上、厢房的板壁上、紫砂壶的肚子里，水渍缠绵无声，装饰着江南的寻常人家。

在冬季的清晨，我喜欢偎在床上，懒得早起。因此，和我视线相对的总是那些水渍。我靠在床沿，把墙上的水渍想象成一座山、一条河或者是一个人。再把那些山、河、人串联起来，想象成一幅画。我觉得这样甚是有趣，因为这些画是可以变化的，只要你变换一下角度，你又可以把山看成人，把那条河看成那个人手中的一根飘带。

偶尔，我对着那些水渍走神，面对着它，想一会儿事情。这也没有什么，仅仅是想一些无关痛痒的、起床后就会忘记的事情。这时候，水渍往往是个引子，没有水渍，光滑雪白的墙壁，会制约想象力，人一旦失去了想象力，就会呆呆地偎在床上，会很无聊。而水渍恰到好处地提供了想象的素材。譬如要是看到墙上有个深色的印迹，我可以把它看成一亭子；如果在亭子的边上有两个淡一点儿的印迹，可以把它看作红娘和张生。然后我会不顾一切地，花上半个小时，去离他们较远的水渍里找出鸳鸯。

假设那是《牡丹亭》里的片段，可以随意让你演绎的片段，我可以在这个片段中消磨掉一个上午。对于水渍，更多的情形是，除去诗意的剧本外，还有就是可以从中读出亲情的表达，这种表达的比重在我的心里越来越大：在老宅的石灰粉墙上，前尘旧梦交叠，如同存贮着的时光的底片，曾经的欢笑和悲戚，曾经的爱恋和情仇，以及从天井里的泻过来的如水的月色，祖父和祖母，以及祖父的祖父，祖母的祖母，都似乎在水渍里走动着。莫名的感动常常产生在这虚拟的想象之后，我起身打开书柜，铺开细腻的宣纸，濡墨，想把刚才的场景描摹下来，却往往不得要领，叹一声从小没有学会绘画的才艺，长大后只好留下了一纸托不住的感伤。

水渍有着难以置信的柔软之痕，它符合江南的格调。斜风细雨在窗外，桃红李白在窗外，它们都透过马头墙向屋子里洇着。只有在江南的潮湿里，水渍才那样丰富多彩；只有在时间的流逝中，水渍才有那样无尽的内容。其实，水渍就是一幅中国水墨画，不求逼真，只求神似。黑白二色依仗的是浓淡的变化，而浓淡的变化幻化出不同层次的色彩，有人说墨分五彩，墨即是色，却道出了中国画的真谛。而水渍却是不费寒墨，不求名砚，渔者樵夫，老叟稚童，皆浑然天成，没有丝毫的矫情。

人生就是在完成一副卷轴。从幼年开始画起，一直画到生命的结束。画母爱，画爱情，画彷徨中的迷惘，画春风得意马蹄疾，画高潮跌宕的激情。可“一点一拂，动笔皆奇，传世盖少”，并不是每个人都有杰出和伟大的人生，绝大多数人完成的人生画卷形同水渍——卑微，不足称道，不足让人欣赏。但不管是传世的杰作还是不足称道的“画图”，唯一相同的是所有这些绘画人，他们的喜怒哀乐和感悟情怀，都如同水渍一样洇进他们的心灵。心灵上的水渍，不分个人事业的成功和失败，一律是同样伟大的作品，乞丐和富翁，俘虏和将军，他们心灵的水渍，同样的丰富和精彩。

因为是被人生的辛酸苦辣洇透的，我愿意时常去看一看心灵上的水渍。

水　湄

“关关雎鸠，在河之洲。”《诗经》是从一线水湄开始的，浅浅的沙洲上，印着鸣叫的鸟儿清晰的爪迹。

“所谓伊人，在水之湄。溯洄从之，道阻且跻；溯游从之，宛在水中坻。”《诗经》中的女子，总是盈盈伫立在水边，她的身材永远是那么窈窕，容颜永远是那么秀丽，而你永远不可抵达。

曾经有一个出生于草野中的少年，常常坐卧水湄，看惯了芦花飞扬，看惯了朦胧的江面上，舟船在烟波中出没。有一天，他读到了那首《蒹葭》，他被诗中的绝世之美所感动，于是揣着一本崭新的《诗经》，上武昌下南京，也没有见到水湄间的那个女子。

那个曾经的少年就是我。

纵使追到天边，追到白首，也不能轻触到她白云一样的罗裳。

我终于明白，水湄间的那个女子一直站在古典的柔波中。也正是因为她站在那里，才能一站就是几千年。她留给你的仅仅是背影。若是她款款地走过来，走进了尘世，她的美就会随时凋谢。张爱玲的意思是，尘世中的女子，即使如玫瑰一样的美丽，即使从一开始，她就是某人胸前的一颗朱砂痣，久而久之，也会变成墙上的一抹蚊子血。

因此，她虽然令人向往，却让人难以追寻，她不可能随你走进尘世。

几十年过去了，曾经的少年长成了现在的我。

转眼两鬓飘霜，却不经意地看见自己已经跨过了流水的阻隔。

你忽然发现，尘世的女子，并不都是一瞬间的绚烂，有时她虽然敛约了嫣红，却会让一个人在晚秋中为多年前的一颦一笑激动不已。甚至一个不曾读过《诗经》的女子，也一直驻足水湄，在经霜的芦荻中，等亲人系舟归来。在他上岸时，她莞尔一笑，用温柔的笑容洗去他满脸风尘。她的美并不是那样遥不可及，而是近在咫尺，细腻而温馨。

这个水湄是窗口，是阳台，是柴米油盐，是卡里的电费水费。

这个女子如同张晓风所说的：把长椅坐成了小舟，把车声变成水声，把公寓爱成山色的——女人。

同在水湄，一个女子让你一千年不可企及，一个女子每秒钟都在等你归来。

·水　袖

很自豪的是我居住的城市有两条很美的河流。江南的河流清澈、简单、写意，没有金粉楼台，只有黛瓦白墙，一叶孤舟兀自横。我住在河边，推开窗户，就可以看见河上的雾如同诗一样的柔和。轻雾被风吹散，恋恋不舍地离开了行人的衣袖。

这两条河流是秋浦河和清溪河。唐代时，李白寓秋浦，作秋浦歌17首，写的就是这两条河流。许多个夜晚，我在清溪河边的诗廊下走着，读着一首首先贤们描绘这座古城的诗句。河水在路灯的映照下，泛着涟漪。是不是诗的灵性融入这微微的浮动中，才使我眼前的这一匹白纱在夜色中如此神秘、秀丽？

有人拉着二胡。我喜欢二胡的音色，如怨如诉，温暖柔和。这座城市是黄梅戏的故乡，人人都会唱黄梅戏。河边常常有人用二胡为黄梅戏曲伴奏，唱曲的多是中年以上的女人，一招一式，举手投足，十分有韵味，百分精神。但我总觉得缺少了什么。直到远在北方的亲戚，忽然提出要看看家乡的秋浦河和黄梅戏的水袖时，我才知道原来她们的招式中缺少的原来就是水袖。

恰巧那天在街上遇到一个戏圈内的朋友。我急忙问："还能见到水袖吗？"她有点儿惶惑地说："还有吧，不过现在多数是往舞台剧方面发展，一般不那么演出了。”说完，她蹬着高跟鞋嗒嗒地走了。

黄梅戏已渐渐不用水袖了，河边的戏曲爱好者更不可能去舞动水袖。设想我铺开信笺，给北方的亲人写信时，会发现自己的自豪中夹杂着一丝淡淡的感伤。我实在找不到可以拍摄带水袖的地方了。我想这封一路邮尘，辗转到达她手中的墨香和光影，被那迟钝之手轻轻地打开后，会不会得到的是一个永远的失望？

于是我把拍摄的重点放在秋浦河。拍摄秋浦河最好是站在高处，这样可以拍出她的翩若惊鸿的气势，缠绵悱恻的情思，云卷云舒的态度，将河流的秀美一网打尽。实际上，最能勾起怀乡之情和重现少时愉悦的应该是秋浦河中细微的元素，你让镜头低一点儿，近一点儿，就可以拍到那些细微的东西。如古渡、渔网、黄桷树、草帽和抽烟的船工。这些镜头会带来亲切感。它们让生活的底色和李白浪漫的诗句在一幅画境里，相得益彰。古诗是河面上的薄雾，生活的底色是芦苇，是水牛，是黛瓦白墙的水岸人家。一个假期，我沿着秋浦河行走，猛然看见有一人家，堂中坐着一个少年女子，对着菱花镜，正梳理着顺直的乌发。她对我笑了一笑，如同阳光下岸边的油菜花一般灿然。

人可以渐渐地变老，河流却越来越年轻。美丽的秋浦河和清溪河深入我们这座城市的腹地，给柔美的城以灵动和完美的情感表达。风和日丽时，水波不兴，仿佛在妩媚地诉说风情；风雨骤起时，滔滔大水，表现的是心意决绝和义无反顾；月色当空时，浪花鼓荡，那是小城缠绵的缱绻，或是佯作恼怒的轻嗔。

那一天登上齐山，我忽然灵光一闪：这两条河流不就是我们这座城市两条舞动的水袖吗？我要把这个发现，告诉远在北方的亲人。

梧桐花

我家的老屋是很普通的皖南民居，有高高的马头墙、雪亮的天井和雕花的厢房。在我童年时，四间小厢房里住着三户人家，拥挤不堪。由于老屋年代久远，所以每年到 4 月下雨的时候，细细的雨水就从瓦缝中不停地漏下来，母亲让我用塑料盆在地上接着，雨水滴在盆里，叮咚叮咚地响，让人心烦。

唯一让我舒心的事情，是偶尔能看见一大朵一大朵梧桐花在雨后从屋檐上飘下来，落在天井里，花是紫灰的颜色，带有一种苦涩的香味。我家老屋的四周有好几棵高大的梧桐树，那多数是小叔栽种的。梧桐是一种卑微的植物，在贫瘠之处也能旺盛地生长，它的花朵更是繁硕和烂漫，一遇到雨天，地上一片落英。

梧桐花似乎永远开放在贫穷里。小时候，我最大的愿望就是逃离这个破败、杂乱的老屋。我坐在梧桐花下，学会了孤独和惆怅。我最伤心的就是看着那些梧桐花被依然冷峭的雨打着，刚刚展开花瓣，就纷纷飘落在泥中。在那春天的雨后，常常只有少数的几朵坚守在枝头，沉默而执拗。

我在母亲用鸡蛋换回的那本写字簿上，画满了梧桐花。看着我对写字本的糟蹋，母亲气愤异常。这愤怒直到二表姐从青岛回来，才趋于平息。二表姐肯定了我的这些作品,并帮助我逃过了母亲的责骂。我和她坐在老屋的门槛上,看着高远的天空。她说,梧桐花是甜的,可食,你试试看。她把一瓣放到我的嘴里,教我舔尝梧桐花的花蕊上的甜味。当二表姐低头咀嚼梧桐花蕊的时候,我看见她白皙如玉的脖颈上粘有一片梧桐花瓣,我盯着那片花瓣痴痴地想:这么苦闷的花朵中,为何还有这样令人不安和心跳的甜味?

鸟将梧桐树作为落脚之处。我常常可见梧桐花丛中,有着一两个鸟巢。聪明的鸟喜欢把家安在梧桐花中,隐蔽、安逸而从容。在天空中飞翔只是它们生存的需要,无论它们飞得多远,鸟儿总会带有梧桐花的香味,那是它们家的味道。

后来有一天,我一头挑着捆扎的被子,一头挑着梧桐木做的箱子,坐上了奔向南方城市的火车。当我到达五光十色的城市广场时,我意外地发现,那棉被的折叠处还粘附着一朵梧桐花!不知道是不经意地落上去的,还是谁故意放进去的,虽经千里奔波,它的颜色依然如初。现在,我终于逃离了我破败的老屋和贫穷的山村,却一点儿也高兴不起来,总是觉得身边缺少了什么。我拿起被子上的那朵梧桐花,把它夹进书中,让它的味道留在我喜爱的文字里。

无论我飞得多远,我都带有梧桐花的香味,那是我的家的味道。

牵牛花

立秋以后，被太阳照得滚烫的晒场上，偶尔会有一股旋风在迅疾地行走，碎稻草屑被风卷到空中，越过马头墙，转过山嘴和坟地，然后消失得无影无踪。母亲告知我，这是“鬼风”，见到它一定要避开，若是谁沾上了，就会生病的。可是娟子不听，她总是晃动着头上的小丫角，去追赶那带有妖气的风。

有一天，娟子为了摘一朵牵牛花，终于让风吹着了，旋风吹歪了她的嘴角，口水顺着那合不拢的嘴角往下流着。娟子一点儿也不在乎，她是个野孩子，没有一丝女儿相，母亲这样数落着娟子。

但娟子对我母亲的话一点儿也不在乎，仿佛没听见一样。她照样屁颠屁颠地跟着我，在清溪河里摸鱼捉虾，在月亮地里用小网罩着秋虫。秋天的天空高远异常，我常常靠在河边老槐柳斑驳的躯干上，被山那边的天空所吸引，我是多么渴望知道山那边的世界是个什么样子啊。我随身携带了一个小收音机，里面哇里哇啦地播放着英语节目。我完全听不懂它说什么，只是觉得在这干热的午后，它更能排遣心中的那因虫鸣引起的烦躁。

二伯指着我对母亲说，这孩子在玩的时候还知道学习，将来一定有出息。他同时回过头来问娟子：你长大想干什么？娟子歪着嘴，毫不思索地说，我长大了放电影！二伯摇摇头走了：这丫头，是个赔钱货。

那个秋天，我和娟子发疯地追随着从县里来的放映队。放映队是流动的，在夜色中从一个村庄流到另一个村庄。晒场上，两根毛竹支起银幕，就可以放映了。娟子迷上了银幕上的七仙女和林黛玉，她学着她们的样子说话和走路，并去镇上买了一套连衣裙。连衣裙领口下边，别着一朵牵牛花。那件白色的连衣裙和鲜艳的牵牛花，把青春期的娟子衬托得美丽异常。放映队里有一个小伙子，在放映时，总爱把娟子带在放映机旁边坐着，他一边放电影，一边有一搭没一搭地和娟子说话。就这样，我和娟子跟着那支放映队，几乎跑遍了全县所有的村庄。最后，我被母亲揪着耳朵扯了回来，而娟子却机灵地躲过了她父母的追踪。

后来，我再也没有见过娟子了，听说她和那个放映队里的小伙子结了婚，几年后又离婚了。三十年后的秋天，我再次见到娟子时，她已经是一家传媒公司的董事长了。我们在省城的一次招商会议上相遇。我是一家外商聘请的英文翻译，而这家外商这次的谈判对手就是娟子。我见到她时，第一眼看见的就是她衬衣上绣着一朵大大的牵牛花。

野菊花

每天早晨,我都能在阳台上看见一个黑黑的汉子,推着一个下肢瘫痪的女人,从我的楼下经过。手推车是很破旧的,车身上的红漆斑驳不堪,还沾着零零星星的泥巴。令我惊讶的是,那个瘫痪的女人的手里总是捧着一束野菊花,经过我门前时,我还看见她不时地嗅着那些盛开的花瓣。

他们俩是在附近建筑工地上做工的农民,那男人似乎是一个泥瓦工,那女人是在工地上看管材料的。

每天,女人都在工地的大门口坐着,她的前面放着一张桌子,桌子上放着一个小花瓶,瓶里插着那束野菊花。而那个男人呢,却在一天一天长高的楼房上翻动着泥刀。我站在我家的阳台上,正好可以清楚地看见这一对夫妻。特别引起我注意的是,那个男人在工作的同时,像是不放心女人的样子,总是不时地向门口张望。

花插在盛满清水的玻璃瓶里,在阳光下开放得非常灿烂,充满着生命的活力,好像没有一丝忧伤。好多天过去了,我终于发现了那束野菊花的秘密了。每当女人把那束野菊花举过头顶,摇着摇着的时候,我就能够看到她的男人从杂乱的脚手架中飞快地跑了下来。他走到女人的面前,轻轻地抱起女人,走向工地上简陋的厕所里。野菊花只是他们之间的默契，在需要的时候，它成了召唤的信号。

后来，我在楼下见到了他们，男人告诉我，两年前，他们夫妻从农村来到了这座城市，不幸的是，在一次事故中，女人从高处摔了下来，导致了下肢瘫痪。后来，一个房地产老板怜惜他们，留女人在他的工地上看管材料。男人说话的时候，女人把花捧在胸前，微微地笑着。

野菊花总是开放在苦难里。无疑这一对夫妻是不幸的，他们从乡下来到城里打工，原本是为了获取美好富裕的生活，可是厄运却让女人失去了行走的自由。但是，他们在厄运中，依然没有忘记美丽的花朵，依然执着地热爱着这世间美好的东西，不仅如此，他们还用这些美丽的花朵坚强地舞动起了爱的旗语。

那天午后，也就是在我发现这个秘密的时候，我的心被它轻轻一击，心头所有的黯淡都一散而尽，继而明亮起来。在这对夫妇面前，我曾经有过的抱怨、委屈甚至愤世嫉俗只能让人惭愧，才发觉，生命，竟是这样的美丽和幸福。

石竹花

江南乡间民居的后面，常常有一个大大的园子。我家老屋后面的园子就叫翠竹园，其实园子里没有一株翠竹，倒是在墙根、石缝中，生长着一丛一丛的石竹花。

记得刚上高中的那年，我得了一种很重的疾病，只得休学在家。母亲白天让我躺在园子里的树荫下，晚上再将我扶到屋子里。那时，石竹花在我躺的椅子的下面开着，它是一种再平凡不过的花。它们数个花朵，聚集在一起，聚成了一把小伞，许许多多的小伞兴奋地在风中摇晃着。

我躺在椅子上，从树枝漏下的隙缝中看着天空，天空是洗蓝的，蓝得偶尔有一只雀儿飞进去，便没有了踪影。头上的天空和脚下的石竹花相映着。事情往往是这样的：当人的肉体欢乐时，心灵却因空虚而沮丧，而当肉体被痛苦钉住不能动弹的时候，心灵却是那么的敏感、活泼和自由，即使很平常、很微小的发现都会让它怦然而动。我弯下腰来，摘一朵石竹花，把它放在盛满清水的玻璃杯子里。

玻璃杯里的石竹花在我的书桌上，给我病中寂寞的时光平添了许多生机。我的心灵同时也发生了隐秘的变化，它依靠着不断地变化保持活力。对于这些石竹花，我奇怪的是，在这以前怎么就没有注意到它们，似乎它们从来没有存在过。在越来越深的夜色中，石竹花在台灯光线的照射下，显得那么的孤独和美好。

过了两天，我扭亮台灯时，惊奇地发现，那枝玻璃杯里的石竹花依然开着，竟然没有枯萎！细细一看，这枝比起我前天插的那枝要淡素些，分明不是原先的那朵，显然是有人换过了。

接下来一连好多天，每天都有新开的石竹花被插到我书桌上的玻璃杯子里。谁换的花朵呢？没有别人，不用去想，做这件事的只有母亲。细心的母亲在我熟睡时，把将要枯萎的石竹花换去，重新插上了一枝新的。待母亲来时，我问："花是您换的吗？"母亲笑着回答："是啊，是我换的。你在病中，只有新鲜的花朵才对你的健康有好处。好在家里园子里到处都是石竹花，换也方便。"

记得那个夜晚好像是秋天的夜晚，有昆虫在园子里"叽、叽、叽"地鸣叫。我的书桌上，台灯正照着一枝绽放的石竹花，石竹花在房间里，不仅孤独、美好，还弥漫着温暖的爱。二十多年来，石竹花的这个场景一直被固定于我心灵的深处，成了一种象征。

萱草花

明天就要离家远行了，趁着有空，我把母亲院前的空地平整了一回。再从市场上买来数株萱草，栽种在平整后的小菜畦里。

父亲离世以后，母亲一个人生活。她离不开故土，理由是：都这么大的年纪了，不想再跟着子女们背井离乡。我劝不住她，只得由着她去。实际上，母亲是觉得和小区里的丁奶奶和吴老师在一起，比和儿女们在一起生活更自在、有趣。她们白天打牌，或者去参加各种各样的老年人健康产品推介会，晚上围在一处看电视、说话。

毕竟母亲年纪大了，我走的时候，特地去拜访了邻居老张。老张说：“你就放心去上班吧，一有什么事，我就打电话给你。”母亲却一个劲地笑着说：“我还硬朗着哩，你放一百个心好了。别耽搁了工作。”说话的同时，还踢了踢腿。我知道她的笑是装出来的，因为我看到她的眼睛是红红的，里面噙着泪水。

好在现在有电话，纵然一万里之遥也如同近在咫尺。起初，母亲在电话里说来说去的，都是丁奶奶和吴老师的事。忽然有一天她不说丁奶奶了，只说吴老师。说吴老师退休好多年了，还上老年大学，真是活到老学到老。我问丁奶奶在干什么呢，咋没有和你一起？母亲支支吾吾不说话了。又过了些日子，她连吴老师也不说了，开始说萱草的事。

母亲说："你栽的那些萱草啊，我还以为是什么名贵的花呢。那萱草其实就是黄花菜。如今开花了，六瓣的花，红黄白紫色的都有，除了好看，还能晾晒后当菜吃。我很喜欢这种花。对了，你是怎么想起来要栽它呢？"

我说："你可能不知道，萱草，不，是黄花菜，在我国古时候，人们把它当作母亲花，象征着伟大的母爱。所以，我走的时候，把它栽在院子里。"我说话的时候，电话那头好一阵子沉默，后来听见母亲轻轻地说了一句："原来是这样，我说我怎么觉得黄花菜越看越亲切。"

孟郊有《游子》："萱草生堂阶，游子行天涯；慈母倚堂门，不见萱草花。"现在同唐代不同了，有了手机，千里之外也能知道家中的萱草长得怎么样了。自从知道了萱草的象征意义，母亲对萱草更上心了。隔三岔五地让老张传几张萱草花的照片给我。我说如果早晓得你这样喜欢萱草，我把后院的小菜畦也平整了，全栽上这花。母亲说要是等你把后院的小菜畦平整了，黄花菜都凉了。过了一会儿，传几张照片过来，竟是后院菜畦上的萱草花，原来我走后，母亲在后院的地里也种上了萱草。

我问老张："丁奶奶和吴老师呢？后来我母亲怎么没提起过她们？"老张说："丁奶奶让那个做老年人健康产品推介的骗子骗去了好几万元钱，一气之下，病倒住院了。吴老师在去老年大学的路时，摔了一跤，股骨骨折了，躺在床上不能动弹。你母亲来来回回地在医院照顾她们，够辛苦的。她怕你听了担心她，所以对你是报喜不报忧。"

听了老张的话，我默然地合上手机，又打开了它。我想打个电话给我的母亲，无意中手触动了手机的屏幕，一朵硕大的萱草花映面而出，那是老张刚刚传过来的——质朴、饱满、动人。

·菖蒲花

那天我的车胎被扎破了，正不知道怎么办才好，忽然想起电瓶车的车肚上，曾被人贴有一串电话号码，它是修车的人暗中留下的。顺着电话打过去，那头说："你稍等一下，我马上就到。"

五分钟后，一辆四轮小车来到我的面前，问："你要补胎吧？"

我一看，小车上坐着个残疾人，左腿的裤管空空荡荡，显然他只有一条右腿！他从四轮小车上艰难地挪下来，拿着一把钳子静静地看着我。我看了一眼他的小车，车上放着各式各样的修车工具，令我惊讶的是，在这些工具的中间，居然还有一盆绿油油的菖蒲。

"你，行吗？"我打量着他，怕他搬不动我的车子。我的车子很重，要补胎，必须把车翻过来。我看见他有点儿诡秘而又有点儿羞涩地笑了起来，不言不语，左手拄着一根拐杖，右手单手就把车子翻个底朝天。

这个过程中，他踉跄了一下。他有点儿不好意思地说："要是在从前，我一只手拿百八十斤的东西，不在话下。唉，自从腿断了以后，差多了。"修车人叹息一声，坐在小马扎上，开始撬我的轮胎。

修车人说他原是个泥瓦匠，有一天，他不小心从脚手架上掉下来，摔到一块儿铁皮上，铁皮硬生生地把他的左腿切断。由于脊柱骨折，他在床上躺了整整一年。老板给了他八万元钱，就把他打发了。他用其中的一部分钱,买了这辆车,在城里流动补胎。

我拨弄了一下他的菖蒲,看到花盆里的土已经很干了,该浇水了。修车人说:“不碍事的,菖蒲这草,离开泥土都能活。”修车人继续说着他的故事。他有一个孩子,学习非常好,今年考上了本市最好的中学,“孩子很懂事,从不因为家境不好有丝毫怨言。他也不和别的孩子比吃比穿,他比的是学习。”

修车人在外工作时,为何要带株菖蒲呢?我觉得这是他的一种与众不同。一个把平平常常的菖蒲当作花的人,古人或有之,文人或有之,苏东坡的书桌上就有这么一株菖蒲的。但一个残疾人,一个在生存中挣扎的修车人,把一盆菖蒲带在身边,就有些特别了。

“你是在想我一个修车的,为什么要带着这盆菖蒲吧?”他笑着说,“菖蒲是避邪的,它会给人带来好运的。还有一个原因,那就是它不需要你去侍弄它,哪怕你几天不浇水,它也是青绿的,叶子大大方方地展开,散着香气。不像仙人掌,虽然也能适应恶劣的环境,但它的叶子缩得像针儿似的,猥猥琐琐的,不大气,所以我不喜欢。”

我只知道菖蒲是水边的植物,没有想到它竟会有这样顽强的生命力。有些植物天生的娇艳、妩媚,自然会有人为它浇水、施肥,自然会得到命运的眷顾。然而清冽的菖蒲,叶子像柄出鞘的利剑,即使命运坎坷,它也能活得郁郁葱葱。

对于修车人为何带上一株菖蒲,我是这样理解的:当命运遗弃他的时候,还有一丝葱绿在陪伴着他;也可以说,当命运遗弃他的时候,他依然不会放弃对未来的希冀。

那天晚上,我在月亮湖边走了走,真的看见了一大丛菖蒲,在水边摇曳着它们的影子。我还从那一丛菖蒲中,看见了一朵菖蒲花,唯一的一朵菖蒲花,在大片的绿色中白得耀眼。古人说,菖蒲花,难见面。今天被我见到了,感慨不禁多了起来。

杜鹃花

有时候,我真的感到自己是一个疲于奔命的人,背负着生活的压力,一步一步地在无休止的路途上挪移。我在潜意识里,总是想逃离这种没有一丝灿烂的生活,哪怕是偶尔地偷闲一刻。

那个星期天我和几个朋友相约, 去了一个名叫四岭水库的地方闲逛。这是"文革"时期修建起来的水库,现在已成为我们这个市郊有名的风景区。从水库大坝的坝底朝上看,有两百多级青石板垒起的台阶,正是这些石级筑就了这个大坝的雄伟和壮观。

忽然,我们几乎同时发现:这两百多级青石的台级上,赫然地开着一丛怒放的杜鹃。在这没有泥土、没有水的台阶上,怎么会有这么鲜艳夺目的杜鹃盛开? 它孤零零的, 又是非常热烈地在如此空旷的地方开放着。不错,这些台阶上,也有少量的野草,从石缝中艰难地伸出头来,但它们都是高不过数寸,灰头土脸地匍匐在地上,相比那棵杜鹃的恣肆、淋漓,显得猥琐不堪。

同行的有人说,春天,每棵树都开着花朵。可是,在这青石级上的杜鹃,一定不是它自己自然开放的,可能是有人刚刚插上去的。对于他的话,我理解为:因为每一棵树,当它抽青的嫩叶簇拥上树梢的时候,就俨然是一朵硕大的花。这满山遍野的颜色,都是地气的升腾。但我却从心底里希望这丛杜鹃是开在这片石级上的。为了弄清他的推断是否正确，我们拨开大坝下面丛生的荆棘，爬到那丛花朵的旁边。令我们吃惊的是，这一大丛杜鹃，竟然是生长在石板上的小小坑洼里的，它稳稳地站立在雨水长期冲积而成的、那薄薄的一层土上！它的根须黏在青石上，像手背上一根根青色的静脉，竭力地将所有积蓄的营养输送到花瓣上，为的是那短暂的灿烂。

值得庆幸的是，这个“短暂的灿烂”和我们那么真真巧巧地相遇了，也许我们早来一天，这一丛花儿还没有开全，要是我们迟来一天，花朵定是零落红尘碾成泥了，因为就是那天晚上，一场十几年不遇的冰雹袭击了我们这个地方，我想，那一丛杜鹃也一定不能幸免，她会在冰雹残暴的蹂躏下，顷刻之间，香消玉殒了。

所有这些，我无非要说的就是，在这光秃的石级上，这一丛热烈的杜鹃，没有水，没有土壤，它开放得虽然艰难，虽然短暂，却给我们留下了惊奇和愉悦，留下了它在生命途中生存的意义。

我不仅是一个疲于奔命的人，在现实的生活中，像我这样书呆子的生涯，就如同在这石级上踽踽独行，要是有一天能开出这么一丛花来，不，哪怕只有一朵，在我干枯而缺乏养分的生命里，也算是收获了一份灿烂。我忽然对这丛杜鹃有了同病相怜的感觉，一直缠绵在花的旁边，试图听出那些花瓣张开的声音。我知道那是有声音的，只是我当时不能听见，直到晚上我回到家里，疲惫地进入梦乡时，我才真切地从梦中听到了那美妙的、坚强的花朵开放的声音。

紫苏花

朋友到乡下，租了间民房，辟了一小块儿菜园。种有香菜、黄瓜、茄子、辣椒、芹菜等等。另有一畦小地，种的是紫苏。

其实，在乡村用不着特意去种紫苏。只要你稍有留意，你就可以看到，在田埂，在地头到处都有紫苏。一大片紫苏常常聚在一起，在草丛中，害羞似的泛着紫晕。紫苏是低调的植物，用村里人的话说，紫苏命贱。随便在哪一个角落，只要给它一点儿阳光，它就会蓬勃地生长，无须更多的关爱。

到了初秋时，紫苏会开一些紫色的小花，花很小，连成一串，像一群孩子，你躲在我的后面，我躲在你的后面，羞答答地挤上枝头。它没有梅花的孤傲，没有牡丹的富贵，平平常常，连香气也是清淡的。

紫苏不懂得物以稀为贵的道理，它没心没肺地生长着，你随便一撸就是一大捆。紫苏也从不张扬，它荣荣枯枯，悄无声息。然而，最普通、最低调的草并非一无是处，相反，它的功用也许是其他的草木所不能及的。

记得小时候，有一天我突然全身发冷，头痛咳嗽不已。母亲抱我到村里的老中医处，老中医说，是感染了风寒，不要紧的，说着带母亲到他家后园采药。到了后园，我看见也是一畦小地，种的全是淡紫色的草，老中医说，这是紫苏。风吹过来，紫苏的叶子一起一伏，像是对我们点头。

母亲把采来的紫苏放在木桶里,用热水一泡,香气四溢。我在木桶中洗完澡后,用被子一捂,大汗淋漓。没几天,感冒就好了。

自此以后,我对紫苏十分地留意,我喜欢上了这种植物。紫苏生长时间比较短,植后两个半月即可收获全草,又以全草入药,不仅可以治疗风寒感冒,对胸腹胀满、恶心呕吐、低血压、皮肤病也有疗效;紫苏还能行气安胎,解鱼蟹之毒。在饮食方面,紫苏叶可以用来烹制各种菜肴,常作为作料。烹制的菜肴包括紫苏干烧鱼、紫苏鸭、紫苏炒田螺等。如果你在家中煮鱼、炒鸭时,放上一些嫩鲜的紫苏叶,会在除去腥气的同时,又得紫苏叶的香气,味道也会因之鲜美起来。

我们可能知道人参是补品,黄连能解毒,但紫苏的这些功用却并没有多少人知道。紫苏没有人参和黄连那么大有名气,这并不是因为它没有价值,而是因为它的那种内敛、不事张扬的本性。

有一个故事说的是,一个男人并不爱嫁给他的女人,但他却很爱吃这个女人炒的田螺。女人也知道男人不爱她,但仍默默地为他操持着家,从无一丝怨言。她炒的田螺鲜美异常,清淡爽口,十分适合他的口味。多少年过去了,当男人功成名就的时候,女人却病倒了。男人十分内疚,也想做一盘炒田螺给她吃,但总做不出女人做的那种味道。这时候,女人说:“我忘了告诉你,炒田螺时加一点儿紫苏叶可以除腥味。”她还对男人说,两种东西在一起的时候,其中的一个就是为了成全另一个。

离开紫苏叶的田螺,怎么做也做不出好味道来,可以说是紫苏叶成全了田螺。低眉的紫苏,总是不声不响地完成着它的使命。人也一样,总会有像紫苏一样的人,在幕后,在台下,年年如一日,默默无闻地为了舞台上风生水起的表演者,忙忙碌碌。

一个人的菊花

每到10月，东流镇的陶公祠必定是菊花的世界。去年秋天，朋友相约说，我们一起去看看陶公菊花节吧，了解一下真正的隐士。我也正有此意，可是就在即将出发时，因为临时有事，硬是错过了这一场菊花盛会。

事实上，东流镇的陶公菊花节是值得一去的。种菊篱下，悠然南山，陶渊明那自由自在的田园生活，是历代文人雅士的向往。即使现在你自个儿没有福气去享受那样的生活，去见识见识也会满足一下你怀揣已久的心愿。从来没有一个地方，也从来没有一种花，能浓缩陶公那样一种超脱的精神和高洁的人格。虽然没有参加陶公菊花节，我这里呢，也是心在东晋，心在菊花。陶渊明弃官归隐，不为五斗米折腰，远离世俗和荣华，正和菊花一样，远离着蜂舞蝶狂的春天。时光已经过了一千五百多年，可是那瘦骨临风，在风霜中傲立的菊花，却依然是常开不败。

朋友从菊花节上兴奋地打来电话说："你没来太遗憾了。你看，陶即是菊，菊即是陶，菊花是一个人的菊花，是陶渊明的菊花，是不为五斗米折腰的高尚品格的象征，你没来太遗憾了。"但我觉得，朋友这样的解读并不确切。我们不是每一个人都能像陶渊明那样远离世俗，实际上，许多和菊花有关的人依然在茫茫尘世中为自己的生计而奔波。把菊花归于陶渊明一个人，我想，那只是一厢情愿之想。

我刚刚参加工作的那年，城东兴济桥的那一头住着一个年老的花匠。到了秋天，他一定要在他的苗圃里种上几百盆菊花。这些菊花是供出租用的，就是说遇到什么喜庆事时，人们就来这里租花，等事情一完，付过租钱，花还是还给花匠。租用的人既节省了开支，又省去了养花之劳。花匠呢，一盆花可以反复地出租，何乐而不为呢。有一次，我们单位的领导让我们去花匠那里租了一车花，说是要作为庆祝国庆之用。

我们把菊花放在单位大院里，院子一下子就亮了起来。花是各色各样的，紫的、黄的，还有蓝的、白的，有的像簇生的火焰，有的只有一朵，像一只金黄色的盏，有的像是五光十色的金喇叭。缤纷妩媚，清香扑面。领导让我们把这些租来的菊花搭成金字塔状，尽量要摆得好看些，要给人以美的感受。如果摆得好、摆得有艺术性，单位另有奖励。我真的没有想到这些似乎和我不相干的菊花，有这么大的作用，竟然能和我的奖金也挂上了钩。这对于我们这些刚刚参加工作、天天为五斗米折腰的年轻人来说，不就是一个莫大的鼓舞。就这样，每年下半年，我们都要自告奋勇地重复着一件事，那就是到老花匠那里去租一车菊花，然后等节日过完，又把这些菊花还给花匠。这种活动一直到清溪河改造，花匠的苗圃被征用，才结束了。

由于多年租花的经历，我也爱上了菊花，我们单位的许多人也爱上了菊花。这么多年来，我们加工资，买房子，我们阳台上的花钵里栽培的都是菊花。如果说，一个人的菊花是陶公的菊花，它象征的是一个人不同流俗的高风亮节，那么，许多人的菊花，则是温暖的菊花，充满幸福的菊花，它充实了许多普通人的生活，给他们世俗的生活抹上了一层金色的色彩。

回忆燕子

前几天，到老家碧岩村走了一会儿。乡村奇迹般的变化，让人目不暇接，特别让人兴奋的是，家家都建起了二层的小楼房。坐在明亮的客厅里，我东张西望，总觉得缺了什么。

哦，想起来了，是燕子。村里人对我说，现在燕子少了，大概它们找不到做窠的地方吧。都是楼房，谁还让它们在家里做窠呢？

从前的碧岩村，三四月里，到处都是燕子。说起燕子的飞翔，不如用一个“掠”字更为恰当。我很喜欢看燕子飞的样子：斜着身子，剪刀似的尾巴，在镜子一样的水田上一划，就不见了。那种速度和简约，让小时候的我非常羡慕，我曾经两臂平伸张开，从高处往下跳，模仿了几十回燕子的姿势，但终是没有飞起来。

见到的也不总是飞着的燕子，有时，燕子喜爱在电线上歇脚。一高一低的两根高压电线上，常错落有致地栖息着好多燕子，祖母说，燕子也有累的时候，它在电线上站着，就像是做活的农人，劳作之余，坐在田埂上抽一袋烟，解解乏。但在我看来，这些在电线上歇脚的燕子，更像是一串音符，五线谱上的一串音符，等着在蓝天白云间弹奏什么。

我家的老屋里，就有一窠燕子。它的巢就粘在顶梁和天花板之间。那时的碧岩村，清一色的黛瓦白墙，几乎家家都有燕子做窠。在小学时，每当做家庭作业时，就心不在焉，可又不能避开这些无味的东西，这样手里拿着笔，心思便跑到屋梁上的燕子那里去了。对于我家梁上的燕子，从它衔来泥和草筑巢，到孵化出幼燕的全过程，我都目睹过。久而久之，对燕子这一家，谁是谁，我都能分辨出来。

幼燕孵出来以后，燕巢里就热闹多了，应该说我们家热闹多了。小燕子叽叽喳喳的，到饿了时候，挤到窝的门前，张着嘴，叫得更厉害了。两只燕子从大门不停地飞进飞出，轮流啄来食物喂它们。即使家里人有事，关门出去，也不妨碍燕子的喂食，因为我家还有“天井”可以供它们出入。小燕子吃饱以后，便不安分起来，有的转过身来，翘起屁股，拉下一滴鸟粪；有的尝试着张开翅膀，往窠外一飞，却因力气太小，飞不起来，扑打着掉在地上。

而这时祖母总是捡起掉在地上的幼燕，望着在堂屋里盘旋的燕子，对我说，它妈妈不知多着急哩，快拿个篮子来。祖母把小燕子放在篮子里，用绳子把它挂到屋檐上。祖母自语：过几天翅膀就长硬了，你自己飞走吧。

令人讨厌的是小燕子的粪，一不提防，鸟粪就掉到你的桌子上和书上。好几次，我的书页里落上了白色的、黏糊糊的鸟粪，这让我萌生了捣毁燕巢的念头。这念头都让我的祖母拦住了。她说，燕子是祥瑞的鸟，来我们家，说明我们家风水好。捅它的窝会瞎眼的，就是不瞎眼，也会有报应的。你看隔壁的大黑家，就是因为捅了燕窝，第二天小夫妻就吵嘴离婚了。我倒不担心离婚之类的事，怕的是若是捅了它，真的会瞎了眼睛。

春天过去，夏天过去，到了秋天，我家堂屋的那窠燕子一眨眼就突然不见了。祖母说，燕子回南方老家去了，有几千几万里的路哩。明年它还会回来，还会找到我们家。她叹了一口气，有点儿怅然若失的样子。到了除夕，家里卫生大扫除时，祖母也叮嘱：不要碰着燕子窠，过几个月它们就要回来了。

有一次，我特地跑遍了整个村庄，为的是去每家每户看看是不是都有燕子窠。还真的，家家都有。只是我家有两个，一个屋内，一个在檐下。

不过那都是很久远的事了。

一只站在电线上的鸟

一只孤零零地站在电线上的鸟，雨滴顺着高压线滑过它的脚趾，显得平静安详。它丝毫不受电压的影响，在空中注视着远方。它可能是鸟中的异类，因为那么长的时间，它竟然一动不动的，也不鸣叫，也不飞翔。

我胡乱地猜想：它不飞翔，是因为它的翅膀将要承受更多的重量；它不鸣叫，是因为它不想引来那些奔波的鸟儿，打扰自己的清梦。它现在需要的是孤独，在孤独中注视，在孤独中冥想。

人类也有鸟儿的这种孤独的一面。有这么一些人，他们具有强烈的孤独感。即使是在某一次盛大的晚会上，在所有人都兴高采烈之际，假如偶尔一个小小的触动，也会让他黯然神伤，悄悄地离场。要是把浮华和物欲当成电线的话，这些孤独的人就是那只站在电线上、永不触电的鸟。

也许有人要说：还说什么孤独呢？现代生活为我们创造了那么多的欢乐，能打牌，能上网，有歌厅有舞场，再谈论孤独不是矫情吗？我要说，这些娱乐活动根本不能“医治”孤独，充其量它只能填补寂寞。寂寞不等同于孤独。寂寞是空虚和失落，而孤独是一件奢侈品，它是具有一定特质、一定经历的人才能具有。

海子说：“孤独是一只鱼筐，是鱼筐里的泉水，放在泉水中……拉到岸上还是一只鱼筐，孤独不可言说。”孤独也只能在孤独的精神境界中去享受，孤独让自己和心灵对话，孤独能孕育出思想，但是回到现实中，孤独的人依然是一只装不住水的“鱼筐”。

孤独者拥有一种状态，就像站在电线上的鸟，于尘世茕茕孑立；孤独者是高贵的，像鸟立于高压线而不被电击一样，在喧嚣之中却远离浮华；孤独者都是思想者，他们不鸣叫，也不飞翔，不需要理解，不需要怜悯，像思想家卢梭，在散步中遐想，漫步于自我的心灵路途。

孤独有可能产生思想，而寂寞则有可能生出事端。

窗前谁种芭蕉树

我最早认识芭蕉这种植物是在表叔家。黛瓦白墙的外面，一丛茂盛的草木向四周伸展着硕大的叶子，蔓延着鲜活的绿。表叔说，这就是芭蕉。

那是初秋，表叔的背上正患有一个大毒疮，疼得他龇牙咧嘴，打针吃药总不见效。有一天，我看见一个年轻的女人来看表叔，她叫表叔把衣服脱了。表叔红着脸，死活不干。那女人嘟哝了一句，用手指轻轻地点了一下他的额头，帮他解开上衣，把一种绿色的药末敷在表叔的痈疮上。表叔一动也不动，像个孩子。那女的说，这药是芭蕉叶和生姜末混在一起的，清火消毒的。半个月后，表叔的疮好了，一年以后，那女人就成了我的表婶。

这算是芭蕉情的一种吧。它朴素、直接，有着很实在的结局。其实芭蕉从另一个角度看，它是一种极易引起人们情思变化的植物，之所以这么说，不是因为它的药用功能，而是因为它的绿、它风中的婆娑和雨中声响。说是曾有一个教书的人，在一位小姐家对面住着，这位小姐窗前种了芭蕉，这个教书的先生想见她，又不能相见，于是就在芭蕉叶上写了一首诗道："是谁多事种芭蕉，早也潇潇，晚也潇潇。"先生暗示的是风吹芭蕉叶的声音，引得他愁绪和相思乱成一团。那位小姐倒也有些才气，拿起笔也在芭蕉叶上回了他："是君心绪太无聊，种了芭蕉，又怨芭蕉。"

看来教书人的心里到底种的是一棵芭蕉还是一个人，大家都心知肚明了。

通过芭蕉表达的情感，似乎都有点儿婉约。风中的芭蕉如此，而雨中的芭蕉总是更让人孤独、凄婉和悱恻。杜牧有一首诗说："芭蕉为雨移，故向窗前种。怜渠点滴声，留得归乡梦。"说的是旅居外地的思乡之情；白居易有诗云："早蛩啼复歇，残灯灭又明。隔窗知夜雨，芭蕉先有声。"是对前程的迷茫和无奈；而李煜说："秋风多，雨相和，帘外芭蕉三两窠。夜长人奈何？"写出了一个女子的相思之苦。除这些外，也有以雨中的芭蕉表达喜悦之情的，我就听过一首曲子，相当流畅明快，曲名就叫《雨打芭蕉》。听着那用扬琴演奏的《雨打芭蕉》的曲子，仿佛听到雨打芭蕉的淅沥之声，仿佛见到雨打芭蕉的摇曳之态。使人如闻天籁，悠然之心飘飘欲飞。

巧的是，我所迁居的那个小区在齐山的脚下，临近平天湖边。这个地方有很多的芭蕉树。其中有一棵芭蕉树，它恰巧在我的窗下。如果在阳台上，伸手就可以摸到它。正是这棵芭蕉树，让我体会到许多不同的感受。特别是下雨的时候，我更愿意一个人坐在阳台上，拿一本书，或是唐诗或是宋词之类的，其实看书是其次的，坐在那里听雨是真的。在如梦的江南雨雾中，雨打芭蕉的"沙、沙、沙"的声音，如碎玉般，怎不撩动一个人的落寞孤寂的情怀？而每次骤雨歇后，芭蕉叶上的水珠相互追逐着，一滴一滴，玲珑剔透，又怎能不让人对这一份晶莹和宁静发出由衷的感慨呢。

说到这里，我总想借古人的诗句，轻轻地问一声："窗前谁种芭蕉树，叶叶心心有余情？"

冬雪品茶

没有红泥小火炉，就只好在空调中读书，读了一个上午的《陶庵梦忆》，头晕眼花，推窗一看，大雪纷纷，满目皆琼瑶。

心情上来了，沏一壶茶，啜上一口，大为轻松。瞥见妻子在远处笑。诧异地问："何故发笑？"她神秘地反问："你没觉得今天的茶有什么不同吗？"

我没有发现这茶有何不同之处。但她无故相问，必有缘故。刚刚泡茶时，我没有发现异样情况，茶叶是往日的雾里青，要是有变，除非是水。我说："嗯，茶叶倒是没有什么特别，就是泡茶的水有点儿不对劲，似乎清冽多了。"

她有点儿惊异了，说："没想到啊，你还真的有两下子。今天水管冻坏了，儿子出去盛了两盆雪来，你喝的水是用雪煮的。"

"不是有两下子，是因为我刚看过书。"我扬了扬手中的书，"书中有一篇《闵老子茶》，它的作者叫张岱，他的品茶功夫是一绝的。"

我兴致来了，对她说起张岱的故事。张岱是茶道中的高手。一次他访问闵汶水老人，汶水烹茶相待，说："这是阆苑的茶。"张岱喝了两口，说："不要欺骗我，这很像罗岕产的。这水是哪里的水？"闵汶水老人说："惠泉的水。"张岱说："你又在欺骗我！惠山泉远在千里之外，水运到这里，一定不鲜了。但这水鲜爽不损，一定不是那儿的。”闵汶水吐舌称奇。一会儿后，拿壶茶给张岱斟了满满一杯说：“客人喝这个吧。”张岱喝了一口，说：“这是春茶，刚才烹的茶是秋天采的。”汶水大笑说：“我七十多岁了，见过很多茶道中人，没有一个比得上你。”

故事说完，妻不以为然：“难道你因为看过了一篇短短的小品文，就入了茶道了？”

不错，她质疑得很对。品茶不是一般的学问，需要多年的研究。茶融入了文化，产生的东西就是茶文化。丹丘子是给樵夫指点佳茗的仙人，饮的是道家之茶；茶入了禅院，大家安安静静地“吃茶去”，茶便成了佛茶；以茶会友，“君子之交淡如水”是大儒之茶。

而我懂得的只是粗浅的：好茶以茶叶之“新”为贵，泡以“活”水为上乘。茶和水是最基本的，茶叶不变，变的当然是水了。所以我一蒙，竟然蒙对了。

儿子听过后，咂咂嘴，对我说：“这张岱先生是九段高手，你嘛，算是初段。”

我把《陶庵梦忆》放下，望着窗外纷纷扬扬的雪花，怅然地说：“段位倒不是最重要的，博学和经验更重要。即使给我张岱先生那样闲适，那样的品茶论道的时间，我恐怕也不能达到他的境界啊。”

我的庭院我的花

搬到新居以后，最喜的就是它有一个不大不小的庭院。夏季晚上的时候，我喜欢把椅子搬到院子里，像儿时一样，望着天上的星星。

可时间一久，我觉得院子里像是缺少了点儿什么。周围的邻居家庭院的郁郁葱葱、百花争艳，反衬着我家院子的荒芜。可我不擅养花，一是认得的花品种少；二是在我的养花经历中，多半是以花的枯死而告终。

“要么你就栽几株月季吧，这种花月月盛开，不需要怎么伺候的。”有人对我说。于是，两盆月季就首先进入了我家的院中。我给自己定下了规矩：无论有多忙，每天早上一定要给花儿浇水。时间一长，奇怪的是，就算我出差在外，早上起来，总觉得有什么事情未做一样，心里多了一份牵挂。

月季开花是用自己整个生命去开放的，它几乎掏空了体内所有的美，然后一股脑儿地开出来，开得满院灿烂。月季给我的小院子添了美丽和活力。今年的冬季似乎来得比往年要早了许多，在11月份的一天，雪一阵一阵地下了起来，只一下午，大地便是一片银白。令我感动的是，我看见我院里的月季竟然冲破了雪花的覆盖，在晶莹中开放了！在广袤的洁白中，月季的那一点儿红色显得格外凄美。

后来，我又在庭院里栽种了一株米兰，几株栀子花，还有一株白玉兰。

听说米兰喜爱阳光，我就把它放在阳光充足的地方。它米粒般的小黄花，一茬一茬地开着，矜持温顺，香气袭人。米兰是羞怯的，有着春风不解的情结，不与百花争艳，一阵轻风拂过，也会让它幸福地颤抖。比起月季来，它就显得柔弱多了，就在冬季的一天，我忘了把它搬回家，仅仅一个夜晚，它就被冻得枯萎了。

栀子花是白色的，它的花香是最浓烈的，枝叶也是最娇嫩的。有一天早上浇水时，我忽然发现那株栀子花好像变样了，它的蕾和蕾周围娇嫩的新叶全部消失了。惊讶之余，翻开叶子看个究竟，这一看不要紧，原来在它残存的叶子下面，卧伏着好几条蚜虫，这才是吃掉花蕾的元凶。从此，每天早晨，我又多了一项工作，就是为栀子花捉虫子。

那株白玉兰要高大得多，它的枝叶也繁茂得多。微风吹来，那硕大的花朵像是顾盼着，偶尔碰在一起，如同窃窃私语，当你走近时，它们又倏地分开，似乎不想让你听到。我才知道，花是有语言的，而花语是隐秘的，像小女子的附耳低语。

读冯梦龙《醒世恒言》，里面有一篇秋公的故事。这个秋公爱花如命，人称花痴，家中的庭院里栽种了千百种花。后来他的庭院被一个宦家子弟强占了去，并将秋公打入大牢。不料，这满院花朵幻化成仙女，除掉了作恶之人，不仅使秋公脱了牢狱之灾、返老还童，还奏明上帝封他为护花使者，成为司人间百花的仙子。

虽然这是一则杜撰的故事，但却说明了这一点：花是有灵性的。爱花，能让人美丽，让人善良，让人的内心少一分浮躁，多一分安宁。

碧溪绿天池

碧溪款款地流着，穿过美丽的小镇。那清澈、那韵味让每一个见到它的人都为之惊叹。这倒只是其次，倘若你偶尔瞥见那清澈透明的流水中，有一片或几片桃花漂着，你可能在惊叹中兴奋起来，手指着花瓣，叫了声：“看，有桃花！”

桃花当然是一种诱惑，尤其是随波逐流的桃花。诱惑你的想象，诱惑你探寻的冲动。

“桃花雾绕碧溪头，春水才通杨叶洲。四面青山花万点，缓风摇橹出池州。”我就要在这首诗里，伴着你沿着小溪溯流而上，去寻找碧溪的源头。往马衙镇南的四岭方向而行，你最先会看到的就是柳树。在江南，有河水的地方就有柳树。一路上，树干斑驳、布满苔痕的古柳，伸出它疏密有致的枝叶，为你遮着阳光，蔽着风雨。大约行三五里路，在浓荫柳树的尽头，让你双眼一亮的是一座水库：马衙水库。

马衙水库波光荡漾，像一块儿碧玉，凝结在这三面环山的山腰中。一座小小的半岛被绿水拥抱着，半岛上是一片葱郁的竹林，苍翠欲滴。随着季节的不同，有时可见几朵鲜艳的桃花，或者杜鹃，点缀得这片苍翠更加活泼生动。若是晴朗的天气，你可见湖光山色皆倒映水中，让它的绿、它的精致、它的平静都发挥到了极致。这时你满心欢喜，认为这里就是你所要寻找的桃花源，那你就大错特错了，真正的好景致还在后面哩。

过了马衙水库，就到了法海洞。法海洞由人工开凿而成，洞名缘于洞顶的法海寺，可惜“文革”中寺院被毁。不过对此我们也不必感到遗憾，因为《白蛇传》的传说中，法海面目狰狞的恶僧的形象，和这优美的天然景色并不和谐。相反，我们倒希望从洞中的潺潺流水中，能出现一条美丽的白蛇来，让白蛇对美好生活的向往，充实我们的传说。

拾小径而上，就到了天梯。所谓天梯，就是一个近四百级的石级。如果你胆战心惊地翻过这些石级，再爬上水渠，你就可以看见“磨盘石”了。石之奇，构成了这天池景区瑰怪之观。磨盘石重达好几十吨，上面的石块形似磨盘，以一圆锥立于另一石块之上，只一人之力便可推动，其他如毽子石、龟石、神仙石、船石都惟妙惟肖，逼真得让你叹为观止。马衙水库的上游，是一个天然的峡谷。从谷底向上望，丹崖斧削，壁立千仞，如果是清晨或雨后，你还可以见到烟云从峰顶降下来，顺着岩壁缓缓移动。从这个千米峡谷中，依稀可以找到历史的痕迹，那就是水作坊和古墓葬的遗址。

峡谷的上面，就是著名的四岭水库了。马衙、四岭水库二体连珠，拥有水面21.9万平方米，它们是山顶上的湖泊，是白云中的天池。景色最旖旎还是数四岭水库。水库共190级台阶，均用麻石条堆垒而成，正是这些石级筑就了大坝的雄伟和壮观。坝底有一平坦之处，有数株桃花掩映其中。原来水中的桃花竟由此始！坝上立有一碑，是四岭水库工程简介，现在仍然能从上面了解到大坝的数据和建库的历史。四岭水库始建于1959年，1972年基本建成，坝长72米，宽5米。站在坝顶，你会感到从未有过的心旷神怡。晴天雨天，四季景色变换不同。阳光明媚时，水面如镜、蓝天倒映、鲜花叠翠、湖光潋滟，一阵山风吹来，泛起层层涟漪，闪耀万点波光。夕阳斜照时，鸟声袅袅，远山皆成黛色，特别是坝东的断山之上，有一棵茕茕独立的松树，更是增添了落日时的幽静。要是雨天呢，那云雾带着九华的灵气，从山南蒸腾而起，远山在云烟中若隐若现，岛屿被水雾缠住了腰身，也迷离起来，真真构成了一幅浓淡相宜的中国水墨画。

再信步而去，一路都是参天松。松影摇曳中，你到达了“一线天”。一线天由两块刀削似的峭壁组成，峭壁有十多丈高，从桥下向上看，只有一线天空可寻。一线天上是一拱形桥，叫度仙桥，乍看这是平常的小桥，但你如果站在桥顶，看着桥下幽深的峡谷，望着头顶徘徊的白云，你就会生出凌虚御风，飘飘欲仙之感，“度仙桥”——只要你打桥上过，那就可能真的度你成仙了！

四岭水库的库区的湿地上，常常有白鹭在悠闲地散步，若是有幸的话，你还可以在库区见到猿猴和獐鹿，只是它们没有白鹭那么自在，它们要是和你相遇，只是在你的身边一闪而过，等你看见它们时，它们已经跑得很远很远了。

如果你无法排遣孤独或愁苦，如果你有剪不断、理还乱的心绪，你不妨顺着这桃花和碧水来时的方向，到这山水相拥之处，到这雾岚叠嶂之中，减一份孤独，消一份轻愁，储一份灵秀之气，顿悟出简单又深奥的禅意。

这秀美的天池必还你一个清明澄澈的世界。

唐诗中的杏花

如果你对人说起曾去过池州，那一定会有人问：到过杏花村没有？在外地人的眼里，池州开在一朵花中，隐在一首诗词里。那朵花就是杏花，那首诗就是《清明》。杏花、牧童、沾衣欲湿的雨、轻轻飘动的酒旗给了池州流传千年的诗意。

莺飞草长，杏花开得正当时，杏花节也正当其时。可天偏偏下起了小雨，这不是季节的错。因为先有季节，才有“清明时节雨纷纷”的诗，才有今天的杏花节。要是没有这小雨，就算花开得再灿烂，那赏花的情趣也会减去几分。况且这雨润湿过的杏花，看着看着就似乎看到了醉酡的腮，总是会撩起路人的酒兴。3月的一天，百名艺术家走进杏花村的活动，让远来的艺术家们见识了江南的雨、池州的雨、杏花村里的雨。

杏花村里的雨，它不露声色，藏在空气里，藏在细风中，不知什么时候，它就悄悄打湿了你的睫毛，顿时让人醉眼蒙眬。杏花村里的雨，它和美得无力的花瓣一起飘零，和欣喜的眸子一起闪亮，和采蜜的蜂一起幸福地流泪。杏花村里的雨，最终都要落进溪水里。

村里的那道溪是花溪，因为小溪的岸边开满了杏花。我们去赏花的那天，刚刚下过一场雨，溪水微涨，略有些混浊。偶尔溪边有一两瓣杏花落下时，我的心都会颤一下，但我随即就会看到它飘落到溪中。美丽的花瓣，随波逐春水，不知流到何方。我在心里轻轻地说："我喜欢这烟火的尘世，这叶嫩花初、茅屋竹篱，喜欢这从杏花蕊里吹来的细风，它轻轻地呵护着人的耳根子。"

在杏花村里，由人引导着走，会使你觉得少了些什么，倒不如自己一个人走，或者结伴三三两两地走。无须快捷，无须匆忙，享受的是一份闲适和生活的慢。当寻不到去酒家的路时，也无须去看路标和指示牌，找个人问路会让你生出柳暗花明的感觉。若是田畴闾阎，鸡犬相闻，会让问路人的感觉十分亲切。在遥远的唐代，池州刺史杜牧就是在这个村子里问路的。你瞧，横笛那么悠然地吹着，蓑衣那么随意地披在身上，牛背上的牧童将手一指，刺史大人就看见了茅屋前面高悬的酒旗。

杏花是村落的花朵，不像兰花，藏在深山空谷之中，在一片寂寞中开，空自香着。杏花开在世俗之中，但这并不意味着杏花没有了禅意。杏花的禅就是平常，就是自在，就是入世的欢欣。它的每一朵都是杏树的心，每到3月，杏树把它的心吐出来，就像诗人吟咏来自心灵深处的诗。杏花是喜欢热闹的，阡阡陌陌，房前屋后，杏花开在民间，弥漫的是喜。在我们赏花的途中，有志愿者在叙说着杏花村的逸事和传说，那些久远的故事在麦田的浪花中，在炊烟的袅袅中，亦真亦幻，却亲切得一如皖南乡村的温情。

我想杜牧绝对想不到，他随口吟出的这首诗，会让日后池州的杏花以及杏花开放的村庄，名扬天下。"杏花枝上著春风，十里烟村一色红"，到底是先有这个灿若云霞的景象，还是先有《清明》这首诗，现在都已经无从考证了。这些都不重要，重要的是今天那朵从诗中绽放开来的杏花，依旧是娇艳如胭脂万点，依旧是喜欢在澄澈季节，那么热烈地展现着它的秀逸和灵动。在中国的历史上，恐怕没有哪一朵花如此鲜活地开放在诗歌之上，没有哪一个村庄因为一朵花而闻名遐迩，也没有哪一座城市用一朵花作了城徽。

曾经想写出一篇文章来诠释《清明》那首诗的意境，后来我发现那几乎是徒劳的。虽然我在池州住过这么多年，也曾在杏花雨下散过步，可我仍然找不到诗人杜牧写诗时的那种思绪。杜牧在池州时，也许正是他仕途开始坎坷之时，可他也当之无愧的是当时首屈一指的领衔诗人。在池州，他举办了好几次盛大的诗会，许多仕官学者、乡贤隐士纷纷来到池州，只是为了寻访诗人。大凡文人，在诗歌的面前，他即使有再多的忧郁，这时候也该烟消云散了吧。我宁愿发挥着这样的想象：《清明》诗不应该是愁苦的，向牧童问路的也非青衫落拓的杜牧一人，而是他携着远道而来的客人的手——也许是孟迟，也许是张祜，到西门的郊外找酒喝时，信口吟诵出来的千古绝唱。

现在，这种场景分明如昨，我忽而又从《清明》诗中读出了杜牧的伤春之情。杏花岭上，我们在那一大片杏花林中徜徉。有一瓣杏花落到我的衣领里，又有一瓣杏花飘到我的袖口上。我看见它们不是一朵一朵地开，而是挤在一起，爆炸地开。杏花的开放，使我终于读懂了“怒放”这个词。没有树叶的枝干上，点缀的是红晕的花朵。站在岭头，仿佛看到那些花织成一面剔透的镜子，镜子里隐隐约约的背景是江南水墨般的烟雨。从千年前牧童的顺手一指，到今天的繁华的杏花节，杏花已经开过一千多回。花开易逝，春之短暂使人伤悲。再过十几天，歌还是前时的婉转清亮，花却要偷偷地谢了。

张晓风说过：“我爱那明天就握不住的颜色、气息和形状——由于它明天就要消失了，所以我必须在今天用来不及的爱去爱它。”正是由于杏花开得短促，我们才“爱的是那份乍然相见的惊喜。”不过，在我的心里，还有一朵花，它是常年盛开着，永不颓败，那就是唐诗里的那朵杏花，对于我们来说，它不仅仅是一个惊喜，更是一个象征：一个村庄的象征、一座城市的象征、一个文化的象征，永远也不会消失。

3 月，你烟雨之中来到池州时，一定要看看那朵开在唐诗里的杏花。

第五辑

行走留笔

不，这绝对不是我的故乡。似曾相识的是我曾经有过的心情：惆怅和失望、懒散和空虚。的的确确，我是第一次来到这个岛屿，第一次见到曼陀罗。只是在我流逝的岁月里，丢失的东西太多了，就像那些游人的喧嚣侵蚀着鼓浪屿一样，让它丢失了许多风雅和浪漫，慢慢地归于平庸。

青云谱

晓风过园林，吹落满地金。原以为青云谱是铸剑之地，或是嵇康、刘伶谱曲唱和之处，后来才知道我着实错了：那天我出差南昌，晨曦微露时寻访到青云谱，才发现它是一片偌大的如画之园林，正被风轻轻地吹着。

的确，周代时就有人在青云谱开场炼丹，后来它又成了净明道派的道场。但“青云谱”这个名字，却是后来的事，只和八大山人有关。清顺治十八年，八大山人来此，爱而忘返，将破败的道院重新修建，并命名为“青云圃”。圃，菜园也，后人改“圃”为“谱”，虽多了点儿浪漫气息，但如果大家知道了它的前身，这种浪漫就会大打折扣，还是下意识把它当作一个大园子。

这并不会使我有一丝一毫的怅惘。因为我没有听到笑傲江湖的绝世之曲，却见到了惊世骇俗的绝世画谱。

八大山人名朱耷，清初画坛“四僧”之一。我喜爱他的画，粗犷而有逸气，像柳条编的筐，比芦苇扎的细篮子来得有力道。有时候我有些可笑地想：这种柳条筐更简朴有个性，适合装进沉郁已久的悲愤。人说八大山人的画中有着不屈和倔强，故笔墨少而张力大，但我总认为枯索冷寂，傲面向天总比细腻滋润、油头粉面好，况且他的画中留有许多空白，足以让你去想象，重要的是它的劲道，它的不羁。

疯癫的病症在亡国遗民的身上发作，激发出来的却是艺术的灵感。八大山人削发为僧，不肯与清人合作。他忽哭忽笑，行为怪诞。他画的山水，都是残山剩水，画的《古梅图》更是虬根外露，没有培土。这是效仿元初遗民画家郑思肖的，郑思肖在南宋灭亡之后泛舟吴下，隐居作画，他画的都是兰花，兰花的花根外露，也不画土。郑思肖常对着自己的画说："土地都被人抢夺去了，哪里还有土？"

"得本还时末也非，曾无地瘦与天肥。梅花画里思思肖，和尚如何如采薇。"思肖即郑思肖，采薇即不食周粟的伯夷和叔齐。国破家亡后，遁世常是有风骨的文人的选择。但无论是郑思肖、伯夷、叔齐，还是八大山人，遁世往往和生活的清贫相伴。"河水一担直三文"，在当时，卖画为生的八大山人作品廉价，生活窘迫，他做梦也没有想到今天，他的每一部作品基本上都能拍卖到数千万元以上，可惜即使这样，他自己也做不上亿万富翁了。

青云，青色的云。喻高官，喻远大的理想，喻飘然的文士，喻隐居。我在园内桂树下走着，暗香盈袖，挥手抖了抖，也抖不掉那香气。游人很是稀少，园圃葱翠，繁荫广被，白墙黛瓦。我想这里的"青云"二字没有别的意思，只有隐居之意，八大山人取名"青云圃"，就是把它当作隐居的小菜园吧。

对于"八大山人"这个名字，清代陈鼎《八大山人传》中记有："其言曰：'八大者，四方四隅，皆我为大，而无大于我也。'"表达的就是这个意思。八大山人性嗜酒，常常以醉止癫，我想，这句话大概是他的醉语狂语。他没有酒喝的时候是清醒的：从朱耷的"耷"字看，他总是耷拉着脑袋，用一个大帽子盖住脸，只露出一只耳朵。我想有这样行为的人，可能是一个有怪癖的人，也有可能是一个真正的隐士。

这个隐士偶尔会对这个世界翻一下白眼，他一翻白眼，他画的鱼啊、鸟啊、猫啊、鹿啊都在翻白眼。那天早上，我在青云谱那个地方，忽然想到了许多往事，也对着那吹过园林的晓风，禁不住翻一下白眼。

在桃花和水边的送别

一次在桃花和水边的送别，定格了一千多年。这个感人的场景，依然清晰如昨，这是缘于一首诗歌，还是缘于送别的那个人？

我坐在桃花古渡口的一个小石凳子上，想起了那个名叫汪伦的人。居桃花潭时，他已经卸任泾县县令。我想他一定是个名士，而且很富有。他可能是一个不错的诗人，就像一个下棋的人，他所向无敌之时，也就是他最寂寞之时，他一定会找更高的对手来切磋。汪伦也许就是这样，当他听说大唐顶尖的诗人李白在当涂时，就产生了请他过来吟诗唱和的念头。

汪伦有他的“狡黠”。他是这样诓李白到桃花潭做客的。他写了一封信，信上说：“先生好游乎？此处有十里桃花。先生好饮乎？此处有万家酒店。”兴冲冲应邀而至的大诗人李白，到桃花潭后，却未见信中所言的盛景。汪伦笑着告诉李白：“桃花者，十里外潭水名也，并无十里桃花。万家者，开酒店的主人姓万，并非有万家酒店。”言毕，二人抚掌大笑。

李白在皖南时，也在我的家乡一个叫石门高的村子里游历过。我到过那个村子，村口有一块儿巨石，上书斗大的“桃花坞”三个字。李白到桃花坞，也是应村里的一位隐士高霁所邀。高霁也是一位卸任的县令，一位诗人。桃之夭夭，妩媚恣肆，会激发诗人的灵感。不知道高霁是否以“桃花”这两个字，才打动了李白到他这个村子里来的呢？

站在江岸边看缓缓流动的青弋江，桃花潭就像一块儿宝石嵌在江中。江水清澈见底，对面村镇的黛瓦白墙笼在一片白雾中，如同一幅水墨画。我付了两元钱，坐上了停在渡口的小木船，往河的对面去。木船有舱，里面有坐凳，是青弋江上最普通的船。艄公很是寡言，对坐船人的问话，只是简洁地应了几声，就像岸边那些斑驳的马头墙一样的安静。

船到了对岸后，我爬上了一块儿山岩，岩上有个小亭子。因为昨天刚刚下过雨，石级还是湿漉漉的。这就是汪伦送别李白的地方。那天，也许是早上吧，李白不想惊动主人，悄悄地来到渡口，准备乘船离去。这时，汪伦追来了，他顾不上穿鞋子，赤着脚，击着掌，唱着歌，带着一群抬酒的人，来为李白送行。

我想象不出他们是怎样告别的，是拥抱，是豪饮，还是挥手从兹去？知道的是那天李白即兴吟诵了一首诗，这就是那首脍炙人口的《赠汪伦》：“李白乘舟将欲行，忽闻岸上踏歌声。桃花潭水深千尺，不及汪伦送我情。”这次送别，有桃花、有碧水、有美酒、有扁舟自横，还有一首千古绝唱。

我想再说说汪伦这个人。与其说他是李白的一个铁杆粉丝，我更愿意说他是一个出色的导演，他策划的这场送别的剧情，使桃花潭成了一个千年的景点，也使他自己能和诗仙一起不朽。

我在村子里徜徉，小巷的两边都是明清时的建筑，脚下的鹅卵石被磨得发亮。在时间的统治下，踏歌古岸、文昌阁等建筑都斑驳破旧了，还有许多不知名的建筑已经倒塌了，只是我们仍可从它颓败的围墙和孤零零伸向天空的梁柱上，看见它当年的繁华。时间可以抹去很多东西，但是时间不能奈何桃花潭。桃花潭不会随着时间的推移，像那些古建筑一样暗淡下去，而是被时间愈擦愈亮，愈擦愈年轻，会有越来越多的人怀揣着一首不朽的诗歌来到它的身边。

三笑在虎溪

东晋高僧慧远来到庐山脚下，被这里汩汩清泉、悠悠白云所吸引，就地募化修建了东林寺。寺院建成之后，慧远深居简出，以寺前的虎溪为界，立誓曰：影不出户，迹不入俗，送客不过虎溪桥。若是过了虎溪桥，寺院后的山林里猛虎就会长嚎。

有一次，有两位非同一般的客人造访，一位是五柳先生陶渊明，一位是简寂先生陆修敬。释、儒、道三家相见，高谈甚欢。天色已晚，慧远起身相送。清风扑面，暮霭西沉，他们边走边谈，不知不觉跨过了虎溪桥。忽然听到山后传来一声虎啸，一愣之余，三人相视大笑，相互执礼作别。

有人说，这三位世外高人却不是生活在同一时代，所以这个故事纯属虚构。但是否虚构不是故事的关键所在，关键是浪漫的叙说总寄托着人们美好的情感。如今，庐山的东林寺内，还存有《三笑图》、三笑碑和三笑亭；虎溪三笑的故事也成为历代画家创作的题材，留下了许多传世名画。

明代第八位皇帝宪宗朱见深还御制了《一团和气图》，来为这个故事注释。魏晋时期，佛教从印度传播至东土，它所追求出世的思想，与提倡入世的儒家理念，以及追求超世的道家精神，发生了强烈的碰撞。同在长江中游的一片土地上，信仰的不同，需要宽容，才能和谐相处，虎溪三笑成了这种相互宽容、和谐相处的经典。

因为观点和思想的迥然不同，酿成冲突甚至流血的不在少数。古今中外，轻者如管宁割席断交，重者如布鲁诺被当作异教徒烧死。观今日论坛、博客之上，因为持见的不同，大打口水仗，唾沫横飞，相互攻讦，更有甚者，网上"约架"，见面后，先走上前去，狠狠地抽上对方一耳光而后快。对照慧远等三人，他们缺少的不是信仰和热情，他们所缺的只是如虎溪桥上的一笑。

但是宽容不是无限的，虎溪三笑在于它的象征意义。当慧远走过虎溪桥时，寺院后就会传出虎啸，虎啸暗喻着严厉的警告，而虎溪桥暗喻着宽容的底线。这种宽容甚至是融合，无不是在坚持自己的信仰的前提下进行的，底线不能越过。在玄风盛行的东晋，传播佛教是何等的艰难，但慧远从未放弃，他呕心沥血，潜心传道，开创了风靡一时的净土宗。

慧远的一笑带有"不好意思，我只能到这里的"的意味，而陶渊明和陆修敬的笑像是在说："你坚持你的原则，我们理解，你就此留步吧，我们也要回到自己的地方了。"他们的笑是会心的，也是真诚的。

我愿意把"虎溪三笑"当作一个意境优美的寓言，因为它会时时地告诫我们，对于和你意见相左的人，对于和你有着不同信仰的人，你在坚持你的原则的同时，请不要吝惜你宽容的笑。

锦溪的味道

到过很多著名的古镇，领略过中原的苍凉和萧索，品味过徽派的黑白和古意，见识过江南的灵秀和风情。假如再让你去一个古镇，还会见到什么呢，难道还会有意想不到的东西，值得你去寻访？

这还真的有。在一个晴好的下午，我们一行匆匆地来到锦溪。

锦溪，位于江苏省苏州市所辖的昆山市，是一个袖珍的江南小镇。虽然它的知名度远远小于八公里外的周庄，但每一个从外地来的人，都可以从这里看见江南水乡的别样风韵，从这里收获到一份久违的宁静。

坐在河边的回廊里，风轻轻地吹着。青砖墙壁红木门，河的两边依旧人家。黛瓦上的炊烟，犹自袅袅升着。白墙上已经洇上了水渍，诉说着古镇的沧桑。谁家的院子里，蓬勃地生长着一大丛藤蔓，它们像一群天真的少女，相互间牵挽着手，越过青石砌就的河沿，将翠绿的枝条伸到水里。

我喜欢静静地看着古镇在水中的倒影。

那可能是菱花镜前陈妃的容颜。1163 年，宋孝宗为避金兵，携家眷南迁到临安的途中，一路颠簸，受尽风霜之苦。凄惶之中，陈妃香消玉殒，染病而亡，水葬于锦溪五保湖上。远眺陈妃水冢，芳草萋萋，如同漂浮在广阔水面上的一片绿叶。这片绿叶安详、宁静，像是在向人们叙说着一个凄婉的爱情故事，以及生离死别的痛苦。

那也可能是乌篷船的欸乃之声。下午的阳光照在河水上，灿若披金。有人在窗前张望，有人在长廊的美人靠上坐着打盹儿，一切都是闲散的、静谧的。这时，有一条乌篷船从远处的桥洞中摇橹而出，划破涟漪而来。坐着打盹儿的人对河面看了一眼，又闭上了眼。窗前张望的人关上窗户，可能是在屋子里煮一杯新茶。

一切都是宁静和闲适的，这个宁静和闲适适合你去放松心情，放开思绪，并让它去信马由缰地想象古镇悠远的历史。其实，越是不熟悉的地方，越是宁静的地方，它越是可以给你更多的、更大胆的想象。英雄美人、富贾儒商、六朝脂粉的往事，你都可以在拱桥的栏杆上、在老屋的朱檐上、在驳岸之间寻找得到。

青石路上，无苔，无尘，也无欲。一位老者坐在他的店门前发呆。他来自苏州，选择在锦溪居住，是喜欢这里的清静。他指着旁边几个围坐着打麻将的人，说了一句有哲理的话："小镇上的人不知时间在流逝，他们过的是慢生活。"老人很健谈，他每天的生活就是看店、看书喝茶、和人谈天。平时游客并不多，旺的是在节日，平时他就做这些事情。

有人在湖边唱《梁祝》，我是个戏盲，不知道她唱的是昆曲还是越剧，只是觉得非常好听动人，有生死爱情的意味。她回眸转身，一唱三叹。我看看她，再看看远处的陈妃水冢，不由得也生出了一声叹息。

下午的阳光有一种不确定性，它游移，无力，更增添了古镇的软柔。在我们披着金黄色的阳光离开锦溪古镇时，我们带走了贪恋的江南的味道，留给自己，以清水淡墨去细细地品味。

我看见了骊山

我看见了骊山。

在临潼，一座状如骏马、树木葱郁的山，让我恍若回到了故乡江南。那就是骊山！在黄土高原的气息中茕茕孑立的山。面对着她，在翠绿和夕阳的辉映中——我找到了一个词：绮丽。这也许是描绘女性的词，但我愿意把它送给骊山，因为正是这座山，此刻正和我一起复写着一个又一个的传说。

事实上，同时拥有传说和历史的山并不多见，在人们的心目里，有时传说和历史的界限混沌不清，人们有时愿意把传说当作历史，有时愿意把历史当作传说。而骊山的传说和历史却和美丽的女性不可分割，这使骊山的美显得更加柔软而多情。这一点首要的是来自骊山的本身，因为骊山本来就是女娲的女儿的化身。

你可以对这种说法有所质疑，但是你必须接受。

女娲在天塌下一角的时候，想出了炼石补天的办法。她的两个女儿也一同帮着母亲，从天南地北采集到五彩石子，她们把这些石子烧成了熔浆，用熔浆擀成一张又一张薄薄的石饼，然后再趁热去补天。为了节约时间，聪明能干的小女儿变成了一匹飞马，背着石饼往返于天上人间。不知往返多少次，也不知擀了多少张石饼，当女娲用手抹平最后一张石饼时，日月星辰同时出现了，补天成功了！可她们还来不及高兴，或者休息一会儿，她们的小女儿还来不及从飞马变回的时候，地又裂开了，洪水涌了上来，淹没了房屋和田地，恶龙也跑了出来，趁着水势，追食着人们。一切似乎不可控制。情急之下，变成飞马的小女儿，就卧倒在大地的裂缝上，化作一座山，这就是骊山。

很愿意给这个传说一个佐证，在临潼，我买了一块儿蓝田玉石。我想证明的是，这里为何盛产美玉，也许是女娲补天时没有用完的吧？

西绣岭第一峰上的是烽火台。旧时的烽火台早已湮灭，现在的烽火台是在遗址上重建的，但这并不妨碍我发幽古之思。烽火台在古代是信息传递的工具，就像现在的雷达，显示着入侵者的动向，并发布着保卫国家的命令。它是一个国家的神经系统。两千年前，周幽王为博取美女褒姒一笑，滥用了这个神经系统，用烽火台召集来了各地勤王的诸侯。望着山下策马踟蹰的将士们受骗上当的样子，周幽王笑了，我仿佛看到了他双手拍膝的大叫："老天呀，太好玩了！"他最为开心的是，身边这个从来不笑的美人也终于笑了，这可是他有生以来看见的最美的笑容！可在另一边是：汗流浃背赶来的人们得知幽王举烽火只为妃子一笑时，都倍感耻辱，愤然离开了。而当真正危机到来，犬戎犯境之时，幽王再下令点燃烽火，诸侯却无人来救。从此，大周朝为他的傲慢和失信付出了惨痛的代价，直至灭亡。

骊山云烟，藏匿着褒姒的笑靥和一个帝王的荒唐。江山和美人，是一个永恒的话题。人们总是把丢掉江山的原因和过错强加于美人之身，无论你怎么强调君权的作用，他们都会很固执地认为，一个小小的狐狸精会断送江山社稷。

唐代的美人杨玉环也是一样，她就在山下，在骊山脚下的华清池里。华清池是由秦汉时的骊宫扩建，几经损毁，又几经重建。在今天，它重修的建筑雕梁画栋，古朴风雅，错落有致。唐华清宫御汤遗址博物馆建于

1990年，有莲花汤、海棠汤、星辰汤、尚食汤等，汤就是温泉的意思，那是一个有着厚重文化的温泉公园。然而对于华清池，我想，更多的是满足了人们对于皇家生活的猎奇。这个全国第一的美女实际上只是一个舞蹈家，她的霓裳羽衣舞独步天下。那天，我游览华清池的时候，我看见人们手中的相机灯光闪烁，一次又一次地擦亮了那座高九米的"贵妃出浴"的汉白玉雕像。而大厅下面的汤池遗址，却在默默地述说着繁华后的落寞。从"春寒赐浴华清池，温泉水滑洗凝脂"到"七月七日长生殿，夜半无人私语时。在天愿作比翼鸟，在地愿为连理枝"，此情此景，我被那一段美好的爱情所感动，我认为，唐玄宗李隆基与杨贵妃几经波折又荡气回肠的爱情故事，是绮丽的骊山最鲜艳夺目的一笔。

我在骊山脚下的大道上行走，作为远道而来的人——而这个人，从小就对骊山充满无限向往的人，只有接触到了骊山的土地，才能算是真正的感受。晚霞是粉红色的，它在山顶燃烧着。我抬起头来，朝骊山山顶仰望。传说在燃烧，神话在燃烧，历史在燃烧，我看见了骊山"绮丽"的下面，是那一份无比的"厚重"，它展现的从来就不仅仅是风景。

黄帝陵

沮水是谁的眼泪？

眼泪是不能成为河流的，只有神话才能让眼泪流成河流。当我们沿着神话的脉络走到沮水的岸边时，一切才骤然清晰起来。沮水，从沮源关向东汇入洛河，蜿蜒流至桥山时，打了个弯，将桥山抱住。人们说，沮水是轩辕黄帝的泪水，那么沮水一定是一条悲悯的河。

在一个战乱的时代，特别是蚩尤兄弟八十一人横行无忌、残害黎庶的时代，有一个人站了出来，将这个时代结束，给这个世界带来了文明。他就是黄帝。

据传，他少年时就聪明坚毅，敏捷果敢。当时蚩尤暴虐无道，诛杀无辜，导致战乱不已，生灵涂炭。面对邪恶，黄帝与蚩尤战于涿鹿，在涿鹿之野，蚩尤布下弥天毒雾，对面不见。黄帝便令风后造指南车，指明方向。蚩尤纵魑魅魍魉，请风伯和雨师驱风下雨，命应龙攻击黄帝。黄帝召天下女魃于东荒止雨，令兵士追赶应龙到南极。战事演变到最后，黄帝杀死了蚩尤，天下开始归于一统。

消除战乱，天下一统，百姓才能安居乐业。但面对百姓困苦交加的生活，他流出了悲悯的眼泪。他对着苍天呼喊："苍天啊，给我智慧吧，给他们消除疾病，给他们带来温暖吧。"于是有一只鸟衔来了智慧，那只鸟就是凤凰。从此，百姓们穿上了衣服，不再穿兽皮树皮；从此可以煮饭熬粥，不再生吞活剥；从此不再巢居穴处，都住进了屋室。黄帝还发明了舟船和车，便利了交通。黄帝又作《黄帝内经》，使百姓的疾患得以治愈。

这是一个神话，但这似乎是一个比历史更真实的神话。

走过沮水，走进轩辕庙，我们迎面看到的是一株古柏，枝丫虬曲，主干需数人合抱，相传古柏已历经五千多年，为黄帝手植。一棵树，缩短了时光的距离，同时也佐证这样一个神话的真实。过了黄帝手植柏，即到诚心亭。诚心亭为历代祭祖之人整理衣冠、置备祭品之处。往里边便是轩辕庙大殿。大殿最早建于明代，正殿门楣上悬挂有“人文初祖”四字大匾。再往北便是新建的祭祀大殿。大殿气势雄伟，整个建筑为带天井顶式仿汉石型建筑，柱柱相排，上覆巨型屋顶，顶中央有一圆形天井，喻示着我国古代“天圆地方”的理念。轩辕黄帝的石像，庄严伫立在大殿的中央。

我始终感觉，祭祀大殿的恢宏似乎有点儿刻意。黄帝应该是一个赤着脚在民间行走的人，他的身上有的是五谷和青草的气味。历年历代的信仰和崇敬的累加，终于让一个杰出的农人从田野走上了巍峨的宫殿。黄帝的妻子嫘祖就是一个育桑养蚕织丝的女子，她栽桑养蚕，教民纺织，人称她为“先蚕”。还有一位妻子嫫母是身材矮小、有点儿丑陋的女子，但她绝顶聪明，发明了纺轮和织机。可见黄帝的一家都是普通的劳动者。他们居住的应是茅草覆盖的土屋，抑或门前还扎着一排篱墙，如果说有奢侈的东西的话，那可能莫过于那排篱墙中开着的几朵木槿花。

桥山，一座美丽的山。它倒映着沮河，是一块儿风水佳地。八万多株翠柏，郁郁葱葱。轩辕黄帝就是从这里登仙而去的。传说那一天，突然有一条黄龙在桥山自天而降，对黄帝说：“上来吧，你已经完成了你的任务，我们一起归天吧。”黄帝望着四面八方赶来的黎民百姓，挥挥手，恋恋不舍地跨上了龙背。面对着大家的一再挽留，黄帝还是飞走了，人们只是在慌乱中拽下了黄帝的衣襟和靴子，就地在桥山建造了黄帝的衣冠冢，这就是现在的黄帝陵。引人注意的是，在黄帝陵前，有一土筑高台，即“汉武仙台”。那是几千年后，汉武帝想重复黄帝仙升的故事，经过桥山时，“勒兵十余万还祭黄帝冢桥山”（《史记·封禅书》）。十余万军士每人掬一战袍的土，一夜之间堆成这座高台。

登上高台祷祝的汉武帝刘彻终没有成仙，却为后人留下了这24米高的“祈仙台”。后人们可以站在汉武仙台之上，望群山逶迤而去，极目万里神州。山脚下，沮水如同血脉流动，滋养着整个大地。那天，我就是站在这个高台之上，看沮水奔流，感觉到有一股力量从地底的深处涌起，透过脚心，到达我的胸腔，填满了我周围的天空。

鼓浪中的散步和冥想

不知道那么多的游客拥入小小的鼓浪屿究竟是为了什么。他们爬日光岩、坐小汽艇、去海底世界、去狂热地购物。他们带着由《鼓浪屿之歌》衍生的梦,匆匆地来,然后,匆匆地走了。

没有时间让他们去接触一些东西,而这些东西却是鼓浪屿的灵魂。那红墙、拱门、幽静的小巷,那飘着根须的榕树,那破败的院落中音乐催开的茂盛的花朵……

每一件东西都可能有一个故事。

我在一家旧公寓的院子里逗留了一个多小时,围着门前的大水池转了几圈。水池是干涸的,中间有座假山,水池的围坝上有人晒了床被子。公寓前的栏杆是花岗石条围成的,有块儿石条已经碎了一角,那个公寓已被改为了培训舞蹈和演奏的地方。公寓一侧有曲径通幽的假山群,假山中有个小亭子,通向亭子的小道,被人用笆篱封住了路口。

漂洋过海后,回乡的公寓的主人,像所有背井离乡的人一样,回家的第一件事,就是开始构建一座最华丽的房子。这座公寓,将他们在海外的风雨彻底地遮蔽了,同时也将他们的梦以优美的线条雕在窗框上,放在回廊里。即使,现在青藤爬满了院墙,石级上生出了苔藓,仍然可以从那片绿色中,看见屋主人叼着雪茄,在公寓前的花园里悠闲散步的样子。

旧日的繁华已经随风逝去。

之所以说到这个略有破败的公寓,是因为它是岛屿上所有建筑中普通而具有代表性的一个。如果有时间,你可以对着它,坐在它门前的古老的榕树下静静地想。你可以想象出鼓浪屿的最初情形,也可以去想象一个和鼓浪屿毫不相干的问题,或者你甚至可以去冥想一个哲学的问题。

安静、闲适,在鼓浪屿上没有人干扰你。

总之,如果有一个人,如果他生活在鼓浪屿,他可以随时地、自由自在地冥想。事实上,鼓浪屿上最适合的是散步,我觉得那是生活中最好的方式,那是一种慢,一种悠闲,一种从容。无论是在海滨,在寂寞的小巷,还是灿烂的三角梅丛中,只要能静下心来,每一个人,都会找到遥远时候的阳光和涛声。

我听到旁边一个美丽的女士说:"要是我有五个女儿多好,一个嫁到杭州,一个就嫁到鼓浪屿,另外的嫁到……这样,每年我就可以有几个月,趿着拖鞋,在这幽雅的小巷里散步了。"最后她有点儿遗憾,因为她只有一个女儿。

在菽庄花园,我们见到了一种花,它的名字叫曼陀罗。我是第一次见到它,淡黄色的喇叭对着地面,一丛一丛的,簇在一起。在梵文中,曼陀罗是聚集的意思,是指一切的聚集。而曼陀罗的花影掩映的,是世界各地收集来的一架一架的古典钢琴,它们的质地,虽经漫长的岁月,但也没有多少改变。这些钢琴,特别是它琴架上19世纪中叶的灯座,足以用来怀旧。鼓浪屿自身在现代嘈杂中渐渐失去自我,倏忽间,总是让这些怀旧不经意地到来,这就是它魅力所在。

有时我问:这是哪里呢?

似曾相识,是不是在梦中?或者在前世,这里是不是我的故乡?

不,这绝对不是我的故乡。似曾相识的是我曾经有过的心情:惆怅和失望、懒散和空虚。的的确确,我是第一次来到这个岛屿,第一次见到曼陀罗。只是在我流逝的岁月里，丢失的东西太多了，就像那些游人的喧嚣侵蚀着鼓浪屿一样，让它丢失了许多风雅和浪漫，慢慢地归于平庸。

我呆呆地站在那里，在这疏疏落落的巷弄中迷失了。

正午的炮台

在厦门大学的围墙外，是三角梅和紫荆花同时盛开的环岛路。对于厦门这个岛屿来说，所谓环岛路，可以想象，就是这条路必有一面临海。春日的正午，海蓝得发青，这是一种惊心动魄的蓝，在蓝的边缘，海岸线画出了一条优美的柔和线条。一切和大多数海滨城市的风光没有两样，适合你悠闲地散步、观光。

2009年春的一天，我这个外地人走在环岛路上，看着路的两旁，高大的热带植物在蓬勃地生长着，感到新鲜和惬意。忽然，在这些蓬勃的热带植物中，我发现了一根高耸的青龙旗杆脱颖而出，伸向天空。这时候我听见有人告诉我："到了胡里山炮台了。"

这是正午，我们在一个阳光的正午到达了一座古老的炮台。

那是一座"城池"。我见过很多类似的城池，但这个"城池"很特别。它没有黑色的墙砖、雕楼，整个城墙全是由花岗岩石料砌成的，坚固无比。面积很小，只有1.3万平方米，算是世界上最小的一座城了，与其说是一座小城，不如说它是一个阵地。这个阵地被掩蔽在几棵古榕树的下面，轻易不会让敌人发现。每棵古榕树，它们的根，盘曲错杂着，在地面延伸出十几个平方米的根系。它让我想起这个民族，是怎样植根于这片土地，坚韧不拔，不可动摇。

我站在观哨台上，才知道胡里山炮台的位置恰到好处。从这里可以看见全部从海湾进出的船只，正是这个炮台，它有效地控扼着厦门港。这是正午，炮台上阳光温暖，海风习习，但如果顺着历史的烟云望过去，那个海风吹着血腥的昨天，在这观哨台上，我们是不是也同样有着阳光、闲适的正午呢？

在1840年鸦片战争中，英国侵略者进攻厦门，清军在胡里山炮台占据险要位置，运用当时的红夷大炮，击退了英军。英国几次被打败后，发现胡里山炮台虽然占据天险，但有破绽，那就是大炮只能朝一个方向射击。于是英军改变策略，从背后进攻，攻下了胡里山炮台，守台将士以石块还击，最后全部牺牲。事实上，胡里山炮台是“洋务运动”的产物，特别是北洋水师的覆没，让有识之士意识到：落后必然挨打，必须“师夷长技以制夷”。我仿佛看到了在遥远的京城，光绪帝悲愤地拍了一下桌子，下定决心，不惜花费巨大国力，派遣人员即使走遍世界，也要购买来最先进的武器。

阳光透过虬枝错杂的榕树的枝丫，照在一柄巨剑上。那柄剑斜插深入巨石数米，泉水汩汩地从裂缝中涌出，落差有三四米，这就是“剑泉”。这柄剑也划破了我沉重的心情，激动和兴奋从我的心里像泉水一样地涌出。

在这个正午，阳光中最为醒目的是那一尊克虏伯大炮。光绪二十年（1894）洋务派终于从德国购买了两门大炮（其中一门大炮已毁），大炮每门出厂价是8万两白银，加上运输费用，这两门炮一共花费30.2万两白银。大炮的长度是13.13米，重50吨，口径28厘米，射程1万6千米，经认定这是世界上保存最好、最大的克虏伯大炮，有“世界古炮王”之称。1937年9月3日，3艘日本军舰闯入厦门外港，毫无忌惮地炮击白石头、胡里山炮台和曾厝垵海军机场。胡里山炮台当即开炮还击，就是这门克虏伯大炮，击沉了日军驱逐舰“若竹”号，其他日舰见状仓皇而逃。胡里山炮台也写下了历史上最光辉的一页。望着这一门巨大的克虏伯大炮，我想，它并不仅仅是一种纪念或者旅游的资源，它有着一种更深的意义，这种意义存在于过去、现在，更重要的是将来。

在炮台上，我的思绪好像刚从弥漫的硝烟中突围出来，睁眼一看，今天的阳光多像一阵小雨，淋得我酥酥的，非常轻松。我似乎有点儿恍惚，像是和这座炮台一起走过百年。

炮台的下面，是松软的沙滩，有人把身体埋在沙子里，有人在海浪中嬉戏。而对面的环岛路的小屋里，铁观音的清香是如此无力，只轻轻地一吹，就被正午柔和的海风悄悄地吹走了。

关键词：墨

来到歙县以后，墨，这个简单的关键词简直让我无法逃脱。

原以为墨分五色，在五色之外，才是白。后来知道，墨将它的浓淡，分为了几个层次，所以形成了不同的色彩。在歙县，我行走于黛瓦白墙之间，才猛然省得，原来白也是墨色中的一种。

如果整个歙县是一幅水墨画，那从这一幅巨型水墨画中细细看来，这一笔已不是原来的那一笔，差别总是细微的，重复不是墨的风格。或淡或浓，或远或近，或上或下，墨让每一次的变化都十分和谐，和谐得生出韵味来。我在新安江上看到的山和水，看到的民居和浓雾都是由墨色幻化而成的。说远山如黛，那是一笔重墨；说近山滴翠，那是洒了一次清墨；水和雾是用了淡墨，而高院粉墙，正是墨淡到了极处，淡到极处的墨就是白。

说到户牖之美，那也可以说它就是一种墨色之美。我常常忽略周围的细小的事物，对细微的变化缺少敏感。但在披云山庄的餐厅，不敏感的我却觉察到了餐厅内的装饰，尤其是窗棂都是以黛色为主基调。窗棂除了雕刻不同外，色调基本是墨色。其实，在歙县，从高高的马头墙，到深深的庭院，用的都是简洁的黑白二色。墨黑代表玄，白为素，素玄相间构成了徽派建筑的最基本的美学元素。

那天晚上9点，我独自离开众人，走到歙县古城的街道上，想看看它的夜色。刚刚下过雨，那座著名的“国宝”八角牌坊黑魆魆的，披着一身墨色，显得古老、神秘和肃穆。步行街上的店铺多数已经关门了，整个一条街充满了墨色。我买了一盒“徽墨酥”，这是当地的一种小吃，打开包装，墨黑墨黑的，是精致的芝麻酥糖，十分可口。出了古城，大约晚十点钟，我来到练江之上，漫无目的地从这座桥走到那座桥。桥都是拱桥，桥拱里装有彩色的灯带，倒映在水里成一个个大环。环环相连，如同一条带环划破了江面上的墨色。

天下第一的用墨大师黄宾虹，他的纪念馆却在一个逼仄的小街上，这就是徽州古城的打箍井街。我不知道歙县人为什么在这条小街上建纪念馆，但我推测这地方肯定和黄宾虹的经历有关。随着年龄的增长，我喜欢的艺术家多已淡忘了，可对于黄宾虹，因为他和我家乡秋浦河的那段渊源，所以我对他的印象一直深刻在脑海。

可以说是新安江造就了黄宾虹，不仅造就了他，还造就了大教育家陶行知、大音乐家张曙，追溯到宋代，新安江造就了最早与墨有关的活字印刷术毕昇。这些人就是一大坨一大坨的墨，用新安江的江水磨着，在歙县这张纸上洇开，洇透了徽州，洇透了整个中华大地，繁荣了灿烂的新安文化。我想，文化对一个人的滋养是根本的，而一个人对文化的传承发扬则是更为重要的。美丽的歙县就是这样一个不断地滋养，不断地传承，不断地发扬着徽文化的地方。

歙县文联的朋友送我一块歙砚，墨黑墨黑的一块儿，没事的时候，我就加点儿水在上面磨，磨呀磨，磨得书房里一阵墨香。

台北的雨

在我们到达台北的前几天,台北的梅雨季就到了。

忙完了每天上午的事情,下午就只好待在酒店里了,因为雨一直在下,在酒店的玻璃幕墙外,沙沙传来的雨声,让人更加慵懒,不想出门。

我曾经对久雨不停非常厌烦,那是因为有来自工作的疲倦。而现在,窗外的雨声却让我的心更加宁静,我想此刻我的心情是快乐的,像是躺在春天的一块儿大草地上,只有我一个人,望着纯净的蓝天。

这是一种自由,而这样的自由,只有在雨声中才能感觉得到它。我脱掉鞋袜,赤足坐在阳台的椅子上。天地是这样的宁静,气压降低,对面的阳明山中,云岚正在游移,雨雾中它像一团潮湿的棉花。

可能有人问我:"你总是喜欢一个人独处吗?"我说:"是的,一个人很好,可以冥想,可以放肆,还可以自言自语。"

雨整整下了7天。但台北的雨也不是一刻不停地下,中间它也有休整的时候。当骤雨初歇之时,我喜欢下楼到花园里走走。南方许多不知名的植物让我感到新奇,特别是那些千姿百态的花,没有一朵我能叫得出名字。对此,我并不羞愧,我觉得它们和我有着一种说不出的缘分,这远比名字重要。

每当我散步的时候,总有个国外的年轻人也在花园里行走,见到我时，他会笑着打个招呼，我也向他问好，一切淡淡地，如同两棵树，在雨中点了点头。有一次上楼时，他竟然知道我住在六楼，为我按下电梯按钮："Six？"我说："是的，谢谢。"

许多人也许在感受他的生命，因为要体验这个感受，素不相识的人来到一个地方，住进一幢楼里，在电梯或花园里相遇，说话，然后分别。

有一天，我到达台北的东边的海岸，在岸边撑着伞，太平洋的风吹过来，吹翻了伞顶。雨水落在我的脸上，冷飕飕的，凉得彻骨。我想那就是大洋的温度。冰冷在寂寞的深处，大寂寞就是莫大的胸怀，它广袤无边，望不到边际。

基隆港在海角的那头。10岁那年，我曾经一个整天一个整天地哼着《鼓浪屿之歌》："我渴望，我渴望，快快见到你，美丽的基隆港。"曾经，基隆港是我向往的地方，而此刻它不再是在虚无缥渺的歌声中，它就在我的眼前。但我却不想去那里，甚至不想在远处一睹它的模样。我热爱完美，却执意为那份完美留下一丝缺憾，这个缺憾将会为我始终留着一个期盼。

雨水在车窗上聚集。因为车速的缘故，先是几颗小的雨滴，在窗玻璃上流成几条线，这些线交汇着，聚在一起，越聚越大，然后聚成一颗硕大的雨滴落下。小时候，当我生病躺在床上不能动弹时，我也是这么看着玻璃窗上不断变化的雨滴，它们给了我那段孤独的空间一丝难忘的生动。

这些雨滴本身也是一种孤独。它们如同结伴而去的人，有一种逃离的味道。那天，我一个人在台北的街市中行走，在怀念中走了一段，在寻觅中走了一段。雨给了人对往事的怀念的境界，同时也会给人寻觅中的幻想。于是我成了街市中的一滴雨，正在逃离人们的视线，进入自己的内心。

我到了诚品书店。我并不是多么有想买一本书的欲望，我只是四处翻翻，像一个前来投宿的客人，在寻找一间适合自己的房间。我甚至冀望在某一本书的某一页里，也会有一阵小雨在下，下得忧伤、诗意、自在、悠闲。

很难说，阳光和雨水，哪一种最幸福。但可以说，你所收获的不一样的感受，才最让人满足。

我们离开台北之后，台北依然在雨中。

一袭秋雨入画廊

深渡镇是新安江的缆桩。我们从深渡镇解缆，踏上浩渺的水面，进入了新安江百里山水画廊。

雨也恰恰是这时候下的，江面上的雨点像欢快的音符跳动。很长一段时间，我就是这样对着江面凝视，看一滴雨是怎样激起一小朵浪花；看这一小朵一小朵的浪花是怎样簇拥着远处的一叶孤舟，让它定格在碧绿的江面上；而孤舟上茕茕孑立的渔人，又是怎样那么自然地把自己融入了一幅绝美的图画？

仿佛走进了某个梦境，这一切皆源自江岸的雾。雾锁住了新安江两岸的青山，青山在雾中偶尔露着它的峥嵘。我从心底说：再淡些，再淡些！我要看清这山的真面目，以及这依山而建的村庄。可是雾依然锁住它们，山在雾中成了黛色，白色的村庄在雾中时隐时现，我惊诧于它们的色调竟然是如此的简练，不禁感激这场秋雨来。

粗略知道中国山水画的泼墨之说。朱景玄《唐朝名画记》载："王墨者，不知何许人，亦不知其名，善泼墨画山水……醺酣之后，即以墨泼。或笑或吟，脚蹙手抹。或挥或扫，或淡或浓，随其形状，为山为石，为云为水。应手随意，倏若造化。图出云霞，染成风雨，宛若神巧，俯观不见墨污之迹，皆谓奇异也。"我忽然感到，今天在这山水画廊之中，这场秋雨不正是新安江上搬云弄雾、随性泼墨的画师吗？

陪同我们的项老师，是一位知名的工艺美术家。他有点儿遗憾地对我们说，你们来得不是时候，若是春天来，两岸漫山遍野的映山红和油菜花，会让你陶醉；若是夏天来，驰名中外的“三潭枇杷”等着你去采摘；可你们现在来，只能放眼满目青山了。

可是我喜欢这种简约。“满目青山烟雨中”，也是一种气韵上的胜出。那种简淡和秀美，更是充满着空灵淡远的意趣。漓江虽清丽脱俗，却没有黛瓦粉墙的村庄，少了些古典之意味；三峡虽雄奇，却没有绕山而行的绿水，缺了些野逸之婉约。而置身新安江山水画廊，你就会觉得它们少的那几样东西，都在你的眼前，而正是这种古典和婉约，营造出一种诗意之美，将江南的山色空蒙表现得淋漓尽致。

就在这样一个诗意的午后，我们伴一袭秋雨走进了绵潭村，远远地看来，这是一个漂浮在水上的村庄。踏着湿漉漉的石级上岸后，我们见到了一个大剧场。剧场前广场上的旗杆上，挑着旗幡：“绵潭地方戏。”听戏是免费的，我们从没见过一个村庄的剧场这样气派，我们在后台见到了等待出场的演员，和他们的攀谈中，感受到了他们的自豪：“你知道‘砍不完的九砂柴，打不完的漳潭鱼，看不完的绵潭戏’这句俗语吗？我们绵潭戏是声名远播，黄梅戏、京戏、徽戏、绍兴戏样样都有，那戏文更是一曲一曲、一场一场，你想听哪一出都行。”

兴致勃勃地听完了戏，我们一行重新上船。这时雨忽然大了起来，拍打着船的顶篷，噼啪作响。绵潭村渐渐地远了，可那锣鼓声却宛若在耳际。

在下一个古村落漳潭，我们见到了一棵千年樟树王。漳潭村居住的是张姓人家，据说是汉张良的后裔，这棵樟树王就是张良手植的。树王主干粗壮，要十多个成人才能合抱。树枝蜿蜒舒展，犹如巨龙腾动，气势壮观。我们站在遮蔽着秋雨的树冠下，静听树叶的沙沙声，此情此景，令人油然发怀古之幽思。

我忽然明白,新安江百里山水画廊的精魂就是这些村庄。返回深渡镇的时候,我回望了一眼新安江两岸的村庄。烟雨中,它们渐次隐去,慢慢地消失在一幅水墨画中。

渔梁坝下

到歙县，渔梁坝是一定要去的。这个已经有一千三百多年的水利工程，让每一个来徽州的旅行者都心驰神往。可以说，在外地人的眼里，渔梁坝就是歙县的象征。这个深秋，我从歙县县城匆匆赶到渔梁街，为的一睹渔梁坝的风采。在我的想象中，渔梁坝是一个浩大的工程，是巍峨壮观的。可是当我走到渔梁街的时候，远远地就望见了那个水坝，它简直就是辜负了我的想象力。

渔梁坝和皖南地区的一些滚水坝在形态上并没有两样。要说不同的话，那就是渔梁坝的悠久的历史。我坐在坝上的青石上，抚摸着石面上被水冲刷出的沟槽，有点儿小小的失落。我把目光投向坝下的练江，河水湍急，绕着大片的河滩流着。河滩上的草依旧葱葱郁郁，我看见有一头牛——它正在聚精会神地吃草。

我在寻访渔梁坝的旅行中偶遇一头牛，是皖南常见的黄牛，这不能说不是一个大的意外。牛在吃着草，它在匀速地吃着，可以看见河滩上，草有一大片已经被剪矮下去。显然，它吃了很久了。它扯拉水草的声音也是匀速的，给人一种不紧不慢的感觉。有时，它会停下来一小会儿，抬起头来看着我，像是在想着儿什么。我想它可能是在想，它还准备吃多久的水草，它对渔梁坝边游人的兴奋和热情无动于衷，所以它虽然看着我,也不大可能是在想关于我的事情,也有可能它什么也不会去想。

我忽然想起了一个著名的问题:牛吃草问题。这是一道数学题,又称消长问题,是17世纪伟大的科学家牛顿提出来的。即为假设草的生长速度固定不变,不同头数的牛吃光同一片草地所需的天数各不相同,求若干头牛吃这片草地可以吃多少天。以我的数学功底,对于简单的问题,我都是一筹莫展的,对于变数太多的问题,我更是不知所措了。但是,如果讨巧的话,我还是愿意说,在渔梁坝下,曾经有许多牛在这片草地上,面对着坝吃草,答案是:吃了一千多年。

牛吃着草,它悠闲,斯文,一点儿也不着急。在一千多年前,它的祖先就在这儿吃草,和它一样认真。一年一度的草长草衰,坝还是坝,牛还是牛。也许在这头牛祖先的眼睛里,映照着渔梁街水运商埠的繁华景象,而在今天这头牛的眼睛里,渔梁坝是寂寥的,水道的衰落,使得它辉煌不再。“前世不修,生在徽州;十三四岁,往外一丢。”由于土地的紧张,出外谋生是徽州人的必走之路。数百年前,徽商中的十之八九都是由渔梁坝走出徽州的,在这些人中,衣锦荣归的毕竟很少,客死他乡的人却不在少数。在那头牛吃草的旁边有个平台,就是曾经存放归乡的灵柩的,那些不曾实现的梦想,都化成了坝下浪花翻腾的声音。

也许在当年的繁华时,人们没有注意到江边有一头吃草的牛,而今繁华逝去,游客们也不会注意到它。谁会注意一头牛在干什么呢?四五只白鹭在练江飞翔着,有时候它们落在渔梁坝上,有时候它们也会飞落在黄牛身边的草地上憩息一会儿。有个爱好摄影的朋友端着相机,一直心定神闲地等待着白鹭飞落到牛背上的一瞬间,他要将白鹭、牛、渔梁坝摄进一个画面里,但这很有难度,直到我们离开时,他也没有完成他的这一设想。

牛这个食草动物,它吃草的方式与众不同。它先是一股脑儿地把草吞下去,再找一个地方,把吞进胃里的草吐出来,慢慢地咀嚼,这叫反刍。

我们离开渔梁街时，回头望了望，那头牛忽然不在了，或许，它已经找到了一块儿安静之地，正在反刍着它的食物。

几分钟后，越野车把我们载走，我们很快忘记了曾经离一头牛那么近，甚至没有挥一下手，作别渔梁坝上的云彩，就走进了喧嚣的闹市之中。我感到一切变化是那么的迅速，对于这次偶尔的走神和邂逅，我来不及去咀嚼，更来不及反刍，我只能把自己当作一个匆匆的过客，而这个过客在不经意中，猛然撞到歙县正在举办的房交会的广告牌上：

房产恒久远，一栋永流传。

建在一篇序文上的楼阁

楼阁是毁了又毁，建了又建，有一篇和它有关的序文却是神定意闲，在赣江的岸边散步，那是这座楼阁的魂灵。我想，当最初的滕王阁被毁坏后，它后来所有的重建，都离不开这个魂灵。

我登上滕王阁的时候，正是深秋的下午，雾在远处浓了厚了，雨也转眼下了起来。人到中年，暮秋的雨，让人心生倦意，有迟暮之感。偏偏在这时，我自然而然地想起王勃来，想起他在那风华正茂之年，写下“落霞与孤鹜齐飞，秋水共长天一色”之时，是怎样的睥睨江南才俊，又是怎样的意气风发！

时间回到公元667年重阳节，地点是新建成的滕王阁。那天在那里举办一场宏大的吟诗作赋的盛会。一般来说，对于这样的盛会，必先要有人为它开头作序。其实大家心知肚明，举办者阎都督是想让自己的女婿孟学士显露一手，况且孟学士已经准备多日，华文丽章早已成竹在胸。所以在座的文人学士们都再三谦让。可当孟学士假意谦让至王勃时，王勃竟不通世故，一口应允，令满座愕然。

更为愕然的还在后头。这个26岁的青年人，竟不假思索，脱口朗诵出了举世闻名的千古绝唱——《滕王阁序》。

据记载，滕王阁兴废频繁，达13次之多。毁于火灾7次，遭兵燹两次，自然损坏而倾圮4次。但每次毁坏后，都得到了重新修建。现在的滕王阁是1985年按照著名建筑学家梁思成绘制的《重建滕王阁计划草图》重建，于1989年10月8日建成的。整个楼阁回廊曲折，檐牙高啄，耸立入云。

楼阁的大厅里是一幅汉白玉浮雕——《时来风送滕王阁》。画面述说的是王勃日趋七百余里，赶赴洪都，躬逢滕王阁盛会的故事。我愿意把这个故事当作一个神话，因为只有神话才能配得上这一篇旷世之赋。我在参观的人群中，面对着浮雕，默诵着那篇序文，如同一个钝钝的傻子。甚至我觉得我读出的声音就像一阵风，把王勃背后的披风鼓起，浪也大了起来，他脚下的船头在风浪中昂得更高了。

五楼中厅，是苏东坡手书的《滕王阁序》碑，有十多平方米，一片黄铜的色调，泻洒在正中屏壁上。我喜欢黄铜色，它显得古朴而凝重，和大门前彩绘仿宋式大牌楼以及整个楼阁的建筑相得益彰。在序碑的屏风后面，好像有个人正在低头读信，她读得入神，读得楼壁上彩蝶乱飞，没入百花丛中；读得霓裳羽衣飘，公孙大娘正剑舞胡腾——我禁不住环顾四周，端是栩栩如生的唐三彩！

匾额是滕王阁的独特风采，这些匾额都取材自那篇序文。宋式大牌楼的正中大书的是“滕阁秋风”，后面写的则是“胜友如云”。东大门的正上方悬挂的横匾是“雄州雾列”，西大门的门楣之上，悬挂的横匾为“地接衡庐”。另外还有“东引瓯越”“俊彩星驰”“启戟遥临”等等，书法皆酣畅淋漓，把楼阁衬托得更加庄严雄伟，张扬着勃勃的生气。

在楼上的回廊里，我想望望赣江。这是江西的一条著名的河流。登滕王阁，是看赣江的最好去处。只是此时，赣江水枯，沙洲渐冷，江中的船像一片树叶，很随意地漂浮在江面上。遗憾的是今天没有听到“渔舟唱晚”，也没有看到“雁阵惊寒”，但我注意到了楼下树梢枝头上，有一只小鸟在对我张望。更使我欣慰的是，我还能眺望到赣江对岸，那是南昌的新区，高楼林立，八一大桥如虹腾江而去，千年雄州，已经发生了翻天覆地的变化。

滕王阁，是一座建在一篇序文上的楼阁。我想正是因为这篇脍炙人口的《滕王阁序》，让这座楼阁永远也不会在漫长的历史中湮灭。

浔阳江头琵琶行

深秋的一天，我在九江城沿着浔阳江岸散步时，邂逅了一个亭子，实际上，它只是一个普通的亭子，但因为一首诗，它成了一个很著名的景点。

说到邂逅，是因为一个我不认识的中年人。那天夜里，我和他同时坐在瑟瑟秋风的江边，观看江中船舶上的点点灯火，因为这一点儿机缘，我们认识了，并谈得甚是投机。他是九江本地人，分手时，他背起了两句诗："浔阳江头夜送客，枫叶荻花秋瑟瑟。"他说，你知道这首诗吗？来到九江，就去看看琵琶亭吧，它就在大桥的那边，离这里大约两百米远吧。

我这才知道，一千年前，诗人白居易就是站在这个浔阳江边吟咏《琵琶行》的。来之前我并不知道这些，我到江边散步，只是想吹吹风。遇到琵琶亭，只能说是偶然，想起白居易，更是偶然。我站在亭子前，这样想：白居易可能是一个有些多情、多愁、忧郁的文人，可能因为常常喝过量的酒而面色发黄。在长安时，他经常光顾歌舞场所，喜爱流行歌曲《霓裳羽衣》和《杨柳枝》，常为歌伎们的表演击掌喝彩，在44岁时，他被贬江州（今天的九江），离开了这些，感到很不习惯。

恰巧的是，这天我来到九江，也是44岁，我也常常写一点儿诗歌，去过歌厅，常喝一点儿白酒，面色也有点儿发黄。一般来说，像这样的生活方式的人，都是很纯粹的人，多半是不懂得世故的人。所以在唐代元和十年六月，白居易被贬谪到江州。原因是当时有一桩暗杀宰相的事件，迟迟无人过问。白居易一时激愤，上疏力主严缉凶手，却没有注意到抢在谏官之前议论朝政是一种僭越行为，类似于我们今天的越级汇报。这时又有人落井下石，有个叫王涯的人说白居易的母亲是看花时掉到井里死的，而白居易写赏花和井的诗，有伤孝道，于是他被贬为江州司马。

白居易感到冤屈，也许那时候他也常常和我今天一样，沿着浔阳江散步，或者偶尔坐在江边，看看江中的渔火。他很孤独，有一种被遗弃的感觉，他很后悔当时的冲动，他知道那是文人们的致命弱点：不理智。他也尝试克服过，但总不奏效。有一天夜里，他在江边送客的时候，遇见了一位红颜褪尽、嫁给商人为妻的长安的歌女，她的弹奏拨弄着他委屈的心灵。大弦嘈嘈如阵阵急雨，小弦切切，那声音急促细碎又如一声声私语。他共鸣的泪水一下子涌出来，淋湿了他的青衫。时光已过千年，终于，那些贬谪、陷害白居易的官僚早被江风吹得无影无踪，没有人再记得起他们的名字，而那个失意的江州司马、那个凄楚感伤的歌女却依然鲜活如新；那首《琵琶行》轻轻地抚摸过千年的流水和光阴，流传下来，并将永远流传下去。

如今的浔阳江头，九江长江大桥横跨过长江。再也不用在“茫茫浸月”的江面上，划着小船送客了。同是秋天，同是秋风瑟瑟，只是没有酒，没有大珠小珠落玉盘的演奏，但却有了灯火通明、车水马龙的繁华。江堤边盛开的鲜花，已经替代了那飘荡的荻花。我很感谢我遇到的那个本地的中年人，是他让我邂逅了一座名亭，重新理解了一首不朽的诗歌和一个不朽的诗人。

慕田峪长城

驱车离开北京，行七十多公里，就到达了怀柔的慕田峪。一路上，垂柳依依，清泉有声。从喧嚣到幽静，恍然两个世界。虽是8月初，却感到凉风习习，爽快异常。鸟语和虫鸣，带给人一种宁静的、轻松的感觉。正行间，猛烈从巍峨的山脊上，出现了一条蜿蜒的巨龙。

长城！我从心底欢呼起来。

慕田峪长城是万里长城的精华所在。这里山峦起伏，林木葱郁，长城自东南向西北在崇山峻岭之巅蜿蜒。慕田峪长城的构筑有着独特的风格，敌楼密集，城两侧均有垛口。东南面有三座敌楼并矗一台的正关台，为长城之罕见；西北面有建成在海拔一千多米，名曰“牛犄角边”和建在刀削一般的山峰上，称为“箭扣”及“鹰飞倒仰”的长城，其势险峻峥嵘，叹为观止。整段长城依山就势，起伏连绵，宛若巨龙飞腾。我站在敌楼上，望着对面的山峰，它酷似黄山的天都峰，如同刀割斧削，像一座巨大的屏风，挡住北方缓缓游来的云朵。而长城连接的是这样一座一座的山峰，在山的峰顶前行。我惊叹：建成如此大的工程，要花费多大的人力物力，要何等坚强的意志和智慧！

行走在一块块儿厚重的青砖上，我仿佛看到了历史的云烟扑面而过。慕田峪长城是明初朱元璋手下大将徐达在北齐长城遗址上督造而成，隆庆三年（1569），朝廷调戚继光任蓟州、昌平、保定三镇练兵都督兼蓟镇总兵，加强北方边防。他重新加厚了城墙，增筑空心敌台，巩固了北方的防务。这段长城西接居庸关，东连古北口，为京师北门黄花镇的东段，自古被称为拱卫京师、皇陵的北方屏障，而慕田峪关更是明代拥护京师和投井下石陵的重要关口之一。（《长安客话》卷七·关镇杂志）记载："居庸关、黄花镇、边城、慕田峪、灰岭口具系冲地，虽宣、蓟为之屏障，紫荆藉以身援，然外而扼控要害，内而拥护京陵，干系至重。"慕田峪长城墙高五到七米，顶部马道宽约四米；墙身两侧用条石垒砌，中间以乱石灰土堆填。顶部马道两侧均有城砖砌筑的垛墙，垛墙上有射孔。可惜的是，如此高耸入云、雄伟壮观的长城，终究不能抵挡敌人的铁骑，可见抵抗外族的入侵，并不在于城墙的高矮和坚固啊。

陪同我的北京的诗人说，若是你4月中旬来，这里桃花盛开，呈现一幅迷人画卷；若是你10月下旬来，这里满山红叶，就可以看见龙在云霞中穿行；可8月来却不是时候。我心却无比释然，因为这个季节来，就可以尝到美味的虹鳟鱼。虹鳟鱼因其成体沿侧线有一棕红色纵纹，如同彩虹一样而得名。肉味鲜美，营养丰富，刺少肉多。目前已成为联合国粮农组织向世界推广的产量高而优良的四大淡水养殖品种之一，被列为高档鱼。长城脚下，隐藏在绿荫中的，到处都是装修别致的农家小院，院内无一例外的菜肴就是虹鳟鱼。在怀柔，真的是把虹鳟鱼的吃法发展到极致，甚至衍生出来了一种虹鳟鱼文化，怀柔仿佛有了新的代言人——虹鳟鱼。在怀柔，特别是慕田峪的每一家店都有多种套餐可供选择，比如一半清蒸一半红烧，或者一半生吃一半烧烤。你可以选择各种排列组合的方式吃鱼。

我们把车开进一家朱檐画廊的农家院中。店老板说，你们可是自己钓，自己钓来的鱼吃起来才更有味道，可我们已经太饿了，选择了现成的烧烤和水煮虹鳟鱼。虽是狼吞虎咽，虹鳟鱼的鲜味，还是体会到了且难以忘记。

慕田峪，慕田峪，千年古关隘，它让人领略到“雄关漫道真如铁”的气势，又让人享受到了在大自然自在、放松的意趣。

母性的山

当爬上涂山山顶的时候，我陡然觉得凉爽了很多。山势陡峭，我爬了很久，很累，一点儿力气也没有了。找块儿大石头坐下来，看着山下，淮河和涡水绕山而过，像两条蓝色的带子，在早上的薄雾里，迷茫中透着清澈。我解开衣襟，清风徐来，沁人心脾。

山上除了一个名叫曹信全的道长外，空无一人。曹信全在涂山上生活多年了，虽然清贫，但却拥有着一般人没有的自由和悠闲。对于我的到来，道长表现得惊讶和热情，因为通常这么早，是没有人上山的。他带着我参观了整个禹王宫，也让我见到了宫里三棵古老的银杏树。

一棵是高大的、枝叶形如伞盖的银杏树，道士们称它为垂乳银杏。我数了数，大约有24个垂下的乳头。道长说，树龄要超过千年，树上才能长出垂乳。在夏天，人们就喜欢坐在树下，享受着银杏伸展开来的清凉。另外两棵在禹王宫启母殿前，传说此树乃大禹娶涂山氏女（启母）时手植，究竟树龄几何？没有谁知道。可惜，如今这两棵树遭雷击火焚，现在已经枯朽了。

这两棵树是夫妻树，虽然死去几百年了，但令我惊奇的是，其中的一棵树的树腔中，竟然又生长出一棵生机盎然的楮桃，楮桃的叶子青翠欲滴，树干粗大得连一个人都抱不过来。东坡居士曾写了一副楹联，曰："山外有山都似画，树中生树不知年。"那棵死去的树，仿佛把最后的所有心血，都倾注在怀中的楮桃上。我抚摸着银杏干枯的躯干，像抚摸着一位鞠躬尽瘁的母亲。

曹信全道长带我来到一个比较平坦的地方，那里立有一块儿石碑，上面有季羡林先生书写的“台桑”两个字。原来这里是大禹和涂山氏女一见钟情的地方。王逸《楚辞章句》注云：“言禹治水，道娶涂山氏之女，而通夫妇之道于台桑之地。”这才知道著名的“台桑”就在涂山！在这一次以后，禹忙于治水，三过家门而不入，《吕氏春秋》言：“涂山氏之女乃令其妾待禹于涂山之阳。女乃作歌，歌曰：候人兮猗。”久望而大禹不归，涂山氏女已经怀孕并快要分娩了，腆着大肚子，仍然在风中等待情人的归来。情人终于归来了，可他终年劳累，没有顾得上梳洗，像熊一样的脏兮兮地从山脚下走来了。这下可吓坏了日日守候的女人，她以为禹变成了熊，惊恐过度，导致难产了。《淮南子》记载：“涂山氏往，见禹化为熊，惭而去。至嵩山脚下化为石，禹曰：归我子！石破北方而启生。”

作为医生，一直想知道我国究竟是什么时候开始剖宫产的，而久久不能得到答案。站在涂山的启母石前，我想，这第一例接受剖宫产手术的人应该是涂山氏女。我推测的实际情况应是：涂山氏女见到熊一样的大禹，受惊吓难产，情急之中，有人像医院的医生一样问大禹说：“要大人还是要孩子？”禹叫道：“我要孩子！”于是他手下人剖腹取出孩子。启母化石大概是艺术的加工吧。

涂山是一座充满母性的山。站在台桑石碑前，我想起刚才我上山时看见的山脚下的石榴树。正是10月下旬，已经看不见埃利蒂斯的那种“疯狂的石榴树”了，树农们已将大部分石榴收回家了。剩下的石榴，他们就丢下不管了，让它们零零星星地挂在树上。我看见这些石榴都已经胀开了，露出了一颗颗晶莹剔透的石榴籽，就像一个母亲耗尽整个生命，终于孕育出了崭新的生命。

我回到那棵母子树前，对着那干枯但坚如钢铁一样的树干，深深地鞠了一躬。

对舜的一次拜访

秋日的阳光是和煦的，它从那些杂树枝丫的缝隙中漏下来，在石径上留下了斑驳的影子。据我所知，你在大历山辛勤耕作的时候，尧就曾经来这里拜访过你。从那以后，拜访你的人在这几千年的时光断层里，接踵而至，无论是贩夫走卒、文人墨客还是世胄显贵，一茬接一茬地来过这里。

我一直有一个心愿，那就是去趟大历山，虔诚地完成一次对你的拜访。

这个心愿终于实现了。我一步步地向上爬着，早已累得气喘吁吁。这天下午，我就站在了这座山的石径上，石径上斑驳的阳光像是撒落的许多历史的碎片。踏着这些碎片，我忽然有点儿恍惚。试想一下，在远古时代，尧帝，一个白发苍苍的老人，拄着黎杖，跋山涉水，从他的故里河北省唐县，越过黄河长江，最后渡过尧渡河，上大历山，走得是何等的艰难！而你对这些浑然不知，依然在山坳里躬耕不辍。这个耄耋之年的老人走到历山山腰的一块儿大石旁边时，他实在走不动了，就在石头上坐了一会儿，休息了片刻。

这块儿石头就是尧憩石。现在我也在这块儿石头的旁边休息，所不同的是，后人在这块儿石头边建了一个亭子——尧亭，我坐在这个亭子里，清风徐来，疲劳顷刻退尽。

尧要找到你可并不容易，因为你总是忙碌于你的扶危济困、忙碌于你的农事。第一次你在升金湖打鱼，第二次你在山下帮人修井，到了第三次，也是在一个这样充满阳光的下午，尧终于找到了你，而你也让他见识了你的学识。当时，你正举着锄头，挖着那一块儿荒地。你对这个白发红衣老人的造访惊愕不已。但简短的交谈，就很快让你们相见恨晚了。你是个农业专家，你懂得如何把耕作和节气结合起来，从而不会耽误农时。怎样做才不误农时，这正是尧心里的烦恼之处。对于这个烦恼，你以二十四个节气，轻而易举地把它化解了。在寻访你的路途中，尧已经对你高尚的品德了然于胸，他眼前唯一想知道的就是你的智慧。于是你就在山间的大石上和尧下起了你发明的"舜棋"，一个下午不知不觉地过去了，变化无穷的棋路彰显了你的大智大慧。

我在"舜亭"下的一块儿石碑上，轻声地读诵着你的逸事。虽然，我以前从书本上了解过你的许多传说，但那都是在离你很远的地方，只有今天，我站在你曾耕种过的土地上，才感受到你的故事是那么的真切。你的父亲是个瞽叟，不但眼瞎，心也是瞎的。你的母亲去世很早，继母生了个弟弟名叫象。你的父亲很宠爱象，他和你的继母、弟弟串通一气，几次要置你于死地。他们叫你去修补粮仓的顶，等你爬上仓顶时，他们却在下面放起火来。你急中生智，手拿两顶笠帽，像鸟一样张着翅膀飞了下来。他们并不甘心，又叫你去淘井。等你下井去以后，你的父亲——这个瞽叟和象就把一块块儿土石丢下去，而你却在井里另掘了一个通道，钻了出来。

即使这样，你依然对父母孝顺，对弟弟友善。以前我总觉得你是一个大圣人，可在听了这个传说之后，我忽然觉得你就是一个邻家的哥哥。一般来说，像你这样的圣贤，你的传说就如同天上的云彩，只能让人仰视瞻望；但恰恰迥然不同的是，关于你的逸闻却是我身边这略带泥土味的微风，在树丛间低调地、平平仄仄地吹着。

尧和你交谈后，他赞叹不已，并下定了决心。尧帝要邀你下山，不想你却愠怒了。我不知道你为何愠怒，也许是你不愿别人打扰你自在的生活，也许是你不愿淡泊的心境被涂上浓墨重彩。几株野菊在舜碑的旁边盛开着，摇曳着，使我想起离这儿不远处的陶公祠来。这个“采菊东篱下，悠然见南山”的诗人，就曾在这历山脚下种过菊花。我知道，陶渊明和你一样，你们心灵的境界是常人难以理解的。所以在史书上提到这一节时，我只是轻轻带过，也不求甚解。

可是，你妥协了。你禁不住尧的诚意，确切地说，是一个白发苍苍老人的诚意。你继承了他的帝位，还迎娶了他的两个女儿：娥皇和女英。就在你执政三十九年以后，你不幸死在苍梧之野，葬在九嶷山上。二女闻此噩耗，便跑到湘江边上，望着九嶷山痛哭流涕，她们的眼泪，洒在竹子上，竹子便挂上斑斑的泪痕。

过了“舜亭”，在历山的顶上，满山都是青翠的竹子。它们的叶子摩挲着，发出细微的声响。阳光在叶子间折射着，发出斑斑点点的红光。我试图在这些竹子上，找寻娥皇和女英（也称湘夫人）的泪痕，却没找到。我想这也再正常不过了，湘妃竹远在千里之外，怎么可能在这里出现？但当我看到这叶间折射的红色斑点时，不禁为自己的此行而庆幸：这些粉红的光斑，不就是湘夫人的泪痕吗？

从大历山下来，石径上阳光斑驳的影子已经退了。在这个下午，我终于完成了一次对舜的拜访，也像是在历史的时空中遨游了一趟。山下村庄里的烟火升了起来，这个时候，我恍若觉得，那个只存在于神话中的耕者，仍然活着，而且是活在我们世俗的生活里。

在皖北

在我的想象里，皖南是青花小碗，精致的户牖，粉墙下雨水润湿的脸庞；皖北是粗瓷大碗，红砖高墙，烈酒烧红的颈脖。不管是皖南还是皖北，我总觉得，家园不能只是定义在词语上。

皖北有的是酒：古井酒、种子酒、迎驾贡酒。在皖北喝酒，就如同点蜡烛上楼，步步要小心，一不留意，就倒下了。我个人酒量有限，一两白酒就能醉倒。有一次，皖北有朋友请我们三人喝酒，就有人提前打预防针：你那个酒量，在皖北切不可端杯，一沾上杯子，就没有回头路了。可从情理上讲，人家请你们喝酒，你们当中竟然没有一个人能喝酒，怎么对得起主人的情谊？即使撇开情谊，单就胆气来说，也是很掉份的事。我们中有一位酒量稍大的，抱着我不入地狱、谁入地狱的豪气，端了杯。酒没过三杯，就醉倒了，皖北的朋友们却不散席。我们谈着别的话，渐渐地，大家疲倦了，话也少了许多。几个小时过去了，几乎是大家都在干坐着。同桌皖北朋友拉着我的手说，我们皖北人，客人不走，主人是不能走的，你就宣布散了吧。我说原来如此，皖南人是主人说散席，客人才能离开，皖北正好弄反了，隔一条江，咋规则就这样不同啊。大家回吧。

老子生在涡阳，庄子生在蒙城，都在皖北。按理说在老庄的出生地，人们应是拈花微笑，精通茶道才对。可皖北人恰恰相反，他们擅饮酒，比皖南人酒量大。老庄的思想浸泡的不是皖北人,而是皖南人。老庄的思想把皖南人的酒泡淡了,把茶泡开了。皖南人喜喝茶,从早到晚,一杯茶足矣。皖北人羡慕皖南山清水秀,黛瓦白墙,但你若要他离开故土,到皖南来,他一定不肯。他们住惯皖北浩荡的平原,住不惯开门见山的地方。当皖南人惊叹地面对一望无际的滚滚麦浪的时候,他们从心底里崇敬在麦浪滚滚的土地上出生的圣人。这个人就是老子。老子的恩师常揪快病死时,老子赶去探望。老子拉着常揪的手问:“先生有没有遗教可以告诉学生呢?”常揪张开嘴问老子:“你看看,我的舌头还在不?”“在啊。”老子回答道:“您为什么这样问?”常揪没有回答他的问题又继续问道:“那你看我的牙齿还在不?”老子回答道:“一颗也没有了。哦,我知道了,舌头还能存在,是因为它柔软,牙齿之所以全掉了,是因为它太刚强了。”

皖北人没有记住老子的话,他们的性格刚强,至少比皖南人的性格刚强。皖南人说话做事总绕着弯走,是柔软的舌头,没有皖北人直爽。我总以为,避其锋芒会比针锋相对好,无为就是有为,所以我对皖北人的直爽不以为然,我称道的是皖北人的定力。在定力方面,我觉得真正了不起的要数柳下惠。有一次在利辛县,我听到了柳下惠的故事。一个冬夜,年近而立的柳下惠访友归来,忽然天空乌云翻滚,下雨了。他赶紧躲到面前的一棵大柳树下,过了一会儿,一位女子也跑来避雨。她大概是受了风寒,病得发抖。柳下惠隔着漆黑的夜幕,让女子坐在他怀里。得到温热,女子渐渐好受了。一整夜柳下惠如雕塑一般,竟无杂念。这种事,放在皖南人的身上,也许早就乱了方寸。那一夜,皖南人肯定把自己想象成了多情的才子,打猪草都能打出爱情的皖南,反认为柳下惠可能有生理上的问题,要吃药。

皖南人爱吃中药,路上倒的都是药渣子。中药不光是祛病的,还有养生的。皖南人最注重的是养生,养生的中药都来自皖北。皖北的亳州有全国最大的中药材市场,皖南的药店要想采购中药材,都要去亳州。

我是个医生，去亳州的时候，要到华祖庵看看，拜谒一下华佗。华祖庵的建筑很矮，被灰黑色的瓦一压，显得更加谦卑，没有了祖庭的风范。走遍华祖庵，闻不到药香。和杀他的老乡曹操相比，华佗是低微的，说得好听一点儿，华祖庵就是个隐士，干脆后来连药香也隐去了。而曹公却不同了，后人在地上修有魏武大道，地下还有个几千年的古运兵道，都和他有关，气势盖世。

我在魏武大道上走着，道路宽阔笔直，从这头走到那头，仔细地观察，也没有发现有人在路上倒中药渣子。

西安散记

站在城墙上，特别是站在完整无缺的城墙上，总会生出一种想俯瞰“清明上河图”的欲望。期望看到城墙脚下摇着纸折扇的才子，缓缓而行的仕女，叫卖的小贩和招摇的酒旗，尽管我揉了一下眼睛，还是看不到这些景象，我意识到它只是藏在我的幻想里。从幻境中走出，这个黄昏真实出现在我视野里的是：古都西安满大街堵塞的汽车，还有西下的夕阳，天上晚霞像是谁咳出的一口血。

这次西北旅行，我遇到一个卖玉貔貅的人。开始时他不厌其烦地介绍风水的重要性，从香港的大楼风水到北京的大楼风水，从银行门前的石狮到大户人家的貔貅。最后，终于说到了貔貅。貔貅能辟邪聚财，他说，你们摸一下，有好运气的。

人们开始摸。有人摸了一下貔貅的嘴，有人摸了一下貔貅的脚。人们对貔貅这个吉祥物的热情开始高涨起来，期待好运气的人们跟随他走进卖貔貅的玉器店里。望了一眼玉貔貅的价格，大家忽然意识到没等聚财就要破费了，热情又低落下来了，三三两两地走了出去，转眼玉器店内空无一人，只留下了一丝落寞在口干舌燥的卖玉貔貅人的眼里。

我很喜欢这种市井的味道，带着小小的令人一笑的欺骗。在那些仿古建筑中，譬如新建的大唐西市——这么雄伟的仿古建筑，可能是城市管理者想展示西安悠久的历史，或者是为再重现汉唐盛世建造的。但是我想，历史归历史，建筑归建筑，汉唐风格的建筑不可能让一座城市重回汉唐。

事实上，在许多仿唐的屋檐下，却找不到这种市井的味道，商店却是连锁的，收费用的是电脑，也就消失了讨价还价的乐趣。一溜排的小吃摊，挂的标牌是有名的港澳小吃。四处转了转，没有看见一样东西是秦代的，甚至是一块儿秦砖。这当然是意料之中的，秦砖是无价之宝，即使哪个傻子用秦代的砖头砸你，你也会抱着头，恨不得让他砸得你遍体鳞伤才好。因为用秦砖砸你，就是用黄金的砖块砸你。砸你一夜，你就是亿万富翁了。所以，虽然是在著名的古都，你会连一块儿秦砖汉瓦也见不到，找到一块儿，也会把你高兴死。

在西安，明月依旧是前朝的，它照过阿房宫，也照过大明宫。另外还有兵马俑依旧是前朝的。那天，我在骊山的脚下，在地平线以下，听到了将士出征时的步履声。遗址大厅里，整齐划一的陶俑，和我们相遇了。公元 2011 年 9 月和大秦王朝，像是被橡皮筋的两头紧紧地系住，收缩，收缩，再收缩，将我和帝国的兵阵拉到了一起，直到我们相距无法跨越的两三米的距离。而正是这两三米的距离，蕴含了两千多年的时空。

我注意到那个右膝跪地的射手，他正在箭袋中抽出另一支箭，那么，先前，他射出的箭飞到哪里去了？会不会“呼啦啦”地穿越时空，射到了西安如春笋一样的摩天楼的玻璃幕墙上？这只是我当时的荒唐的想法，当我走出“秦始皇兵马俑博物馆”时，我惊讶地看见博物馆前的一条街上，铺天盖地的全是卖“兵马俑”纪念品的商贩。

出来旅行，总要带点儿什么纪念品回去吧？一个小贩捧着一大盒“兵马俑”对我说。我用手敲敲这些陶俑，声音清脆。“多少钱一个？”小贩说：“50。”我没有买，走到下一个，迎上来的小贩说 20 元一个，问我要不要，我摇摇头，因为我压根也没有想买任何纪念品的打算。快走到街尽头时，有人拉拉我的衣袖，说："10元钱两个陶俑，你要不要？"我还是摇了摇头。

整个西北的旅行，我没有带回一件纪念品。但是我带回了很严重的感冒，最后发展成了肺炎。咳嗽，咳血，咳出的血像那天我在西安城头看到的一朵晚霞。

·凤凰凤丹

凤凰是一座牡丹花开的山，凤丹是这些牡丹花中的一种。

凤凰和牡丹都在宋词之中。对于宋词，我首先喜欢的是它的词牌。虽然我对宋词没有过多的研究，但我能记得很多词牌名称。所以说到凤凰，就想起《凤凰台上忆吹箫》的词牌来。不为别的，只为这个词牌中有一段浪漫的故事。《列仙传拾遗》记载："萧史善吹箫，作鸾凤之响。秦穆公有女弄玉，善吹箫，公以妻之，遂教弄玉作凤鸣。居十数年，凤凰来止。公为作凤台，夫妇止其上。"吹箫吹得凤凰来仪，也算是到了最高境界了。

另有一词牌叫作《碧牡丹》，其中我读过程垓的词："试数花枝，问此情何若。为谁开，为谁落。"不知怎的，因为这两个词牌，我总是在潜意识里把凤凰台和牡丹联系在一起。试想一想，凤凰台上鸾凤和鸣，台下没有云霞一般的鲜花映衬，意境就大打折扣了。而对于牡丹而言，簇拥在凤凰台下，当然，若花开是为吹箫之人而开，落也是为吹箫人而落，那就浪漫多了。

有过这般词牌情结，故而有心看牡丹久矣。铜陵凤凰山是牡丹之乡，距吾乡甚近，约一个小时的路程。去年来凤凰山看花是在5月中旬，错过了时令，牡丹花多凋谢了。没有看到牡丹，只看到了零零星星的芍药开着。今年蒙铜陵文联相邀，通过"凤丹文化之旅"活动，终于达成了愿望。来到凤凰山,万顷牡丹,花开如海,争奇斗艳。方觉今天来这里看牡丹是正当其时,我暗暗地庆幸自己在最好的时节、最好的天气里,看到了最好的牡丹。凤凰山的牡丹多是凤丹,“凤丹”也就是因凤凰山而得名的,由此可见,它是一个有着独特的地理标志的花的品种。

有画者在牡丹丛中聚精会神地作画。画家之中,喜欢画牡丹者多不胜数。白石老人97岁那年,连“白石”二字都不知道怎么写了,但仍然作画不休,画的就是牡丹。其中一幅风吹牡丹图:微风吹过来,丰腴的花叶正欲翻动。笔墨自在无法,显示出一种自由的生命境界。吴昌硕的牡丹画却是另一风格:色泽腴润,艳而不俗,所画牡丹洋溢着蓬勃生机和无限活力。刘海粟因擅画牡丹被誉为“牡丹王”,若以种类、风格、数量而论,我认为他画的牡丹当推第一。有绚丽的、有墨黑的、有质朴的、有喜气的。我想,这里面也会有我们凤凰山的凤丹花吧。凤丹洁白无瑕,以素颜面世,更让天才风雅的画家们青眼相看喜无极。在凤凰山牡丹园,我很羡慕那些挥毫作画的丹青妙手,轻而易举地就把那一份喜爱表达出来。

琼葩到底羞色艳,国色原来不染尘。凤丹之白,白得让人不忍直视。不娇媚,不妖艳,但丝毫不减它的国色天香、雍容华贵。凤丹一尘不染,说它是“碧牡丹”并不为过,说它碧,是因为它的瓣白里透红,白得玲珑剔透。有人说荷花当得起“风姿绰约”四字,我认为凤丹不但“风姿绰约”,还如仙子临世,比荷花多了一丝仙气。二十多年前,我去附近的巢湖看银屏牡丹,那是我第一次认识这种白牡丹,也就是刚刚所说的凤丹。银屏牡丹花开纯白,生长于悬崖峭壁之上,据《巢湖县志》记载,此花已经有一千多年的历史了。它每年开的花也是有讲究的:花开四至六朵是吉兆。要是花开的朵数少,必有旱灾;朵数多,必有涝灾。你说它有没有仙气?

凤凰山种植凤丹已经有一千六百多年的历史了,东晋道家葛洪在铜陵顺安长山炼丹时就曾种植牡丹。如今凤丹已成为铜陵的市花。我想,早先乡民们在这里大量种植牡丹,绝不是供人观赏,肯定有它的经济价值。一打听，果不其然。花农们栽培凤丹的主要目的是为了获取牡丹的根皮——丹皮。丹皮，味辛苦，性凉，归心、肝、肾、肺经。有清热，活血散瘀之功效。凤丹要经过四至五年的生长期才能收获，秋季采挖根部，除去细根，剥取根皮，晒干，生用或炒用。我见到凤凰山牡丹园的路边上有人卖这种丹皮，粗直皮厚、香气浓，断面呈白色，同行的人说这种丹皮是最好的。是的，凤丹在别处也可以种植，但在凤凰山种凤丹也许是最好的。这里的气候、土壤最适合凤丹的生长。

眼前人流如鲫，摩肩接踵而来的都是赏牡丹之人。我的同行者感叹道，想不到来凤凰山看花的人如此之多，一是因为这里的景色迷人，再就是旅游宣传推介做得好吧。我们登上凤凰山上的滴水崖顶，崖顶是一个宽敞的平台。

我站在凤凰山顶的平台上，极目远眺，万顷凤丹尽收眼底。香风阵阵，如临仙境，如归故乡。这比起神话中的凤凰台要大得多了。我那时真有这样的想法：如果有箫，我也吹奏一曲，定会有彩凤乘云而来，翩翩起舞。实际上，铜陵人为发展凤凰山旅游，早就大力地做好了旅游推介，就如同站在凤凰山顶上，吹奏起了一首美丽的“凤凰和鸣”的乐曲。你看，眼前这么多的游客，不就是被他们的吹奏吸引而来的彩凤吗？

第六辑

闲时静思

春风和杏花有关，也和帘栊有关。杏花、春风、帘栊的关联，把诗意留给了我居住的小城，也把诗意融入了我的经历，我的人生。隔着帘栊看月，月朦胧；隔着帘栊看树影，轻摇的树影，让你识得春风；春风带给人的惊喜，是第二天清晨的姹紫嫣红；隔着姹紫嫣红看岁月，岁月是关不住春意的帘栊。

·生离死有多远

刚住进病房不久，就看见一个女孩抱着一束康乃馨气喘吁吁地走进来，她指着我隔壁的一个床位问我：“这个病人呢，他去哪儿了？”我说：“他刚刚出院了。”女孩似乎很失望，喃喃自语：“我是来看他的，来迟了。”她抱着那一束花在病房里走来走去的，想着该怎么处理它。最后，她忽然灵机一动，把花送到我的面前，说：“既然他出院了，那这花就送给你吧，祝你早早康复。”

这是我收到的第一束康乃馨。陆续地，在我住的病房里，鲜艳的康乃馨一束一束地多了起来，朋友们送来的花把病房塞得满满的，整个房间弥漫着一股清香。

疾病像是躲在这些花影后的幽灵，它冷冷地注视着这一切。在花朵生的热烈和疾病的死的冷漠中，我迷迷糊糊地睡着了。我梦见自己已经死去了，家人问我魂灵是火葬还是土葬？我说火葬吧，免得死后还要受细菌的折磨。再者就是尽快成灰之后，也有可能成为一种花的肥料，那样也许还可以将生命开放成一朵美丽的花。

第一次见到死去的人是在一次“理骨”的仪式中。“理骨”是皖南换坟的一种习俗，大体意思就是老年夫妻中如果有一人死去，死去的一方要停放在棺中，等夫妻的另一方死后再一起选地合葬。当得知有一家要理骨时，那时六七岁的我，好奇地背着书包，悄悄地躲在浩浩荡荡的作法事人的身后，想一探究竟。当棺盖被撬开的时候，一股发霉的气味夹杂着尸体腐烂的尘灰扑面而来，我踮起脚，从大人的臂膀下向上伸头一看，棺中露出的是一堆白森森的骨头。

那时我想，原来人死后就是这样！一半是骨头，一半是尘土。棺中老人的子孙们把中指刺破，把血一滴一滴地滴到那些白骨上，霎时，那些血就让白骨吸收得无影无踪，依然是一堆白骨。在童年的我看来是很遥远的死，竟然以这样的方式出现在我的面前，让我惊怖，让我感到诡异，我回家大病了一场。

后来，我就读医科大学，对白骨就没有那么恐惧了。学人体解剖学时，老师在上完理论课后，带我们到解剖室里。那么多白骨，挂着的、摆着的，简直就是一个白骨世界！老师拿出其中的一块儿人头骨，并指着满桌子摆放的人的骨头说，这些骨头都是防腐和消毒过的，你们同宿舍的可以一人借一块儿不同的骨头回去，晚上可以在宿舍里对照课本，相互参照，温习温习。我们寝室里一共六个人，分别拿了头骨、腿骨、椎骨、臂骨、手足骨回来。那天，我打了一个下午的篮球，回来有点儿累了，就早早洗了睡下。

第二天，当我起床时，我发现一只完整的骷髅竟然和我睡在了一起。骷髅手足平卧，睡相安详。这虽是室友们的恶作剧，但我也没有感觉到有多么的惊恐。从那时起，我倒是感觉到了生和死除了这样的相近外，还这样亲密。

现在，我一个人在病房里，可以静静地想，往事从头，纵然得到千般总结，万种彻悟，也不能真正地达到般若的境界。何以故？是不能断一切念想之故。就拿眼前的康乃馨来说吧，朋友们送康乃馨是有祝愿尽快康复之意，既然有祝愿，必有念想，有念想，我们又怎能脱尘世之病痛？

实习的护士要将我病房空调的温度调到22摄氏度，并对我说："瞧，温度高了，你的花会不长久的，那样会萎得快的。”她有些心疼这些花，说：“你看，有些花的花瓣都耷拉下来了，要是这么多的花枯萎了，多可惜呀。”我不拂她的好意，听从她将温度降了，她竟然高兴地跳了起来。实际上，花反正是要枯萎的，快一点儿，慢一点儿又有什么不同呢，生命只是一个过程，作为花的过程就和我作为人的过程一样，当这个过程终结的时候，终究是要向别的物质转化的。

记得《佛经》里有一则故事：有一次，菩萨在给弟子们讲经的时候，天女来散花了，令人惊异的是，那些花落在菩萨的身上，便像落在琉璃上一样，滑落下来，落在听经的弟子们的身上，则粘上去，抖都抖不下去。弟子们问何故，菩萨答是因为这些弟子仍畏生死，“结习未尽，花着身耳；结习尽者，花不着也”。

我想，若将这么多的康乃馨扯成花瓣，撒将下来，作为俗人的我，身上一定落满了花瓣，不会掉落。但我还是会逐渐悟到：生死何相近，生就是死，死却是另一个生。

山外接远天

“我常伏在窗口痴想——山那边是什么呢？妈妈给我说过：海。哦，山那边是海吗？”读王家新的诗，我和王家新有同样的感受。小时候，我坐在门槛上，总能看到家门前的轿顶山上，白茫茫的雨如千军万马，从山顶过来。轿顶山那边是什么？我托着腮，睁大眼睛想着，难道那边是海吗？

后来，一个偶然的机会，我到了一个叫乌石的地方，这个小村子，就是三国时东吴赫赫有名的虎林城。一条河围绕村子蜿蜒而过，那就是龙须河。从乌石到桃陂，是诗仙李白行走的路线，途中要经过一个叫青枫的村子。有人说，站在青枫村的高处，你就可以看到你老家的轿顶山了。顺着他手指的方向，我果真看到了蓝天白云之下，轿顶山鹤立在连绵不绝的群山之中。

我知道，我到了轿顶山的另一边了。小时候特别想去的地方，原来和我生活的地方没有什么两样，这让我很失望。我现在真真切切地站在我曾经向往过的那一边的土地上，而且这地方显然不是海。要说有特别之处，就是这里有条龙须河。美丽的龙须河云雾叠嶂，如山间的一条游龙。头脑中，忽然闪现一个念头：轿顶山上的雨莫非是从龙须河里来的吧？

工作以后，我到过很多地方。我们坐汽车、坐高铁、坐飞机，穿过一道道山脉，把逶迤的群山留在脚下。机翼下的山峰是那么的平淡无奇，虽然它们还是和远天相接，但它们的神秘感以及我对它们的浪漫的想象，却在渐渐地消失。

我们在山外忙碌地生活着，却往往忘记了自己的家乡。山外的风雪，凛冽寒冷。山外的道路，崎岖不平。我们虽没有把那么多的高山放在眼里，但一路的跋涉，却永远没有远方可以抵达，因为远方更在远方的外面。斗笠和蓑衣，竹杖和芒鞋，不断地向前走。人就是这样，走着走着，幻想越走越少，世界愈走愈清晰；走着走着，曾经的马蹄嗒嗒声落在广袤的大地上，随着落日的西沉，而归于沉寂。日暮途穷时，我们终于——想回家了。

无论你走多远，故乡都在那儿等着你。当你抖落斗笠和蓑衣上的风雪，掸尽芒鞋上的灰尘，重新坐在故乡的门槛上时，一切都如同归巢的鸟，安静，温暖。这时再去看远山，又有了新的、不同的感受了。“远岫烟云供醉眼，双溪鱼鸟付新诗。”青山依旧在，心却淡定悠闲了很多。

山外接远天，天际复有云。

幼年时，山外的世界给了我们许多幻想，我们不断地想象着山外的景象：是繁华的都市，是无边的沙漠，是蔚蓝色的大海，还是一望无际的平原？长大后，远山似乎不再那么高大了，它们矮了许多，我们能轻而易举地翻过去，因此我们常常把一座座山峰忽略；而到了现在，我们白发暗生，重归故乡的时候，山的远和近已经没有了区别，因为只要故乡仍在，心中就有了安宁。

沿湖走一圈

这几日总有一个莫名的冲动，那就是我要沿着平天湖走一圈。

远处的平天湖，在窗外的阳光里，静谧、阴柔而安详，对于住居离它不远的我来说，这注定是一种召唤，一种无法拒绝的诱惑。我盘算了一下，如果沿着平天湖走一圈，大约有20公里的路程。为什么我会产生这个冲动，我一直没深究过。记得在我十几20岁的时候，可以面对一片树叶或者其他的一个具体的物件，静静地坐一个下午，那时我的心是空旷和轻灵的，我把自己的心灵真切地交给了漫无边际的遐想。而现在却恰恰相反，我的心在人际、业务和其他的事务中穿行，显得无奈、困顿而沉重。想找回原先的感觉，是否就是这些冲动的缘由呢？

我也不知道，只是感到很快乐。我在新修的环湖道路上行走着。湖边众多的垂钓者正在专心致志地钓鱼，我走过他们的身边时，似乎会打破这种安静的氛围，我仿佛成了一个不合时宜的人。我不会钓鱼，根本想象不出一根鱼线上悬挂着的、对于鱼类布下的阴谋，怎么令人如此的着迷。也许他们和我一样，不在于钓鱼的本身，而是正以一种缓慢对抗着生活的提速。但我本质上和他们是迥然不同的，我渴望的是将孤独糅入幻想的缓慢，而他们拥有的缓慢则是将欲望放进现实。

走到湖的另一边，正是下午三点钟。浩渺的湖面，波光闪烁一如撒落一湖的碎金子。开阔、汹涌的光芒，真的让我的一切渗透其中，并一同消融。我想这大概是苏轼“羽化而登仙”的感觉吧。我在深蓝色的水边蹲下，把面庞映在水里，或者掬一捧水，润湿我的脸。我感到我正在用一颗童心在感受这一片宁静和寂寞。同样是一片阳光，它落在城区蓝玻璃幕墙上的时候，你会感到一种焦虑和躁动，感到一种木然和奔波的劳累。现在，它落在这无际的湖面上，却会使你觉得是一种忘我和真挚的相逢。

偶尔有骑车的人从我的身边经过，他们拥有的是轻快和速度。为什么我选择了行走？沿着这20公里周长的湖一个人孤独地行走？行走之前我根本就没有想过为什么这样，而恰恰是现在，我猛然想到了这个答案，因为一个人通过行走得到的是安宁和缓慢，而这种安宁和缓慢给你带来了从容和思考，真正的从容和思考又能让人抛却功名利禄，使心达到无嗔的境界，那时你就能和自己的心灵相守，隔开外界的纷扰，你就会发现许多意外的东西。譬如湖面上掠过的白鹭，会将变幻的波光看作什么。一棵树，从它移栽到湖边的时候起，它是否每天都能从湖水中找到自己的从前？

沿湖走完一圈，我实在太累了。最初的一个莫名的冲动，就在我缓慢的行走中，竟然悄悄地平息了。

杏花春风帘栊

去年有一天，一大清早起来，我突然发现了一树灿白的杏花，它们似乎全是昨夜绽开的。这让我有点儿怀疑，这么多的花，真的在一夜之间就能开得这样齐整？是不是早早地就含了苞，悄悄地先开了些，而我不知道？所以今年我特别留意着，每天傍晚和早晨都观察一下窗前的杏树，看看它有什么变化。

结果，我的疑惑被打消了，那些杏花还真的是在一夜之间开放的。我想，要是早知道它们打算哪天夜里开，在窗前放个摄影机，还说不定能拍摄出花朵绽放的过程。有人要问，让杏花这样迫不及待盛开的，难道真的是传说中的花仙子吗？春日寂寥的傍晚，我拿着一本书在读。忽然一阵风来，吹动窗台上的帘栊，帘上的珠子轻轻地碰撞着，发出脆细的声响。一缕春风，掀开帘栊，盈满室中。春风入室，拿书的手也发软了，人昏昏欲睡。半睡半醒似梦非梦之时，我仿佛看见窗外那满树的杏花被春风一层一层地吹开。猛然惊觉：原来并不存在什么神秘的花仙，竟然是一夜春风，催开了一城花朵！

上小学时，学校里住着一位从省城下放的女知青，没事时，她喜欢把许多小珠子串在一起，做成一道门帘。我们常常透过那道门帘，看见她斜倚在床上，看一本书。那时候，在我们的印象里，女知青瘦瘦的，像一棵冬季的杏树，光秃秃的没有叶子。几年过去了，村里的知青大多回城了，只有女知青还在村里。祖母说女知青总和村里人别别扭扭的，不合群，所以只好还留在农村。终于有一天，恢复高考的春风吹来时，女知青也要走了，因为她考上省城的一所大学。女知青走的那天，我们掀开她那自制的草珠帘栊，发现她原来出奇的漂亮，如果还把她比作一棵杏树的话，此刻这株树已开满了杏花。

多年来，我招待人的方式，向来是简单的，君子之交无非是喝喝茶。春日，幼时的好友从外省来，照例是相聚于一家茶楼。此家茶楼特点之一，就是它有很精致的帘栊；特点之二，就是这里曾是我们小时候常来的玩耍之处。记得朋友初离故乡时，正值青春年少，意气风发；今天回来，我们已相别整整三十年，此刻两人都是鬓发皆白了。清茶入口，忆旧之情悄然而起。细风摇动帘栊，眼睛蒙眬起来，一切恍若旧梦。朋友用手挽起帘栊，往楼下一望，竟分不清东南西北了。他说，记忆已经模糊了，唯一让他记住的只有那依旧的春风的味道。岁月如帘，隔不断是记忆中的春风。

春风和杏花有关，也和帘栊有关。杏花、春风、帘栊的关联，把诗意留给了我居住的小城，也把诗意融入了我的经历，我的人生。

隔着帘栊看月，月朦胧；隔着帘栊看树影，轻摇的树影，让你识得春风；春风带给人的惊喜，是第二天清晨的姹紫嫣红；隔着姹紫嫣红看岁月，岁月是关不住春意的帘栊。

拣尽寒枝

雪一场接着一场，天地萧瑟，原驰蜡象。我踩着深深的积雪来到郊外，在一片白茫茫的大地上，如同一颗米粒。

我注意到身边的树。那些冬季不落叶的树，如樟树、马尾松和柏树之类的，身上早已堆满了雪，臃肿不堪；而那些落叶的树实在太多了，如杨柳、桑榆、槐树、枫树、椿树、银杏、梨树等等，它们的枯枝在寒风中，肃杀嶙峋。

一只鸟飞过来了，鸟的翅膀扑棱棱地，扇落了树上少许的雪。它凤状羽冠，长喙，翅上黑白条纹相杂。很好看。我不认识这种鸟，以前也没有见过，我只是奇怪，在这冰天雪地里，这只我从来没有见过的鸟，却飞到了我的面前。

鸟孤独地在林子里飞着，显然，它是很想找一根寒枝栖息。但是，飞来飞去，它终没有登上枝头。鸟落下来了，它就落在我前面不远的雪地上，平静地梳理着自己的羽毛。我望着它，不想惊动它，鸟也望着我，歪着头，似乎在思考着什么问题。我们对望了一会儿，那只鸟飞走了。

在雪地寒风中，鸟不仅仅是寻找食物，我想，它还有可能是想寻找嘉木而栖。然而由于积雪的缘故，嘉木不再，到处都是光秃秃的寒枝。寒枝的冷漠和狞厉，让鸟择木栖息的意愿尽皆消失，鸟裹着一阵风雪飞走了。

"拣尽寒枝不肯栖，寂寞沙洲冷。"从古到今，我知道，有许多清高的读书人，且不说寒枝高高在上，即使是无枝可依，也要在寂寞和孤独中坚持操守，他们砥砺风雪，在精神中找到了比物质世界更富足的东西。

若无嘉木可栖，他们情愿在低处，在沙洲，在江湖之远，先寂寞着。

若无嘉木可栖，他们宁可忍饥受寒，也不去攀附高枝。

雪还在下着，鸟已经飞得无影了。不知它飞到何处去了，它是飞到冰冷的沙洲上，还是飞到无边的旷野里？就是这么一只鸟，在雪天，在寒枝四伸的林子里，它飞翔的短短的过程，深深地打动了我的心灵。我忽然感觉到，这只小小的鸟，无论是栖于寒枝还是落于沙洲，在这一片白茫茫的大地上，都是一颗小小的米粒。

为情怀埋单

现时之人必称情怀，可情怀是多义词，人们说的情怀究竟是哪种意思？琢磨来琢磨去，才明白他们说的情怀可能就是鲁迅所说的那个：“无限的远方，无数的人们，都与我有关。”情怀上升到这个高度，就有了悲悯，有了自我的超脱，有了济世的意味。

前几日去参加一个孕妇保健产品的推介会，演讲者是个30岁左右的青年人。他说他是清华大学的高才生，先后在宝洁、雅虎、谷歌等国际著名大企任职过。之所以抛弃优厚的工作，离职自己创办公司，是因为他有一份情怀，这个情怀就是为所有的孕产妇服务。演讲者说：“要说事业，我已经拥有过了；要说金钱，我也够用了。但是，为了培养健康友爱、智慧勇敢的下一代，我愿意再吃一遍苦。这就是情怀。”

推介的产品终于销出了一部分，这其中有很多人为演讲者的“情怀”埋了单。然而，产品的魅力终究还是来自产品的本身，买了空有情怀的品牌在手，一旦煽情的人一走，它的情怀就消失了，产品还原本来的面目，成了垃圾。所以，当有人提及“情怀”二字时，你千万不要热血冲脑门，因为在你晕眩的时候，智商会到达冰点零摄氏度，而你的情怀随即会被别人套现。

卖手机的人说，快来买吧，这是一款由中国人的情怀做出的手机；卖酒的人说,快来买吧,这瓶酒的价格是家国情怀的价格;网络游戏说,这是有着英雄情怀的新片,在这里,青春来了又去,但传奇永不落幕!当你以他们的情怀价格购买了他们的产品之后,再去寻求售后服务时,你却发现,他们的情怀已死。你只好咬着牙面对这一切,闭着嘴什么都不说,为什么?“情怀”无价嘛。

如果非得为情怀埋单,那就要为真实的情怀埋单。有的人知道,某些付出除了情怀的因素之外,在别人看来似乎毫无意义,但他却认为这是最重要的事情。

2005年8月25日,荷兰王子彼得·克里斯蒂安终于迎娶平民女子安妮塔。由于这个门不当户不对的婚姻,克里斯蒂安情愿为爱情放弃王位继承权。因为这桩婚姻未获议会许可,所以婚后的克里斯蒂安王子将不再被认为是荷兰王室中的一员,也将丧失王位继承权。每个人都知道,实际的行动对爱情来说,是多么重要,没有那种为爱付出的、超脱自我的行动,谈任何情怀都是空谈。

用情怀为产品定价,最终情怀只能算是个噱头。为情怀埋单之前,要分清你所购买的那个情怀究竟是不是真实的情怀。

地摊上的鲁迅

摆放在地摊上的，是收破烂的人从废品中挑拣出来的旧书刊。摊主以比废品略高一点儿的价钱从收破烂的人那里收到手，夜间摆在街头出售。我有着逛书刊地摊的习惯，常常蹲在这些旧书籍的面前，发现好的，以很划算的价格买回几本。

一般地，这些地摊上的东西，不是很破旧，就是已经过时的杂志，所以没有什么好的书籍。可有一次，我看见一家地摊上竟然有一整套崭新的《鲁迅全集》，虽然价钱是极低的，但摆放了好几个月，还是原原本本地在那儿。

有个青年人正在翻看《经典游戏攻略大全》。我指着《鲁迅全集》那套书问他：“你知道鲁迅吗？”他看看我，有点儿茫然地摇摇头。我瞄了一眼那本《攻略大全》，游戏里每个角色都有它的武功值和攻击力。

我问他：“你知道攻击力最强的、特别能战斗的是谁吗？”望着他有点儿错愕的神色，我笑问他：“你知道是谁吗？”我说的是鲁迅，他的战斗力都在这套书里，他有着铮铮铁骨，是打不垮的战士。

鲁迅的作品降价到了地摊上也无人问津，不得不说是一种悲哀。今年开学以来，一些地方语文教材大“换血”，鲁迅的名篇《药》《阿Q正传》《记念刘和珍君》等课文被毫不留情地从教材中“踢出去”，这样的做法，真的是跟随时代发展的改革吗？

几千年封建文化积淀而成的某些劣根性，是鲁迅积其一生之力解剖的，他以笔为刀，解剖着中国人的灵魂。而今天，那种畏强凌弱、自尊自大、自轻自贱，以丑为荣的"阿Q"虽然换成了西装革履，但他的灵魂却没有改变。许多人物质上富裕了，但精神上更贫乏了。《药》中的愚昧、迷信和麻木的"老栓"们，依然存在。

有人说"鲁迅是不能躺着读的"。因为我们读他的时候，要时时承受着灵魂的拷问。可以说，从鲁迅的作品里，我们会发现我们的痼疾。这个痼疾不是短时间能痊愈的，我们这一代已经正视了它，下一代也应当如此，鲁迅还没有到离我们而去的时候。

我们应该让鲁迅的作品从地摊上走到文化的主流中，走到青少年中。

蜜蜂的光亮

美国密执安大学教授卡尔·韦克做过这样一个著名的实验:把六只蜜蜂和六只苍蝇装进一个玻璃瓶中,然后将瓶子平放着,并让瓶底朝着窗户。实验的结果是:蜜蜂不停地想在瓶底上找到出口,一直到它们精疲力竭而死;而苍蝇则会在不到两分钟之内,从瓶颈的一端逃走。

是苍蝇比蜜蜂聪明吗?不是,相反,蜜蜂是分工明细的昆虫,它能酿蜜,更为可贵的,它们相互协作,采集花粉的过程中还能招呼同伴,这在昆虫中算是较为高级的了。而苍蝇相对于蜜蜂来说,要笨得多。人们常用"没头的苍蝇"来形容头脑简单者,可见在人类的心里,苍蝇是最愚蠢的。

然而,正是这种从不积累经验的苍蝇,反而在困境中顺利地得救,这是为何呢?

原来,是蜜蜂对光亮的经验影响着它的逃生行为,它们以为,光线最明亮的地方,一定是出口,这是它们数百次、数千次的飞行过程中得到的经验,它们不停地重复着这种似乎合乎逻辑的行动。然而,正是由于它们获得的这种经验,带给了它们死亡。那些"愚蠢"的苍蝇没有这个经验,或者说它根本就不想有。它们四下乱飞,结果反而误打误撞找到了瓶子的出口。

看到这个故事后,我想给惯性思维取个形象的名字:蜜蜂的光亮。

我像发现一个定律一样的得意。我把这个名字在微信中发给我的一个朋友，谁知他在回我的短信中不以为然地说：这个地球人都知道的故事，说的是固有的经验会造成行动上的盲点。他还发给我几个例子作为佐证：

苹果和小米是食品吗？不，苹果和小米不光是食品，还是手机。

骑白马的都是王子吗？你脑子里要是总想着白马王子的话，你就错了，因为骑白马的还有唐僧。

兔龟赛跑，最后赢的是兔子吗？不是，最后赢的是一定是龟，因为龟的寿命长，有的能活一千年，跑得再快的兔子，能和时间赛跑吗？

朋友说，知道经验会带给我们误区并不是问题的关键，问题的关键是如何克服在我们头脑中这些根深蒂固的经验。

这倒真的是个难题。因为我们常常被经验控制着，所以偶尔会掉进经验的陷阱里。休谟说，一个小孩子就算看到一个球碰到另外一个球，而两个球都静止不动时，也不会目瞪口呆。要克服这种思维的惯性，就要让我们回到孩子的心态。休谟的意思是，蜜蜂看到光亮就想到出口，只是蜜蜂自己所期待的现象，实际上并不是理应如此。

我们需要的不是那些引导我们的光亮，我们需要的是在一大堆问题的前面，把自己当作一个初生的婴儿。

因为明白，所以糊涂

大家常说，凡事要做个明白人，更有甚倔强者，临死时也要“死也死个明白。”事实上，在许多情况下，这种认真，不是真正的“明白”。而真正达到“明白”的境界的，反倒不是这种认真的态度，而是一种“糊涂”的处事方法。

北宋时，有两位大臣陪同宋太宗在宫中饮酒，酒过三巡，二人很快便喝得大醉。在席间，他们争论起各自的战功，并在皇帝面前污言秽语，破口大骂起来。这在当时，这是犯上欺君的行为，左右纷纷请求将他们交刑部惩处，宋太宗没有同意，只是叫人送他们回家休息去了。

二位大臣酒醒之后，万分惊恐。第二天上朝时，在皇帝面前，惶恐不安，伏地请罪。哪知宋太宗笑道：“昨晚我也已喝醉了酒，两位爱卿说的事情，我一点儿也不知道呀！”大臣们看见皇帝如此之胸怀，如此的宽容大度，都感动得掉下泪来；宋太宗也通过这次糊涂，进一步赢得了人心。

比起宋太宗来，春秋时的楚庄王就显得更加“糊涂”了。有个“绝缨宴”的故事说的是：楚庄王曾在夜宴时，叫最宠爱的两位美人许姬和麦姬，轮流向在场的文武官员敬酒。忽然一阵大风，吹熄了宴会上的蜡烛，有个臣子乘机摸了一下许姬的手，许姬气急了，扯断了他的帽子上的缨带，回座让楚庄王点亮蜡烛后查看众人的帽缨，以期找出无礼之人。而楚王听了却命暂时不要点烛，并大声地对大家说：“寡人今夜要与诸位同醉，请大家都把帽缨拔掉，不拔掉帽缨不足以尽欢！”于是大家都把帽缨取下，也就看不出许姬扯断的是谁的缨带了。

后来楚庄王伐郑，有一个叫唐狡的将士，率领数百人，为楚国三军开路，过关斩将，所向披靡，直杀到郑国的首都，使楚国声威大震。战争结束后，楚庄王大赏三军，但这位将军不要赏赐，说他此举是为了报三年前“绝缨”之恩。

有时候，糊涂是一种洒脱、一种宽容、一种财富、一种胸怀、一种美德。对于没有多少原则性的小事情，又何必非争个清楚明白呢？又何必不糊涂一点儿，以求达到更完美的结局呢？这种“糊涂”才是大明白。在人生的长河中，对为人艺术的更高更深的理解就是：因为明白，所以糊涂。

朋　友

朋友是什么？“朋友”这个词越来越抽象，在不同的人眼里，朋友的含义大不相同。但是，真正的朋友不是因为利益而被利用的工具，不是你悲伤愁苦时的慰藉，也不是你春风得意时的恭维者；真正的朋友必须是：你的知音，是一种爱的奉献，是一诺千金的信义。

知音是真正朋友的基础，它源于一个古老的故事。春秋战国时，伯牙使楚后归国，八月十五那天，行至汉阳江口。雨后云开月出，其光倍常。俞伯牙在船舱中，独坐无聊，于是捧出琴，抚琴一操。可曲犹未终，琴弦被拨断了一根。伯牙借着月光仔细一看，岸边站着一个人，看起来像个樵夫，于是他随意问：“请你说说看，我弹的是一首什么曲子？”那打柴的人笑道：“先生，您刚才弹的是孔子赞叹弟子颜回的曲谱，您弹到第四句的时候，琴弦断了。”

伯牙大喜，又问这是何琴？那樵夫说：“此琴乃是伏羲氏所造。五星之精，飞坠梧桐，凤凰来仪。伏羲取梧桐中间一段，制成此琴。”听了这番讲述，俞伯牙心中不由得暗暗佩服。接着伯牙又弹了几曲，请樵夫说出音中之意。当伯牙想着高山的时候，樵夫说：“这琴声，洋洋乎在于高山也。”当伯牙想着流水的时，樵夫说：“汤汤乎是无尽的流水。”

真正的朋友还是一种迁就，一种奉献。苏轼的《僧圆泽传》记载：洛阳的惠林寺中有一个和尚叫圆泽，富有并且懂得音乐，有一个贵族子弟叫李源和他是好朋友。他们常常整天坐在一起交谈，没有人知道他们在谈什么。有一天，他们相约共游四川的青城山和峨眉山，李源想从荆州沿江而上入川，圆泽却想要取道长安斜谷入川。李源不同意，说："我已经断绝了与世事的来往，怎么可以再取道京师呢？"圆泽沉默了好久，就同意了李源的主张。

于是他们一起从荆州出发，在航船停在南浦时，看到一个穿花缎衣裤背着瓦罐到河边取水的妇人。圆泽看看那个妇女，流着眼泪说："我不愿意从这条路入川，就是怕见到这个人啊！"李源吃惊地问他原因。圆泽说："她姓王，我应当做她的儿子。她怀孕三年了，我一直没有来，所以不能分娩。现在已经见到了，不能再逃避。你应当用符咒帮我速去投生，三天以后给婴儿洗澡的时候，请你来王家看我，我以一笑作为凭证，十三年后的中秋夜，在杭州的天竺寺外，我一定来和你见面。"李源悲痛后悔，为他沐浴更衣。到黄昏的时候。圆泽去世，妇人分娩。三天以后，李源去看婴儿，婴儿见到李源果真一笑。圆泽明知取道水路会死去，也不拂李源的意，这就是朋友的奉献。

有个最凄美的故事，最能深刻地阐释真正朋友间的一诺千金的信义。说的是有一个书生和一个武士，相约在重阳节那天相会。等到重阳节，书生在家打扫门庭，遍插菊花，等待着武士的到来。可是等了很久，武士一直没来。直到深夜时分，武士终于来了，面对满桌的酒菜，武士始终不动筷子。那书生非常诧异，对武士说："我特地置办了这么丰盛的宴席，你怎么不吃菜呢？"武士道："我被仇家拘禁，不得脱身，为赴菊花之约，我只得引刀自尽，灵魂脱壳而来，我现在已非阳世中人，所以不能喝酒吃菜。"

这就是真正的朋友。对所有关于朋友的描述和解释都不重要，心灵相通，坚守信义，为了对方而奉献一切甚至生命的朋友才是真正的朋友。

笔的无奈和自信

曾经有一个小公证员的儿子,在某天一个阳光的午后,很自信地说:“我没有王权又有什么关系?我有一支笔!”

这个人就是伏尔泰,的确,他有许多支灿烂的鹅毛笔。在格林威治肮脏的客栈里、在普鲁士王宫的金案上、在巴士底监狱的砖地上到处都是他的笔。伏尔泰的笔不仅写出了大量的诗歌、悲剧故事、哲学著作甚至是物理论文,他的笔还一直献身于无数次的斗争。虽然伏尔泰的不屈不挠让人钦佩无比,但是他的屡战屡败让所有的人都见证了笔的无奈。

一生都在用笔战斗的伏尔泰,在八十岁生日那天,最后的一次斗争彻底地让他对相伴一生的鹅毛笔失去了信心。这缘于地方法院对一个名叫巴尔的少年的审判。这个少年被怀疑损坏了一个十字架,因此法官以“不尊敬”的罪名将他送上了断头台。这个残忍的判决激怒了伏尔泰,因为他找不出因为“不尊敬”而被判处死刑的法律。他用正直和热情点燃了他的笔,发表文章、奔走呼号,但没有人理会他,直至他去世时,也没有人想起那个冤屈的少年。

用笔和权势斗争的人,在权势者看来,就如同《红楼梦》中所说的“银样镴枪头”。明熹宗时,政治腐化,社会矛盾不断激化。熹宗不喜欢管理朝政,只喜欢木工,经常沉溺于木工活计中,不觉厌倦。朝政实际上把持在宦官之手。许多拿笔的文人退归田野，在无锡的东林书院找到了知音。这些东林人士运笔如风，匡正时弊、讽议朝政，评议官员，一时声势大震。

满腹经纶的东林人士对他们的对手——文盲出身的魏公公过于轻视，而对自己手中笔十分自信。而有一天，他们认为手中的笔能够和宦官势力对抗的时候，他们开始上书，开始直陈魏忠贤的罪状。天启四年（1624），杨涟等上疏弹劾魏忠贤二十四大罪。可这次进攻，轻而易举地就被大文盲魏忠贤化解，次年杨涟等人遭诬陷，被捕入狱，受尽酷刑而死。

文人常常是不现实的，他们对自己的笔过于自信，在它的上面寄托了一生的幻想。当他运用这支笔去战斗时，会感到它的无力和无奈。但是，纵观古今，正直的笔和权势的较量，最终获胜的还是笔，是从它的尖端流下的思想。伏尔泰的《形而上学》《牛顿哲学原理》流传下来，他所领导的启蒙思想也已成为当时法国社会的思想主流。而对于东林人士，崇祯即位后，铲除魏党，为杨涟昭雪，赠兵部尚书，太子太保，谥忠烈。时间最后总是将笔判为胜的一方。

笔和权势的战斗，是绣花针和战车的战斗，胜负一看就明。但是，人们往往忽略的是，有时候，这根绣花针可以织就一张大网，网住不可一世的战车。

·借个名人炒一炒

有幸见到一位博友，在饭局上大谈他攻击某文化名人的经过。他曾经花了几个月的时间从这个文化名人的诸多文集里找到两个错别字，五首诗不合平仄，七处有语法错误。他还花了足足两年时间，调查了该文化名人的生活圈子，共有两次没有兑现诺言，以及私生活方面存在着瑕疵。

当我们大惑不解地问他何苦如此费神费力时，这位博友说，没有什么，只是借个名人炒一炒，提高一下博客点击率罢了。博友说，越是出言粗俗、持论偏激、荒诞不经的批评和议论，越能吸引眼球，要是某文化名人听到，忍耐不住，加入论战，那才是火上加油，渐入佳境，就快炒出一盘好菜了。

借助名人炒作，古来有之。

近日，读尼采的《偶像的黄昏》，不禁为尼采对苏格拉底的毫不留情的攻击而惊叹。这个患有梅毒、暴露狂和歇斯底里症的德国人说："苏格拉底是贱民。大家知道，甚至还看到，他有多么丑陋。"可是，哲学和贱民，和长相的丑陋又有什么关系？尼采的偏执、尖刻、阴郁，正好表现出他的脆弱，所以，他要大声地呼叫着把偶像打倒来吸引大家的注意。

合上书一想，这是不是一种炒作？因为长期不被人理解，才华横溢的尼采需要借助一下名人甚至是历史名人，于是苏格拉底被选上了。

炒作并没有多大的成功。1889年，苦行僧一样的尼采在都灵大街上抱住一匹马的脖子,失去了理智,随后他住进了耶拿大学精神病院。

高呼"像狗一样活着"的古希腊哲学家第欧根尼,就是善于炒作的高手。他长期居住在一只木桶内,过着乞丐一样的生活。白天,他打着灯笼在街上"寻找诚实的人",他故意在大庭广众之中做出许多荒诞的举动。虽然这些言行举止使得第欧根尼已经相当有名了,他也拥有一批崇拜他的门徒,但他认为还不够。

机会终于来了,风靡希腊的马其顿国王亚历山大来到了他的面前。亚历山大是无往不胜的一代英雄,是说一不二的君主。那时候,几乎人人都拥向科林斯,希望效忠于他的麾下,甚至有的人到科林斯只想看看他的风采。国王亚历山大打量着那只破桶、单薄的破衣,还有躺在地上那个粗陋邋遢的哲学家,轻声地说:"第欧根尼,我能帮你忙吗?"

"能,"第欧根尼不耐烦地说,"你要帮忙站到一边去,不要挡住我的阳光。"

围观的希腊人哄笑起来,从此,第欧根尼的名字传遍了整个希腊城邦。

借个名人炒一炒,本没有什么大不了的。但是炒作是否能够成功,那就是另外一回事了。后来我问那位博友,你现在出名了吗?他有点儿遗憾,对我说,可惜那位文化名人没有回应,要是回应了,我们论战一番,那就早出名了。

借助名人炒作还要胆大。特别是攻击甚至谩骂的炒作,最好不要给自己惹麻烦。尼采谩骂苏格拉底倒没有什么,因为两人相隔的年代太远;而第欧根尼对亚历山大的不耐烦就要担负很大的风险,要是惹得这位国王不高兴了,说不定即刻就会人头落地。

其实,借助名人炒作只是一个方面,重要的是自身有没有实力。有实力的人,并不需要去借助名人炒作,也能名扬天下;没有实力的人,就是借一百个名人给你,也无济于事。尼采也是,第欧根尼也是,我的那位博友也是。

时尚宋代

宋代是中国经济发展的最好时期，也是时尚泛滥的时期。构成大宋朝的时尚主要元素，莫过于歌与花。

歌在宋代，是极为流行的，类似于今天的流行歌曲，人人皆可唱，作曲填词的人自然也就成了明星。最有名的当是柳永，有人说“凡有井水饮处，皆能歌柳词”。柳永有首歌词叫《鹤冲天》，有句云：“忍把浮名，换了浅斟低唱。”这本是想表达一下文人的清高，没想到，这首歌一下子流行开来，传到皇帝那里。三年后，柳永参加应试顺利过关，可名单送到宋仁宗手里，宋仁宗说了句“且去浅斟低唱，何要浮名”，就把名字给勾掉了。说来说去，还是流行歌曲惹的祸。后来的柳永，虽然从此没有了功名，却成了明星，“奉旨填词柳三变”的大名也迅速传开，乐工和歌伎每得新曲，都要请柳永为他们填词，歌女们也成为柳永的“粉丝”，在歌楼妓馆，勾栏瓦肆，歌女们皆以唱柳词为荣。

不仅是柳永，宋代的其他诗人写的歌也流传广泛。宋代的上层大多精通音律，对歌舞有较高的欣赏能力，导致民间教坊众多，歌舞之风非常兴盛。据俞文豹《吹剑续录》记载：东坡问：“我词何如柳七？”对曰：“柳郎中词，只好于十七八女郎，执红牙板，歌‘杨柳岸，晓风残月’；学士词，须关西大汉，铜琵琶，铁绰板，唱‘大江东去’。”可见，当时的歌曲不仅表现出了流行的特征，而且在表演上也因词的豪放婉约而异，让人耳目一新。

说到花，最早读到的是《水浒传》中的“一枝花蔡庆”。蔡庆是大名府专管牢狱的小官，此人爱戴一枝花，所以人称“一枝花蔡庆”。细细一查，原来还有浪子燕青戴着四季花，病关索杨雄戴着芙蓉花，阮小五戴的是石榴花，小旋风柴进戴的是一朵簪花。当时读到此处，我想，大男人戴花成风，这宋代怎么回事？后来才知道，戴花在宋代人看来，是一种时尚，连皇帝赐给大臣的都是花。不光是男子，宋代老年妇女也是戴花的。黄庭坚的《南乡子》，就诙谐地描写了宋代老年妇女戴花的样子：“花向老人头上笑，羞羞。白发簪花不解愁。”《梦粱录》有记载：“中瓦前，有戴三朵花点茶婆婆，敲响盏，掇头儿，拍板。大街玩游人看了，无不哂笑。”这个点茶婆婆又戴花，又唱歌的，真够时尚的了。

至于中青年妇女，戴花是极为寻常的事了。“插花野妇抱儿至，曳杖老翁扶背行。”村妇们头上插着花，抱着孩子，出入各种社交场所；“花艳艳，玉英英。罗衣金缕明。闹蛾儿簇小蜻蜓。相呼看试灯。”年轻的女子更是戴了许多鲜艳夺目的花朵，穿着时尚，呼朋唤友，去看闹花灯。这些女子戴的大多是鲜花，后来在度宗时，逐渐演变成戴琉璃花。先是在宫中流行，后来民间争相仿效，一时“京城禁珠翠，天下尽琉璃”。

每一个时代都有它的特定的时尚，在大宋朝，歌与花应该是引领那个时代两个最基本的时尚元素。

夜雨齐山

在翠微亭只坐了一会儿，不知不觉，黑夜就压了下来，那样地悄无声息。等我觉察到时，那暴雨几乎同时迅疾而至。

回不成了。我就这样被动地进入了真实的雨夜，进入广袤的、潜潜袭来的、裹紧身体和灵魂的神奇。没有什么事情可以做，我靠在廊柱上，剩下的只有冥想。

几年前，我把家搬到齐山的脚下，不是为了那种“面朝大海，春暖花开”的境界，也不是为了那份“悠然见南山”的洒脱，只是为了每周能有一两天的机会，静静地坐在山上，进行着我毫无目的的冥想。我喜欢那些原始、幽静的地方，那些嶙峋而生动的石头，偶尔飘落的树叶，婆娑摇曳的竹子。这些东西总能带给我许许多多的怪念头，我也在无意中和它们建立了某种不可言传的联系。

可在今天夜里，这些东西仿佛消失了。雨声从天地间来，听得到却看不见。“哗哗”的声响随着风的快慢而有了节奏，经过树梢时，还发出小小的呼啸。打在亭瓦上的雨，始终是欢快的，这是我感觉到的，或者说是我听到的，因为我看不见她碎玉般晶莹剔透的跳舞，只能通过我的耳朵去感受。在黑夜里，一个人静静地听雨的确是一种享受，听雨中的寂寞，听雨中的思念和缠绵，听雨中的忧伤和诗意。

宋代蒋捷描述听雨的心情，分三个阶段。年少时在歌楼上听雨，罗帐轻盈；壮年时在客舟中听雨，孤雁在西风中哀鸣；老年时在僧庐下听雨，阶前点点滴滴到天明。其心境各不相同。而今我在黑夜、在一个人的山上听雨，却是另一种莫名的情绪，仿佛这雨幻化成一些久远的人和事，超越时间和空间的距离，今晚，在这一座诗之山上为我一个人重新演绎。他们是菊花插满头的杜牧、铁马金戈的岳飞，还有王安石、汤显祖、王阳明……

依旧是听，不光是听雨，还有那些鸣叫的昆虫。现在，在如此大的雨中，它们不知是躲藏在哪一片树叶底下，坚定地歌唱着。有一种虫子，它的叫声很特别，像是先吸了一口气，然后缓缓地吐出，一口气能叫半分钟，我不禁惊叹它小小的胸腔竟然能蕴藏着这么多的气体。它们就这样不倦地叫着，如同一种使命。而山下平天湖中的蛙鸣，在骤雨停歇的空儿，会一股脑儿爆发出来，填补了刚刚过去的雨声。我不知道蛙们这样声嘶力竭地叫着到底是为了什么，是它的生物习性，还是什么别的原因（或是雨打得它们不耐烦了），但我似乎感觉到这个鸣叫，天生就是和蛙的生命连在一起的。

在今天夜里，我被滞留在山上，仿佛在天地一隅，我却不孤独。也许，我的一生就是循着此声音而来，为的是听一听这繁复的雨声、昆虫的鸣叫声是怎样地成为一种天籁，这种天籁又是怎样地融入黑夜，消弭了那些无谓的愁苦和伤感，最终化为无边无际的空寂。

湖中的白鹭

这是一个荒凉的湖，湖就在我家的门前，因此我得以每天能够注视着它在临近冬季的日子里，怎样慢慢地消失生机。现在，阳光静静地照着湖中一片又一片正在衰败的野草，并给它们的死亡带来一丝温暖的安慰。

有一天我忽然看见，湖上来了一只白鹭，它在温暖的阳光下，悠闲地在湖中纵横的堤坝上散步。在蓝天碧水和衰草斜阳中，它是那样的卓尔不群。在发现它的时候，我正坐在阁楼的阳台上，看着很旧的一本线装书：《庄子》。白鹭的出现，让我的眼睛一亮，我看到了这渐渐消失生机的地方，突然生长着一种说不出的感觉，点缀着这一幅画面，使整个的视野灵动起来。

记得刘禹锡的一首《白鹭儿》："白鹭儿，最高格。毛衣新成雪不敌，众禽喧呼独凝寂。孤眠芊芊草，久立潺潺石。前山正无云，飞去入遥碧。"描述得恰到好处。看，它高高细细的腿杆，立于一块儿岩石之上，久久不动，偶尔环顾四周，更多的时候是低下头来。它在思考吗？我合上书本，竟然想道，能不能对它说一说尼采、叔本华，或者是庄周呢？

这样说，是不是有点儿矫情？实际上，它超越了我这带有冲动而离奇的想法。一只鸟，它是那么恰当地，以最合适的角色和大自然融为一体。它简直不用任何哲学，不用任何思考，就让自己的灵魂和身体为所有的一切做了最好的注释。真的，它有没有思考是不重要的，它注定要和众禽一样，觅食，生存，这是它必须具备的基本的东西。

在我们这儿，白鹭应该是属于春天的。在秋天，在这荒凉的湖中，显然它是孤独的，这个孤独却赋予了它迷人的魅力。我合上线装书，躺了下来，因为我感受到长时间注视一件事物的疲劳，我闭上眼，但我无法避开那孤独的影子，充满我脑海的依然是那一片湖中，一只白鹭昂着它洁白的头颅。阳光洒下来，像一盆温水，从我的头上淋下，同样，也从白鹭的头上淋下。我忽然有点儿眩晕又恍惚，在这晚秋，我找到了和这只白鹭心灵相通的地方：我们都是在荒芜的地方，无为而孤独；我们的骄傲之处是用我们自己点缀了这个世界的小小的毫末；我们离冬天都很近，离春天都非常遥远。

白鹭终于飞走了，它伴我整整一天。我真的不知道它是什么时候飞走了。眼前又是一个荒凉的湖，阳光静静地照着湖中一片又一片正在加速衰败的野草，可是我的心情却和以前大相径庭，我看到湖面上总是有那么一双翅膀，那么的洁白，轻如蝉翼，在阳光的抚摸中飞翔。

收藏快乐

在街上闲逛，路过收藏协会门前时，被朋友叶先生拉了去看他的奇石收藏展。叶先生对奇石到了近乎痴迷的程度，如数家珍地对我说起奇石的采集、养护和命名，说起怎样才能将灵性的石头和人生一起联想，从而去探索天然艺术的妙趣，丰富自我心灵。

实际上，前来观赏奇石的人并不多，只有寥寥几人，多是叶先生收藏界的朋友。他们之中不光有收藏石头的，还有收藏字画和印章的，有收藏古瓷和新瓷的。我经常和他们在一起，所以大家彼此都认识。但这次我看到了新面孔，她是一个40岁左右的中年女士。

叶先生说，她叫秋风，近年来家庭连遭不幸，女儿和丈夫相继离世，如今一个人生活。她每次来这里时，都对收藏表现出极大的兴趣，但让人不解的是，她只是参观，却从不收藏什么。

坐下来闲聊时，我对秋风说："在这里，恐怕只有我们俩不是搞收藏的吧？"想不到她竟莞尔一笑："你说得不对，我就是个搞收藏的，只是我收藏的东西和他们不一样，我收藏的是快乐。"收藏快乐？果然是新鲜的事，我诧异的同时，问她："你收藏快乐，用不着到这里来呀，你可以去让你高兴的地方，比方说你爱好的东西，旅游、娱乐，它会带给你快乐。"

秋风说："我来这里是学习的。你们四处收集藏品，我四处收集快乐;你们给藏品养护和命名,我也要给我的快乐养护和命名;我学习的是你们收集的方法。你们举办藏品展览,我也要在我的博客上展示我的快乐,让朋友们分享我的快乐。收藏的快乐越多,痛苦就越来越少,我的生命才会走出过去的阴影,才会充满阳光。"

原来,秋凤收藏快乐已经有半年了。她把遇到的每一件快乐的事都记下来,再写上名字。散步时,看到地上怒放的杜鹃花、天上悠悠的白云,她快乐;加班时,同事悄悄地为她送来了快餐,她感到快乐;六一儿童节,她为留守儿童捐赠了书包和文具,她快乐;旅行时,她为一个老人拍照,在按下快门的瞬间,她快乐。在做这些事的同时,她的心境竟然开朗了许多,脸上也有了久违的笑容。

后来,我找到了秋凤收藏快乐的地方,那是一方小小的博客,她的"藏品"就在那里。有时只是一句话,有时只是一首小诗,或者一幅朴拙的画,都是朗朗的笑容,没有一点儿呻吟和怨恨。我想,这里还不是她真正收藏快乐的地方,她真正收藏快乐的地方,是在她的心里,她收藏的快乐,日渐丰富了她自我的心灵。

步　调

黑白棋子在棋盘上散落，对弈之人和棋盘都处于平静之中。而这表面的波澜不惊的下面，是黑与白的生死相搏。你看，那一行白子逶迤而出，如行云流水，一招一式，相得益彰。与之相对应黑子，则左右支绌，疲于奔命。观棋之人云："白棋好步调，虽未完局，胜负已分矣。"每每看到这样的棋局，我就无法遏止地把那白棋想象成一个白衣秀士，他步若游龙，飘洒的袍袖中藏有肃杀之气，他在运行中保持着拿捏恰当的速度。

这就是步调。

对于步调，最先我是从季节中感知的，确切地说，我对季节感知最深的是春天的步调。往往是一场春雪过后，风变得暖了，暖风在大地上一吹，杏花就迫不及待地开了。枝头抽青之后，各式各样的花次第盛开。惊蛰到时，虫子的鸣叫声也窸窸窣窣地传来，地气潜行，甲壳虫仰面朝天，在细若粉末的泥土中晒着太阳。扛着犁耙的农人，在初鸣的雷声中，披蓑戴笠，翻开去年封存的田垄。他们的出场总是秩序井然的，不徐不疾，节奏和美感是那么的令人赏心悦目。

普通人生活的步调，在我看来，基本上是一致的。他们上学、结婚、生子、升职，直至退休，所有的步骤八九不离十。许多普通人在这个近乎雷同的步骤中，感受到的是时光带来的悠闲之美。这和季节的步调几乎是可以类比的——对于人的一生，童年可类比春天，中年是秋天的收获，老年则是冬季的清冽。数一程过往，看一路云烟，再回首一望，已经留下深深的落寞。这种步调仿佛是一种宿命，任你如白子般的潇洒自如，最后也抵不住躲藏在暗处的、命运中的黑子的致命一击。

因此，有人期望快上一拍，也有人希望能慢一拍。

快一拍的人带着太多的期许，他们匆匆忙忙，无暇顾及。譬如那些英雄豪杰，横刀勒马，豪气吞云梦，总是走在前面。如果把普通人生活的步调比作风筝，悠悠地在天空飘浮的话，那么英雄们则如烟花，热烈、夺目，在云霄绽放。在快一拍的人中，有的人因此得到丰厚的回报，如无上的权力和巨大的财富。但令人遗憾的是，更多的人则是烟花易冷，光华转瞬即逝。可他们要付出比常人更多的努力，流更多的汗水。在必要之时，他们还要为争得第一而不择手段，他们在焦虑和争先恐后中生活。生活的意义被时时浓缩着，甚至被他们用来在火中煎熬。

可慢一拍的步调就大不相同。有时候，慢下来却是人生一种更好的方式。慢——孕育着优雅，让人风骨俊秀。所谓士人的风骨，就是坚守良知、坚守原则，富贵不能淫，贫贱不能移，威武不能屈。做到这一点的，大多都是隐逸之士，如魏晋时的嵇康。他们离开大众的喧哗，甚至于在路边驻足停留，让众人从身畔走过，而自己却慢下来，为的是独守心灵的那块净土。说到擅饮的嵇康，就让我想起了杜康酒。传说酒神杜康选用的是优质糯米、冰雪初融的净水，用早晨迎接朝阳的荷叶覆盖，密封七七四十九天，慢慢发酵酿成的。因为这种慢，才能够酿出旷世佳酿，让品尝者回味无穷。

等等我，等等我。哦，你快点儿，快点儿。只有两个步调不一的人，才这样说话。如果他们谁都固执地坚持自己的主张，那么他们远远走不到一起。对于单一的个体来说，快一拍，慢一步，无关紧要，那是自己的事情。而对于一个团体来说，一致的步调是取胜的关键。仪仗队的步伐给人以美感和力量,溃散的队伍杂乱无章,不堪一击。许多改革的失败,往往是由于其中有人抵制;而不同步调的人却能因为音乐的节拍翩翩起舞。

我喜欢看棋。在棋盘上看棋势涨落,胜负之外,玄妙之处,在于它的步调。因此,打开棋谱,我首先欣赏的总是弈者行棋的步调。

蓦然回首

当我走出居住已久的屋门时，回首屋内，蓦然看见旧的相框中绽放的笑容、餐桌上一个安静的苹果，或者是透明的玻璃瓶中刚插的一枝梅花、窗台上抖动着羽毛的小鸟，就在那一瞬间，我的心中会涌起一阵感动。

当我离开故乡，登上通往村外的最后一道岭头，再回首，蓦然看见屋顶上一缕炊烟，静静地从山顶发散开来，小溪像一条银色的带子，飘动着向你招手，我会依稀地看见母亲倚靠在门洞中落泪。那一刻，炊烟和小溪已经深深地触动了我。

当系好安全带，在飞机起飞的时刻，我透过舷窗回望，蓦然看见足下是一片纵横的阡陌，城市的楼宇如春笋般涌动，车辆在路上如蚁行驶；蓦然看见一朵云从刺斜处飘来，稳稳地托住机翼时，感动我的是留恋和惜别。

我曾经去过一座海岛，叫分界洲岛。我一个人沿着石级，爬到了岛的顶端。岛似乎刚刚被开发，到处都是人工的痕迹。我选择登上岛顶的目的，是看看岛的东边的大海。可令我遗憾的是，那天下着小雨，海上雾气蒙蒙，看不到我想象的海天一色的景观。我有些失望地下山去，就在我下山的那一刻，我回过头来，蓦然看见岛顶上盛开着一朵黄黄的、喇叭状的硕大的花朵，她正微微地朝我点头致意。我不知道南方花朵的名称，但我觉得这是我登岛所见的最美的景色了，她让我有了一种不虚此行的喜悦。

实际上，经历过的事情，我们大多习以为常，只觉得它们是再也平凡不过的了。而当我们继续往前走的时候，蓦然回首曾经走过的地方，总会看见有些曾经的东西在闪光，这种感觉是一刹那的事，它带给你一刹那的惊喜，一刹那间的感动。

大学毕业二十多年了，人生的变化让我有恍如隔世之感。那天下雨，我在书房里偶尔翻开影集，我看见了一张我和几个同学在一棵梧桐树下朗诵诗歌的照片。在记忆中蓦然回首，我想起那时候，我们对文学充满了火一样的热情。我们组织了一个叫"白娴"的诗社，办了一份油印的刊物。我们宁可不吃饭，也要把刊物支撑下去。而如今，白娴诗社的那几个同学早已不写诗了，他们甚至已经完全和文学绝缘。只剩下我一个人，仍然默默地在文学之路行走。那天，当我打开电脑，一篇一篇地翻看我数百万字的文学作品时，心中充满了喜悦，我为我的坚持感动，从没有过后悔。

蓦然回首，在你前进的过程中，面临疑惑或者有点儿沮丧的时候，总会带给你以欣喜；蓦然回首，即使你在生活的最边缘，你也会有许多深深的感动。蓦然回首，你的心会安静下来，才有时间去想一想，湖水为什么那样蓝，花为什么那样妩媚。

蓦然回首，你才知道，你所追求的东西，原来不在前面，它在你所走过的路上——灯火阑珊处。

安　静

在我的记忆里，安静就是一束光线。

童年时，家中的阁楼上有一大堆旧书，每逢空闲时，我就爬到楼上去翻看。阁楼上很暗很暗，只有一束阳光从墙侧面的一个墙洞中射进来，照在一块儿巴掌大的位置上。楼板上由于很少有人打扫，所以灰尘很多，一抬脚，尘埃就飘起来了，在那束光线中浮动着。

我盘腿坐下来，等光线中飘浮着的尘埃落下去时，再打开自己想看的书。这需要一个过程，在这段时间里，我一动不动，什么都不想，什么都不做，只是静静地等待那些浮起的灰尘慢慢地落下。

我想，这就是安静。

“人闲桂花落”是安静，“月出惊山鸟”也是安静。我之所以喜欢王维的这首诗，就是因为喜欢那种安静的意境。试想一想，一个皎洁的月夜，一个人独自在幽静的山谷中散步，脚步轻轻，花香淡淡，不受俗事的侵扰，是多么难得奢侈。

这种奢侈我也有过。有一次，我到大山里面去，天忽然下起大雪来，车不能开了。我就寄宿于一村中人家。晚上，主人生起一盆炭火，屋子里顿时温暖起来。我们喝着茶，说着闲话，而屋外雪落无声。这种围炉夜话的感觉，真好。

落英缤纷的桃源固然是好，但它离我们太过遥远。因为生计，我们仍不得不生活在城市中。城市永远是喧哗的。这种喧哗，不仅表现在声音上，还表现在色彩上。有些声音是那么的杂乱、刺耳，有些色彩并不是绚丽和谐，而是暗淡和混浊。

只有安静，才能对抗这些杂乱和刺耳、暗淡和混浊的压迫。因为安静可以给人以想象不到的力量，它可以给人意外的满足和喜悦的空间。安静会使生活越来越简单，心灵越来越强大。

敛约、平和、处事不惊的举止，来源于心灵的安静。一个人的一生要面对太多的事情，太多的人际关系，在面对善良和宽容的同时，还要面对那么多的丑陋和无知。这些丑陋和无知可能存在于权势的光环中，也可能存在于灯红酒绿的金钱里。它们也可能伤害我，但无法让我对它们屈服。

安静地去对待它们。安静地去看待权势和金钱，就能看得出藏在权势中的虚弱、躲在金钱背后的贫穷。因为看出了这些，心里才会更加安静。

一个人静静坐着的时候，我似乎可以看见，安静就在我的四周，它幽远、缓慢和轻松。离开嘈杂纷扰的现实生活，我分明可以感知它的存在。它就是幼时阁楼上的那束尘埃落尽的光线，无声，安详，照亮人的心灵，让人不再迷惘。

三匹马

从前在天庭有三匹马：一匹黑马、一匹白马，还有一匹是红马。有一天，三匹马相见，它们交谈着：

红马说："要是我到了人间，我会找一个义薄云天的英雄，伴随着他驰骋沙场。不过，他应当是能在万军之中，取上将首级如探囊取物的人。"

黑马说："我和你一样，我也只愿意与英雄为伴。与你不同的是，我选择的这位英雄必须是一个重情之人，他的一生须'情'字当先。"

白马说："我要是下凡，只会为天下最智慧的人服务，最智慧的人才是真英雄。在我看来，只有智慧的人才能配得上我。"

三匹马时刻关注着凡间的变化，它们约定，只要发现了符合它们意愿的人，它们就立即下凡。黑马性子最急，它忍不住了，最先来到了世上。

黑马找到的那位英雄力能扛鼎，他是气压万夫的一代豪杰。巨鹿一战，以一当十，杀得秦军心惊胆寒，诸侯见了他，也不敢仰视。黑马跟随着他，所向披靡，无人能挡，它也因此遂了平生之志。骑黑马的人就是项羽。项羽不仅勇猛，还重情。他和虞姬惊天动地的爱情，在乌江边，达到了最高潮。他作的那首歌："力拔山兮气盖世，时不利兮骓不逝。骓不逝兮可奈何，虞兮虞兮奈若何！"让黑马落泪。垓下之战，项羽和虞姬自刎而死，黑马也悲壮地跃入江中。

多少年后，红马也来到了人间。它先是找到了一个手持方天画戟、无人能敌的英雄。这个人虽有着天下第一的武功，却全然没有一丝义气。红马为此闷闷不乐。但不久，无义的吕布死于他的无义，战败之后，被一个名叫曹操的枭雄吊死了。红马的命运也因此有了转机，它找到了新的主人——这个人名叫关羽。关羽挥青龙偃月刀，斩颜良诛文丑，过五关斩六将。红马也跟着他出尽了风头，成为红极一时的明星。它敬佩他的义气，它觉得只有义才能让人富贵不能屈，威武不能移，义是人的根本。红马跟着关羽很满意，也很骄傲。

但是没过几年，关羽由于大意，把荆州丢失了。撤退的途中，英雄一世的关羽和他的红马，被几个名不见经传的小卒绊倒在地。被擒后，关羽被他的对手杀害，红马从此不吃不喝，绝食而死。

看到黑马和红马都走了，白马几乎是踏着红马的蹄尘，也慌里慌张下来了。不幸的是，它找不到心目中想象的那个有智慧的人，所以一直被庸人骑着。可那些骑乘它的庸人一个接一个意外死亡，白马也因此得到了“妨主”的恶名。白马叹道：“庸主之死，是他们无能而致，与我何干！”为洗去妨主的恶名，白马在檀溪那个地方，一跃数丈，救了后有追兵的刘备。可刘备虽贵为帝胄，却不是天下最智慧的人。天下最智慧的人是诸葛孔明，但他坐的是四轮车，他不骑马。

白马一直在等待那个智慧的人出现。而一个几乎和诸葛齐名的人很快来了，他就是庞统。诸葛是卧龙，庞统是凤雏，两人得一可安天下。白马觉得只有卧龙或凤雏才能配得上自己。终于，在出兵入蜀之际，刘备将白马赠送给了庞统。为什么说在三匹马中，唯有白马是最悲催的？那是因为凤雏庞统骑上白马后，才走了十几里路，就在落凤坡那个地方被伏兵射杀了。绝望的白马就像一个刚刚得到宝物，就失手打碎了它的人一样的绝望。绝望之余，它扬蹄飞奔，不知所终。

三匹马都实现了它们的愿望，但谁也没有料到有如此悲壮的结局，美好的愿望是要付出代价的。我说的这三匹马是：黑的是乌骓、红的是赤兔、白的是的卢。

第七辑

昨日记忆

阳光很快地落山了，桥拱这一扇圆窗，不知什么时候关闭了。当我们向胭脂桥告别时，它已经是一幅剪影。这时候，我恍惚了一下，仿佛看见一个素面的女子，立于桥上，默默地看我离去。

西风说禅

远远地看寺，觉得在熟透的凤凰山中，寺是其中的一片红叶。

阳光在红叶上翻卷，碎片般的光闪动着，我忽然有了融入这片红海的欲望。是什么总是在动？树不在动，风不在动，是我的心在动。我来到了西风禅寺，走近时才发现，禅寺并不是刚才所见的那么小，它和别处的寺一样的巍峨，一样的庄严。

一千多年前，一位僧人皂笠芒杖，跋山涉水，不知走过了多少路，走到这里就停了下来。他在一个洞中住下，驻锡修行。这个僧人就是五祖弘忍，风从洞的西口进入，这个洞就是西风洞。

西风洞外的石径旁，指甲大小的不知名的红果挂在枝头，显得格外绚丽，小树为了结出果子，把它的心都吐出来了，所以它结的果子才这样红。枫树的叶脉也红透了，它被高大躯干撑着，高过了寺墙，需要仰视，才能看到它炫目的红叶。

竹叶也有些黄了，它婆娑的身姿，在静静的黄墙间起舞。有棵树弯曲了，横在路边，它折断处的伤口似乎没有了疼痛。那棵树也可能曾和竹子一样，摇曳过，起舞过，而今天它再也不能那样了。一竿竹、一棵树，有快乐，也有痛苦；有希望，也有绝望，更有着不同的生存方式。

阳光从树的枝丫的缝隙里漏下来，洒在窄窄的小径上，洒在路边的巨石上。路边的巨石一律静默着，像是正在参悟着禅机。巨石上的石刻，虽年代久远，却依然清晰，我想，从前应该有很多很多的人，来过这里，把他的感悟刻下。

“别一壶天”，就是李白云游到此留下的石刻。诗仙想告诉我们，这里不是俗世，它是俗世之外的另一个天地。而我，一个从俗世来的人，在这阳光的缝隙和树影的游移中，心灵也变得澄澈起来，索性赤着脚，仰卧在岩石上，做一回仙人。

风起了，是轻轻的细风，红叶簌簌地落下。树叶的下落是缓缓的，带着对枝头的眷念，是一步三回头的飘零。树叶的下落也是犹疑的，它似乎在寻找某个地方或者是什么人，所以它总是有着一丝怅惘。有一片红叶落在我的胸前，又有一片落在我的脸上。我并不急于拂去它们，我心里有一片寂静的地方，可以作为它们的归宿。

可是那两片红叶最终还是被风吹走了。这样也好，许多往事，都会在生命里留下印迹，而这两片红叶没有。它们轻轻地走了，不会因为谁而留下来。就像一个人在他行走的路上，丢掉了怀念和孤独。可那是件多么不容易的事情啊，它不单是需要智慧和机缘，还需要悟性、需要安静。

禅在安静中悄悄地生长，你不能在它的身边吵闹，即使你是凤凰，也不能打扰禅的安宁。我更愿意相信这个传说：五祖弘忍在西风洞中修禅时，有两只凤凰前来朝圣，天天在山顶叽叽喳喳，五祖不胜其烦，才离开西风禅寺，前往黄梅。两只凤凰悔之不及，化成了山顶两块大石。

我望着山下的湖，湖水很蓝。我喜欢蓝得让人心跳的水。湖是著名的花亭湖，站在山上观望，千万顷的湖面上，风吹不起一丝涟漪。雾气在蒸腾着，给了花亭湖迷人的意境。境由心生，禅由境生吧，充满禅意的湖上，游弋着许多小船，那当中，有哪几艘是渡论禅的人归去的呢？

风又吹来了，木鱼的声音响起了。风吹过漫山的红叶，像是翻一卷经书。一遍一遍地吹，那是经文的重复，我在风中寻找着下山的路。

从俗世中来的人，又要无奈地回到俗世中去了。

油印刊物上的诗歌

昨天，在整理旧书时，几本泛黄的油印刊物出现在我的眼前。刊物的名字叫《白鹇》，沿用的是一个美丽的鸟的名字。此刻，我成为一个默默的回忆者，面对着眼前的油印杂志，面对着那些幼稚的诗歌，思绪又回到了1986年。

那年春天，我和几个人坐在宿舍里，谈论着诗歌。那时的大学生宿舍，每个房间除了4张上下铺的双人床外，还有一张桌子。就围着这张桌子，我们一人喝了一瓶啤酒，然后决定把已经办了一期的《白鹇》改成纯诗歌刊物。我们在男生宿舍的院墙上贴出了一则广告："如有愿意参加白鹇诗社的同学，请携诗歌作品数篇来121室报名。"

没想到，一个星期后，我床头的诗稿就堆成了一尺多高了。那时，来121室的人非常多，不管他是哪个系的、高年级的或者是新生，也不管是男的、女的，是端着饭盒来的，还是背着书包来的，只要他带上诗稿就够了。那一个星期，晚上别人上自习时，我还在宿舍里分拣作品。余光生低我一届，也是个热情的诗歌爱好者，他问，作品有了，可印刊物的经费从哪里来呢？

我们没有钱，可我们有饭票。1986年，国家还有助学金，一般来说，每个人都有一点儿，只是或多或少，分个一等助学金、二等助学金罢了，其中一部分助学金都是买了饭票发的。饭菜票在校园里就等同于货币，你可以用饭菜票在小摊买一碗面条和一碗馄饨，甚至可以去书店购一本书。我们凑了20元的饭菜票，递给打字店的老板，说要打印100本《白鹇》诗刊。

老板说，如果按100本印的话，一本起码要5角钱，20元怎么够？

我们商量了一下，说，那我们就印60本吧，剩下的10元钱等下个月给你，行不？老板说，要是印60本，成本就不是每本5角了，那就得增加一角，每本6角钱了，总共是36元钱。1986年时没有电脑，打字机里全是铅字，打印文章时，打字员要从字库里一个一个找字，再打在蜡纸上，然后把蜡纸盖在纸上，将油墨放在蜡纸上推，书就是这样一本本地印出来。由于工序繁杂，老板给我们的这个价格，也算是照顾我们了。我们说，OK，成交了。5天后，当拿到崭新的、散发着油墨香的《白鹇》第二期时，我忽然预感到，这个月甚至下个月我只能吃5分钱一勺的白菜度日了。

我写了一首二十多行的诗作为这一期的卷首语，其中有一段是："白鹇鸟要做阿波罗驾太阳车碾过天空/白鹇鸟要做年轻的上帝年轻的诸神/20 岁早告别荡秋千的岁月真成了漂亮的飞鸟/秋千上荡出的憧憬就是飞起来变一只白鹇。"虽然我不知道"白鹇"这个名字是谁起的，但是"飞起来变一只白鹇"就是那时我们激情的写照。就这样《白鹇》一连出了好几期，我们也在忘我的激情中咽了一年的白菜帮子。

同伴说："这样下去不行，白菜帮子都吃厌了，我现在一见就想吐。怎么办呢？"我们想到了一位老师，他在学校宣传部工作，对我们文学青年非常爱护，不仅在校报上发表我的诗，而且还一直到处推介我的诗。一个念头出来了：莫若去找老师，看看能不能把经费的问题解决了。

老师非常热情，很快就找学校领导帮助我们解决了一部分经费，并答应做我们《白鹇》油印刊物的文学顾问。我们从心底里高呼："再也不用从饭菜中省钱了，再也不用吃白菜帮子了！"后来，又一批诗友参加进来，我们的活动也多了起来：去中国科大、安大、安农进行诗歌交流，举办诗歌征文比赛，请知名作家、诗人开办文学讲座，向《诗刊》《星星》《诗歌报》等诗歌杂志社邮寄我们的油印小刊。

如今，那么激情的日子虽然已经过去了，我对文学的热爱却丝毫未减，也许岁月能让一滴水穿过一块儿石头，让一阵风吹开一万朵云彩，但是那些遥远的故事，那些刻在油印刊物上的诗歌年代，依然会带着它原有的色彩，相伴我的一生。

石灰冲记

几年前新修的铁路穿过这个山冲，但这并不能给村庄带来什么，因为列车不在这里上下旅客，哪怕是稍作一刻停留。人们只是偶尔从旅行的打盹儿中，瞄一眼窗外，而窗外普通的景致也不能引起他们的赞叹。而村子里的人并不在意有列车飞驰而过，因为列车总是静悄悄地穿过铁轨两侧浓密的树丛，从不影响村民们的生活。石灰冲，这个几乎被人忘却的村庄，现在仍然被人遗忘着。

我就在这个村庄的尾部，找到了你喋血就义的地方。芳草凄迷，荆棘重生。竖起的青石条上刻着阴字繁文："吴应箕先生殉难处。"两根爬山虎缠绕其上，缠得执着、坚决。我感觉到它们的根茎正坚强地钻进青石的石纹中。阳光从这些杂树枝叶的缝隙间投下斑驳的光影。如果不是一位村民的指引，我几乎找不到这里。青石条的附近有一根高大的石柱，半截淹没在芒草之中。孤零零的石柱是废墟的象征，它可能是巨大建筑物毁弃后的证明。我曾在九华莲花峰见到过一根石柱，它所支撑的庙宇就曾毁于一场大火。如今，人们只能从这根孤独的石柱上，想象着当年庙宇的宏大和庄严。

引起我注意的还有一个凹形的石槽，它以前可能是仰面向上的，如今不知被谁弄得竖立起来，槽面对着南方。石槽的周边呈黑色，像是被烧过一样。槽面的一侧没有草，分明堆积着厚厚的灰烬。我想，这大概是为你焚烧纸钱的地方，有灰烬，一定是最近几天还有人来过，并为你烧化了纸钱。一个人虽然逝去很久了，但他的灵魂还会来到他念念不忘的地方。石灰冲，许多人可以忘却它，只有你不会，只有有心人不会忘却它。

我在清光绪年间名士刘世珩所著的《贵池二妙集》中，读过你的文章。也是个偶然的机遇，我因刘街的"天一门"知道了刘世珩，又通过刘世珩知道了你的《楼山堂集》。洋洋宏论，意气横秋，慨然之气，充填着悲悯的情怀。读后，我领略到了你的"天纵绝异之才（陈维崧《读书止观录》）"，却始终感叹着你的八试南都而不第的境遇。在政风败坏、阉党横行、江河日下的明末，一个不肯同流合污的书生，他的命运之坎坷是可以想象的。而你并不以考试为然，而是举酒呼徒，择有气志、能文章者交往之。你以明季四公子为友：他们是侯方域、陈贞慧、冒辟疆、方以智。其中，方以智的家乡枞阳，与你所在之处只是一江之隔。你们常常连舆接席，酒酣耳热之余，竟然以嘲笑当权者阮大铖为乐。

你们毕竟是手无缚鸡之力的书生，况且侯方域和冒辟疆还有美人的牵挂。你们空有着一腔豪气，一颗报国忧民之心，除此之外，你们仅仅有一点点的力量是一支才情横溢之笔。不可避免地，你们遭到了权贵们的反击，福王在南京即位后，曾经遭复社诸子驱逐的阉党余孽阮大铖，掌控了小朝廷，开始对复社诸子进行报复。机警的你跳门逃出南京，顺江回到老家秋浦。

这时候，清兵入关。从此，你从一介忧国忧民的书生变成了一名横戟卫国的将士。这时候，侯方域降清，他的红颜知己李香君，为他留下一柄桃花扇便恹恹死去；方以智逃避现实，做了和尚；陈贞慧入清不仕；冒辟疆则隐居山林，终日在一间小屋里为秦淮佳丽董小宛流泪。只有你，次尾先生，仍把希望寄托于福王的中兴大业，而将自己置身于中流砥柱。倾家散财，在家乡招兵买马，在泥湾练兵，不久就收复了建德、东流等县。

贵池泥湾是一个小村庄，秋浦河的冲积，在那里留下了一块儿较大的平地，在山区，有这么一大块儿平整的地方不多。你在泥湾寺壁上写道："离乱到于今，江南又陆沉，各怀国家恨，不变死生心。"

你在乌鸦培被擒，清兵却把你押解到百里之处的石灰冲杀害，其中缘由，已不可知。我站在你血贯长虹之处，想起于谦的诗："粉身碎骨全不怕，要留清白在人间。"在这一点上，你和于谦是何等的相似。突然觉得这首《石灰吟》就是外族入侵之时、穷途末路的英雄志士一个谶语。你在石灰冲英灵升天，岂不是正应验了这一谶语？

"此处甚好。"是你引颈就刃前说的最后一句话。你的"头入郭门如生，三日不变"。一股浩气冲天，千锤万击之志，化着洁白的石灰，长留人间。清道光二十九年，山口施家村施士端、士谦二义士感你忠义，在你殉难地捐立碑石，以志纪念。我想起城中以你的号而命名的街道——楼山街，如今是池州城中最繁华的一条街道。

一只鸟从那块儿青石碑后扑棱棱地飞起，它白色的翅膀在灌木丛上，闪烁着白光。一列火车从远处驶来，鸣笛声就像鸟的嘹唳，破空而去，久久不息。

罗刹矶记

站在松软的沙滩上时，已经快临近黄昏了。太阳像一块红色的大圆盘，挂在采沙船的旗杆上。江水粼粼，看似平静的水面下，暗流涌动。一个小山包轻而易举地把岸边的村庄升高，使它不受涨潮时水的侵袭。

这里的一切和长江江岸的其他处没有什么两样，但为什么却取了个“罗刹”这样凶神恶煞的地名？带着疑问，我寻访到一位老者，此时，他正在江边散步，我便上前询问这地名的缘由。那老者刚喝了点儿酒，脸红得像关公。“翻船呗！”他说，“以前这里的江水可不是这样的平缓，靠这边有六块突向江面的矶石，所以江水在矶边形成了很大的湍流旋涡。从古至今，湍流旋涡不知掀翻了多少船舶。船行到这里，就像进入了罗刹的血盆大口一样。几年前政府炸了它，设了航标，现在少有船只在这里遇险了。”

老者说完，就蹒跚地走远了，他略有佝偻的身体在江滩上，投下长长的影子。江滩上有数不清的圆润光洁、五光十色的石头。这些奇石都是夏季六月的时候，江水上涨，从上游、从岸边冲刷下来的。所以一到枯水期，或是冬季的假期，城里就有人专门开车来此淘“宝”——捡石头。运气好的话，也有可能捡到品相兼优的长江石。我在城里奇石馆中见到过一块长江红以及另一块儿形态逼真的意象石，据说就是在这儿淘来的。今天，这儿静悄悄的，一个人也没有，大概是天已经太晚的缘故吧。

这时候，太阳快要落入江中了，微风从江面上吹过来，冷飕飕的。江岸边的翠屏山上，低矮的杂树随风摇动着。所谓翠屏山，只是一个小山丘而已。就在这个小山丘上，有一个衣冠冢，那就是有名的黄观墓。黄观是我名副其实的同乡，贵池清溪人。从秀才到状元，在县府院三级六次考试中全都名列榜首，时人赞誉他“三元天下有，六首世间无”。建文四年，朱棣以讨伐齐泰、黄子澄为名，号称“靖难”，起兵北平府，直逼南京，其间，黄观在安庆募兵赴援，当船行至罗刹矶时，得悉建文帝已死，黄观悲痛至极，决定以死谢国。他“谓舟人曰：罗刹之矶，湍棹可鼓也”。站在罗刹矶上，穿着朝服向东而拜，投湍急处而死。

而在不远的南京，黄观之“妻投水时，呕血石上，成小影，阴雨则见”，说的是黄观的妻子翁氏，在南京投水自杀时，一口鲜血吐在石上，血即渗入石中成为血影，被人称为“翁夫人血影石”。我不知道黄观在罗刹矶绝望之时，是不是和他的夫人一样，但我想，英雄末路，悲愤交集之际，肯定会吐出报国之血、浩然之气，不然，罗刹矶怎么会有那么多的石头有鲜血一般的红？

站在山顶往江面看去，长江滚滚成一线，暮霭沉沉楚天阔。太阳沉入了水底，视野中的江面变得模糊起来，已经看不见船的锚链和缆桩，船舶在微光中成了剪影。天地静了下来，江水拍打着暗礁产生的激荡声音越来越清晰。这仿佛是一片肃杀之声，从被炸毁的罗刹矶的残骸上传来。解放战争时期，解放军就是从这里突破长江天险的，枪林弹雨，喋血长江。你能不能想象，那些肃杀之声，是不是当年将士们厮杀的余音，那些殷红血色的石头上，还有没有当年将士们生命的余温？

已经被炸掉的罗刹矶，却没有丢失它的可歌可泣的历史传说。我从那里归来时，带回了一小块儿石头，石头上有一小块儿红迹，像刚流出来的鲜血，炫目、耀眼，激动人心。

野有蔓草

我在野地上走着，野草摩擦着我的裤脚。

我想起童年无拘无束地在田野里奔跑的情景。那时候，我不知道自己为什么要跑，为什么有如此莫名的兴奋。现在我才明白，激发我在野地里奔跑的原因，是那令人着迷的野趣。每年回老家时，我都会选择野地里那条仅能步行或骑车的小道。一是因为它便捷省时，再就是看看野地上生长的青草，青草熟悉的气息会唤起我记忆中存储的东西，大概是一种内心的需要吧。

记得几年前的一天，朋友突然劝我不要再从那条小道行走了。他们说，由于土地开发，挖掘机已经把那里挖得面目全非，无路可走了。我不禁沉默不语，独自惆怅起来。那片土地有一个好听的名字：天堂湖。实际上，它是一片野地，称谓它为湖并不确切，之所以称之为湖，是因为它绵亘、开阔，野地上的青草被风吹着，如水的波纹一样。小时候，我曾跟着母亲在天堂湖打过湖草，和大人们在草地的小小的棚子里住过一夜。夕阳西下之时，莞草的气息就开始升了上来，夜越深，莞草的气息就越浓，一钩弯月挂在天上时，莞草的清香就萦绕在棚子的周围，安抚着人安然入睡了。

带着旧时的记忆，我坚持再走一趟天堂湖，如朋友所说，那条我常走的小道被挖断了。站在小道的尽头，我看见天堂湖的青草已经完全被无情地剿灭了，人们在野地上犁出了一道道深沟。褐红色的泥土裸露了出来，像是大地的伤口。那几间简陋的瓦房也被人拆除了，留下了一地的瓦砾。牛羊不见了，粉蝶和蜻蜓不见了，苍翠的景致席卷而去，唯余泥泞满目，鸟鸣杳然。

朋友说，不知是什么缘故，开发商将野地上的青草用推土机铲除后，就再也没有来过。这片土地就一直这么荒芜着。他叹了一声：看这样的情形，这里恐怕连草也不生了。那时正值夏至，雨量充沛，浑黄的雨水在天堂湖的野地上四处溢流。草没有了，青草的气息全无，那弯月如钩下的野趣也就找不到了。剩下的几处孤零零的坟茔，寂寞地高出地面，像是等待着它的定数。四季的荣枯被单一的泥土的本色所代替，只要你的脚一接触地面，污泥和浊水就会淹没你的鞋袜。天堂湖以这种毫不掩饰的情绪，表达着无声的抗议。

我黯然回头。

可没有想到，两年后同样的夏至时分，我再来到天堂湖时，看到的竟是另一番景象。绿草重新占据了整个野地。草根本不需要人们小心翼翼地来培育，无须施肥，无须关爱，只要风这么轻轻地一吹，阳光悄无声息的一洒，它们就会恣意地生长，长得心满意足，长得铺天盖地。青草的气息又溢满了天堂湖，牛羊和昆虫又重回皋壤。草在失去家园后，那么执着地、不慌不忙地往回走，在时光打盹儿的间隙里往回走，草的生命力真的值得我们歆羡。芳草萋萋，和土地不能须臾分离，土地的伤口痊愈了，这些都是草的功劳。

我们不能不叹息土地的奇迹、植物的奇迹、草的奇迹。野有蔓草，它有着世上最静默的无言。它无言地接受着人类对它的伤害，无言地包容着牛羊、昆虫乃至蚊蚋的梦想，无言地收复失地，卷土重来。

朋友的老家就在天堂湖。重回故里时，看到了这新生的、郁郁葱葱的青草，他也和我一样地惊讶。忽然想起村里的乡亲来，想到他们的土地被征用了，现在生活的情形如何？朋友笑着说，他们被安置在邻近的一个村子里，由于新居更靠近城市，反而生活过得比以前要富足好多。朋友的父亲开了一家豆腐店，祖上秘传的手艺，使豆腐的质量臻于上乘，店名远播；朋友的兄弟也去了南方打工，收入不菲。迁出家园的乡亲们，基本上都找到了一份称心的工作，生活比以前打湖草时要强得多了。

农家人在艰辛的生活中，总是以务实为第一的。生存下来、走向富裕对他们来说是首要的现实，是必需的，他们默默无言地劳作着，从不偷懒或者停歇下来休息一会儿。虽然走得很慢很慢，脚步无声，虽然面对一个个沟坎，甚至有的沟坎难以逾越，但是过不了多长的时间，他们又重建了一个崭新的、更美好的家园。这难道不是野草的品格吗？难道不是一种顽强的、不屈从于命运的抗争之精神吗？

我在野地上走着，野草摩擦着我的裤脚。我真想再一次奔跑起来，在令人着迷的野趣中奔跑，在生命原本的绿色中奔跑。

胭脂桥记

即使又到一年的立春，春意还是没有很快地到来，古徽道上洒落的依然是冬日的暖阳。安静的村庄藏在树林中，被五彩的植物染透。刚到下午三点钟，大山就用投影把这个叫花庙的村庄分割开来，一半在阳光下，一半在山影中，构成了一幅精致逼真的油画。

胭脂桥就建在残存的古徽道上，像绵长古道上的一枚纽扣。经历了历史的风霜，桥体依旧保存得完好。走到桥下，看到阳光在水的涟漪上快乐地闪光。桥拱就像一个窗口，让你有忍不住想推开它的欲望。从这个窗口往外看，山中的雾是紫色的，紫得清亮。桥下的溪水潺潺流着，在初春时分，水是清瘦的，它婉约温柔，在沙砾堆积的河床间穿行。但对于河床上偶尔被水冲击而下的大石块，你可能会想象得出，在夏天的洪水季，这条溪流并不是这样，那时的它一定是暴烈的、桀骜不驯的。

这条溪流上本没有桥梁。人们过河时，需要赤脚蹚水，不知在什么年代，在蹚水过河时，猛烈的洪水冲走了一位归乡青年。这个青年新婚不久的妻子，悲痛之余，发誓要在冲走她丈夫的地方修一座桥，以怀念死去的丈夫并方便来往的行人。她一天一天地把脂粉钱省下来，积攒着为修桥之用。多少年后，少妇变成了老妪，青丝变成了白发，换来的是一座明月一般的拱桥架在这条小溪之上。它薄薄的桥面，显得纤巧、秀丽，如同女子的腰身。父老乡亲感其志诚，把这座桥称为胭脂桥。

如今，四通八达、蛛网般的柏油路、水泥路延伸到乡村的每一个角落，哪怕是最偏僻的村庄。这些路宽阔、平整、笔直，更适合车辆的行驶，也比弯弯的小道近了许多。没有人再愿意在窄小的石板路上行走，古道渐渐地被荒草湮没，被人们遗忘，胭脂桥也逃不掉如此相同的命运。然而，拨开这些湮没古道和桥的芒草和青藤，典雅的气息就散发出来了，从这种气息中，你依稀可见前朝工匠精湛的技艺，在时光的侵蚀下，不但不渐渐灰暗，反而熠熠生光，丝毫也不比今天的桥梁师们的建筑逊色。

相对于今天的桥梁，胭脂桥的韵味和神采更有着特别之处。它略有残缺的桥面，记录的是每一天的风雨阴晴；它映于水面的倒影，水波也不能将其揉碎，是没有粉饰的真切；它虽孤独清冷，失去了往昔的功用，却无意中点缀了一方风景。更让我心弦轻弹的是，胭脂桥尘封了一个爱情故事，而这个爱情故事已经成为地域文化的一个元素，给花庙这个村落以凄美、浪漫的神韵。

胭脂桥边的水泥路是新修的，古徽道旁的意杨林是从外地引进栽植的，这多少消散了桥的古朴的生气。但不必担心，这种生气，你可以轻而易举地从桥下找回。抚摸着桥拱内壁的石块，有着胭脂般的腻滑，在腻滑之中，又不让抚摸者感到一丝冷意，相反还有一点儿暖暖的感觉，这是否是前朝工匠们开凿巨石时火星四溅的温度依然留在石中呢？水在桥下哗哗地流着，古人的智慧和奉献都浓缩于桥中，它怎会不让你觉得温暖？

阳光很快地落山了，桥拱这一扇圆窗，不知什么时候关闭了。当我们向胭脂桥告别时，它已经是一幅剪影。这时候，我恍惚了一下，仿佛看见一个素面的女子，立于桥上，默默地看我离去。

鸟度屏风里

我沿河而上。

刚刚下了几天的雨，清溪河便丰腴了起来，微涨的河水摇曳着岸边的植物。在这样的季节里，地气涌动，植物旺盛而蓬勃。雨后天气的凉爽给人以轻松和惬意。城市生活中的烦恼，仿佛被风吹得干干净净，登高悠然望远，清溪河像一条光亮的带子，舞动着向前流淌。放松的心情让我忘情地张开双臂，做出飞翔的姿势，对着群山叫了一声。

大山回应着，声音惊起了一群鸟，扑棱棱地从树丛中飞起。我这才意识到了自己的失态，赶紧收拢起臂膀，看看四周，还好，四野空无一人。

只有鸟。只有鸟在飞。

群鸟在山中飞。山如屏风，葳蕤的树木层层蔓延其上，这是“屏风”中静的部分。我到过清溪河源头处一个叫棠溪的地方，在那里，只要是在一场雨后，你就随时可以看见从山顶倾泻下来的一小缕一小缕的瀑布，它们像一根根不断被抽动的银线，我认为这是动的那部分。如果动的静的都不算的话，这里还有灵动的。灵动的就是那些从山腰、从树木的顶端飞过的鸟，它们才是这扇“屏风”的精灵，时时变幻着新颖的画面。

“清溪清我心，水色异诸水。借问新安江，见底何如此？人行明镜中，鸟度屏风里。向晚猩猩啼，空悲远游子。”天宝十三年，李白来到清溪河，天气也许和今天一样，雨后初晴，澄明清澈。面对着如镜的清溪河水，面对着苍翠的森林和飞溅的瀑布，李白是第一个把远山当作屏风的人。浪漫者一定是热爱自由的人，他们像鸟一样无羁，在四野里独行。诗仙李白离开繁华的都城长安，在青山碧水间徜徉，乐而忘返。在权势的争斗中，诗人永远是弱者，这是由他们的气质决定的。因为诗人的心灵是自由的，从不刻意地隐藏什么，压抑什么，率真的心灵容易成为对手的靶场。于是，逃避的诗人寄情于山水，他们让心灵如鸟一般地放飞于山水之间，尽管有时也会生出一丝游子思乡的轻愁。

鸟度屏风里，的确是一幅唯美的画图。

古树可以苍老，留下断枝残丫；古宅可以倒塌，只剩下遗迹；甚至连一座古城池，如楼兰城，都能被黄沙淹没。而李白的这首诗，连同诗中的这一幅画图，从唐代到今天，却历久弥新，恍然如昨。时光没有让它们衰老，更没有让它们消失。青山依旧在，鸟飞翔的弧线和唐代并没有什么两样。所不同的是，溯水而上，看山看鸟看水的人不一样了。唐宋时的人，一袭长衫竹杖芒鞋，风雨暮霭仗剑而行；现今的人们，有了较为先进的交通工具，沿河是铺着柏油的山间公路，行走起来就轻松多了。不过这种轻松有利有弊，有利的就是快捷方便，弊端就是体会不到踏足而行的那种闲雅，捕捉不到对自然的更深的感受。

其实，人在城市中生活，就如鸟在城市中的生活一样。街道宽敞，景观树整齐划一地生长在街道的两侧，但你找不到一只在树上栖息的鸟。城市里的鸟多是被关在鸟笼里。我曾多次在公园里见过遛鸟的人，他们戴着深色的遮阳帽，趿拉着拖鞋，右手伸出，手掌上架托着一只鸟笼。鸟在笼中，用不着自己出去找食，闲得无事的鸟如鹦鹉还呀呀学着人语。有的鸟终日面对着它主人的一盘残局，在树荫下和主人一起消磨时光。羽翮松弛下来了，鸣叫声也低沉了起来。鸟已不记得从前它无拘无束的日子，鸟的苦闷只有鸟知道。

我是从乡间来到城市的，我总是认为，对于城市，自己只是一名过客，或者说是城市中的一只鸟。一日三餐，上班下班，钟点成为镣铐，工作成为重负，因而对草木的荣枯，泥土的开合，地气的升腾浑然不知。我时常记起童年的单纯和欢欣，所以总喜欢时时到山野里走走。有一次我到清溪河边小镇梅街小住，黎明时骤听得一声清脆的鸟鸣，随即许多鸟一起叫了起来，圆润而和谐。推窗一望，好多鸟！长喙轻羽，色彩斑斓。有的高踞枝头顾盼着，有的悠闲地啄理羽毛；有的振翅一飞，又轻盈地落了下来。鸟儿们喧闹了一会儿，又不约而同地飞到河对面峡川村的大山，那里的山腰处挂着一朵白云，鸟儿们越飞越小，飞进了那朵云中，远去的影子和一片翠绿融为一体。这时，我真的羡慕这些鸟儿，想怎么飞就怎么飞，想怎样鸣叫就怎样鸣叫。这些鸟儿使人在客愁之中，生出了许多诗意。

城市已经成为我永远的栖居之地，再也难以寻觅如同鸟儿那样自由的日子。可是我总会挤出一点儿时间设法补偿，自然的本真令我神往。

所以，为了看鸟、看水、看画屏一样的青山，我沿河而上。

旧物帖

旧物如海绵，蓄积着使用者的情感。譬如一张磨损的碟、一本毛边的书、一支写秃的笔，甚至一件洗白了的旧衣，不用了，不穿了，并不是说你会丢弃它。偶尔翻出来看看，就会重现旧情旧景，甚至让你唏嘘不已，发出一声感叹。

搬进城后，母亲将家里的许多东西都送人了，只有一团竹筛和一个簸箕她不肯丢掉，硬是要把它们带进城里。我看着那两件东西，心中也叹服着它们的精致，何况它们已被母亲的手磨得光洁，被她的汗水染得从骨子里透出红来。

可这些东西带到城里，除了占空间之外，没有什么用处。我试探着对母亲说，把竹筛和簸箕也送人吧，城里用不着这个。母亲不肯，她把这两件旧物抱在怀里，生怕被人抢去一般。后来，我把它挂在阁楼上，倒是别有一番风味。

父亲的旧物只有一只小茶壶。他无甚爱好，平时除散步之外，就是把玩这只壶。他把壶藏在书架上，以为安妥，却不料有一日，小孙子站在凳子上，在书架上抽那本《绘图水浒传》，凳翻书落，那壶也从高处跌下，哐啷一声，玉片飞迸，孩子吓得哇哇大哭。父亲呆住，母亲却跑过来，哄着孙子：“别哭，别哭，别吓着了。”

我拿着笤帚扫着那一地的碎片，瞥见那小茶壶的底上有三个字，那是父亲的名字。“王”字的下部分拖得老长老长的，碎瓷片上还画着几朵盛开的杜鹃。不知这是否是一种暗示，第二年的4月，在杜鹃的花期之后，父亲就去世了。

生活的变迁中，许多东西不再被使用了，从这个意义上来说，它完成了它的使命，但这并不意味着它们被扔掉。一直享受着它们的奉献，一直和它们耳鬓厮磨，时隔多年，旧物上依然留有人们手指上的温度。它们充实着人的生活，蓄积人的情感，没有这些旧物，逝去的时光是不是就会留有空洞？

我的一个画家朋友，给我打电话问：“你什么时候去你的老家碧岩村？”我问：“你有事吗？”朋友说：“你去的时候和我说一声，我想和你一道去那儿一趟。”那天，我开车带着他去了村里。他对碧岩村秀丽的风景赞叹不已，说如同画一样。我们一起到了后山，选择了一个向阳的地方，他从包中拿出一捧写秃了的画笔来。

画家朋友说，这些笔，为我画了许多山川人物，为我挥洒了许多时光，我要建一个笔冢，把它们埋在这里，让它们和清风明月作伴，不要让它们因为废弃而失去了灵气。凉风习习，枫叶枯黄，埋完了那些笔后，我们谁也没有说话。

时光在流逝。会有更多的东西成为旧物，在成为旧物的同时，它们也成了一种牵挂，一种对旧事的回味。即使把它们埋藏在地底的深处，也不能掩埋掉那些早已沉浸于心底深处的那份情感。

在农历中行走

每年年底，那些提着大包小包，从车站的大门拥进、拥出的人，就是在农历中行走的人。他们千里万里，风餐露宿，回到自己的家园，就是为了吃一顿团圆饭，为了贴一副大红的春联。

到了除夕的前几天，许多母亲就靠在门框上，一天一天地数着腊月的日子。腊月二十、腊月二十一、腊月二十二……到了腊月二十三过小年的时候，如果她的儿子还没有回来，她就有些着急了，望着屋檐下挂起的一串串腌好的肉和鱼发呆。

事实上，还有许多人以另外的方式在农历中行走。有一天，我就收到了一个祝福的短信："道是好雨知时节，却是润物细无声，看万物欣欣向荣，愿生活蒸蒸日上，祝雨水节气快乐！"不仅是雨水节气，每个节气都有朋友们发给我类似的短信，这些短信让农历温暖起来，像一条二十四个温软如玉的珠子结成彩带，连接着一年四季。

对于二十四节气，几乎每个日历牌上都有。农人们的一生注定要在这些节气中行走。我的父母，他们的床边总是有一本日历。他们可以不记得今天是几月几日，不记得今天是星期几，但是他们一定记得哪一天是谷雨，哪一天是芒种。因为这些节气会准确地告诉他们，哪一天去开犁，哪一天去播种，哪一天去插秧。

而对于我的生日，母亲似乎永远只记得那个农历的日子。在我整个小学的一到五年级，我都是用农历作为我的出生年月。老师也没有注意到这些，后来上中学填写履历表时，我找到一份万年历，才将它换算成公历。

我发现，在农历中行走的，其实还有我们的亲情和文化。正月十五闹元宵，当龙灯舞到家门口时，母亲都要拿出一块糕点或一包糖，再把20元钱用红纸包着，送给舞灯的人。农历是和吉祥连在一起的，母亲相信，龙灯舞到哪家，哪家就会一年和顺，平平安安。到了端午节，母亲就早早地把艾草挂在门上，把清香的粽子挨家挨户地送给邻居。有一年中秋，母亲走了几十里山路，把打好的“糍粑”送到城里，为了保温，母亲用厚厚的棉絮将装“糍粑”的盒子包裹起来，我接到“糍粑”时，它还是热乎乎的。

每年的清明节，是我们怀念祖先的日子。慎终追远、敦亲睦族是清明这个节气成为民俗节日的根本所在。一杯热酒，一包纸钱，我们仿佛看到了祖先在火光中朝我们微笑。清明时分，芳草萋萋，万物复苏，踏青者歌于途，放风筝者祈求好运，这个时节，成了农历中最清澈的季节。

其实，我们每个人都在农历中行走，在农历中行走，就是在亲情中行走。

南泉斩猫

记得最初读到的是蔡志忠著得一本《六祖坛经》的漫画书，里面有一个佛界中久为流传的“南泉斩猫”一案：

南泉寺来了一只猫，东西两堂弟子们纷纷抢夺，后来南泉普愿禅师知道了，就将一把镰刀架在猫脖子上说：“得道，则猫得存，无人得道则猫当死。”见大家没有回应，他一挥手把猫杀了。后来有个叫赵州从谂的弟子晚上知道这件事，把鞋放到头顶上，出门走了。南泉感叹地说：“如果他白天在的话，那只猫就不会死了。”

虽然读过这个典故无数遍，但由于资质愚钝，一直不能悟出它所含的深意。倒是因为这则故事，有意无意地钻研起《佛经》来。看得多了，才惊讶地知道，这个中国禅宗史上有着广泛影响的南泉禅院竟在我的家乡池州境内。明朝嘉靖年间《池州府志》这样记载：“南泉寺，在(府)城西南七十里南泉山，唐贞元年间建。”《贵池县志》卷有：“唐普愿和尚，贞元十一年，憩锡贵池之南泉，自建禅斋，不下山三十余载，宗风大振。若赵州从谂、长沙景岑、鄂州茱萸、白马昙照、甘贽行者、香严义端等不下千人，鳞集南泉。愿寂后，散居四方丛林。”

一直萌生着探寻南泉寺的愿望。终于有个机会，我来到了这个位于升金湖边的小村庄。南泉山，也并非如我们想象的那样高大巍峨，只是一片很低矮的小山。在当地人的指引下，经过一个小时的跋涉，出现在我面前的是一大丛茂密的竹林。“这就是南泉寺遗址了。”带我前来的当地人对我说。再次轮到我惊讶了："这就是南泉寺遗址？怎么如此荒凉？"在竹林深处的一处开阔地带，遗址上满是破碎的塔体石材，杂草丛生，已经找不到当年建筑的轮廓了。只是这四周竹林掩翳，青翠欲滴，清风和阳光吹洒进来，让人顿生几分禅意。

下山之后，我想，生于南泉，长于南泉的村民们，也许会有人知道"南泉斩猫"所寓含的深意吧。于是我就在村子里和他们闲聊起来。他们告诉我，这个村子里全村都姓鲍，"文革"前寺院还在，只是当地人不称"南泉寺"，而叫它为"南泉塔"，以前刻有"南泉禅林"的碑文的石板，被村民们当作洗衣石，现在不知弄到哪里去了。说到"南泉斩猫"的寓意，大家都笑笑，说不知道是什么意思，只有一个老人非常自信地说："这有什么？还不是说人有贪欲，南泉一刀斩杀的不是猫，而是斩断了人的贪欲。"

这也算是看起来比较有深度的答案了。但我知道，这不是正确的答案。如果这样回答，那赵州从谂顶履出门又是怎么回事？两个事件是连贯的，答案一定存在于这个连贯的事件之中。后来我才知道，南泉普愿禅师要说的是：修身说禅，得道成佛是僧人为之追求的重大目标；若为一只猫儿的归属起纷争，岂不是"道不得"？这些弟子，没人去关注自身追求，求小利而失大志，所以禅师提刀斩猫儿为两段。而弟子从谂，恰这时回归南泉寺，听说禅师斩杀小猫时，不置一言，只是慢吞吞地脱下鞋子，顶在头上，向禅师表达了众僧夺猫纠纷之事是"本末倒置"。

探寻南泉寺遗址后，总算了却我多年的心愿，但也平添了我无尽的遗憾。遗憾的是这历史上声名显赫的南泉禅院如今只留下一堆瓦砾，真真是荒草一堆湮没了。但是，当我在找到"南泉斩猫"这个典故答案后，这个遗憾便霎时烟消云散了。因为我们探寻的不再是寺院如何的金碧辉煌，而是南泉普愿"平常心是道"的精髓，如果不去品味南泉山的禅宗思想和它的历史价值，而是执着于它的建筑和地点，难道不也是和南泉寺两堂弟子一样，舍本而逐末了吗？

本草纲目

中药柜是由无数个小抽屉组成的，抽屉上贴着各种各样药草的名字。在我看来，这些药草的名字有趣、生动且富有诗意，像一个个词牌名。坐堂的老医师，面前放着一戥子，戥子杆乌黑发亮，戥子锤如博物馆里的青铜。老医师时常对着戥子翻看一本线装书，那书纸张微黄，和戥子一样，很有些年代了。

药房对于孩子们来说似乎是禁地，但我能进去。不为别的，只为我能读出那一连串的、像是从宋词中走出来的词牌名。像百草霜、东壁土、乌蔹莓、红蓝花、相思子，还有阿魏、南烛、半夏和虎杖等等。老医师喜欢听我读这些药草的名字，喜欢闭着眼靠在椅子上听我念。这时，我会偷偷地瞄上一眼他手中的书，我注意到那书中有许多好看的插图，书名叫《本草纲目》。

后来，坐堂的老医师不但特许我自由地进出药房，还允许我翻看他的线装书。我小心翼翼地翻着书，轻得一丝声音也没有。我竭力记下红蓝花、相思子、半夏们的图样，再跑到荒郊野地里去寻找。开始时好几天，我竟然找不到一株对上号的。植物的相状都差不多，区别它们的关键是颜色和叶子的形状。线装书里的插画是工笔画，靠它去辨认药物，真的很难。不像现代出版物，现代出版物中的彩色图片，效果逼真，用它去找，要轻松得多。虽然如此，那些精美的插图却丝毫也不减少它的艺术性。

20世纪70年代，村里有个妇女生孩子，产后血流不止，一家人慌了起来，因为山村周围方圆十里没有医生，且交通不便。接生婆婆倒很老练，说可用益母草试试。可这里只有接生婆婆认得益母草，但她这时又不能离开产妇，真是两难。我自告奋勇地说，我认得益母草，我这就去采。益母草这种药草喜生长在田间地头、溪边篱下，不一会儿，我就采集了一大把，兴冲冲地跑回来。接生婆婆见了，大喜，说十岁的孩子能认识益母草，真是生来的啊。感叹声中，她将益母草捣绞成汁给产妇服下，果然产妇不久痊愈。

从那以后，我常常拿着一株植物发呆，此刻，书中插图里的药草全复活了。几年过去了，我高中毕业时决定学医。对于《本草纲目》，开始我想顺着纲目把它背下来，但后来发现，背不如看，看不如查，查来查去，慢慢地熟悉了许多药草的功效，譬如黄芪，主治小便不通，酒疸黄疾，萎黄焦渴；譬如紫草可治婴童疹痘，恶虫咬伤。说《本草纲目》是一部中国的植物志，既确切也不确切，确切的是它对植物作了系统的、科学的分类；不确切的是《本草纲目》里所说的不仅仅是植物，还有对动物和矿物药和医方详细的描述和记载。

在我参加工作的时候，坐堂的老医师退休了，他的戥子和线装书也不见了。因为戥子已经被天平代替，而书店里也能买得到《本草纲目》了。我虽然不在这家医院上班，但还能和小时候一样，自由出入这家医院的中药房。中药柜依然是先前的模样，没事的时候，我喜欢打开柜子上的那些小抽屉，看一看那些富有诗意的名字，闻一闻中药草的香味。

阁楼上的光

那天在新浪网的新书速递上，偶尔看到希尔弗斯坦的童谣集《阁楼上的光》，不禁想起小时候家中的小阁楼来。

旧时老屋的结构，几乎是千篇一律的。中间是堂屋，夹着一个大大的天井，而两边是厢房，厢房的上面就是阁楼。幼年的我，很是向往阁楼上的神秘世界，加之大人屡屡制止孩子们上去，就更增加我的好奇之心。

一天，我看见奶奶将炒好的花生和其他食品搬上了阁楼，并且在她下楼时忘记撤去梯子。趁空隙，我悄悄地爬了上去。阁楼非常低矮，木质的地板上布满了尘埃。楼上很暗，只有一束光线从一块儿果盘大小的小圆孔中射进来，扬起的尘埃将这束光线变成了一根光柱。让我惊讶的是：这根光柱正照着一堆打捆的、足足有五六百本的书刊上！

我记得我首先翻看的是插图本《西游记》和《水浒传》。那个神通广大的猴子，让我从中午到黄昏一直待在阁楼上，直到看不见字为止。而仗义疏财的水泊梁山好汉，在晚上常常出现在我的梦中。为了不引起大人们的注意，我每每看完一本书，又按原样把它扎好。那时候，家里的外国书籍以俄国的居多，高尔基的《马卡尔·楚德拉》《鹰之歌》《伊则吉尔老婆子》和他的自传体长篇小说《童年》《在人间》和《我的大学》深深地打动着我。而德国诗人歌德的《少年维特之烦恼》，更是以优美的语言，撕心裂肺的爱情让我在维特的枪声中泪流满面。

就是在这个小阁楼上，借着那束光，我认识了繁体字。那五六百本书，大部分是线装书，几乎全部是繁体字，半读半猜地，我从字里行间看到了繁体中文的美丽和它历史的沧桑。也就是在这个小阁楼上，我刚和李白梦游天姥，又和苏轼泛舟赤壁，一会儿我又和王勃登临滕王阁，看“落霞与孤鹜齐飞”。几年间，我背下许多唐诗宋词。每天，我的心里装的都是这个阁楼，上课的时候，也是心不在焉。一放学回家，我就放下书包，爬到阁楼上。

秘密终于被奶奶发现了。她丝毫也没有责怪我，摸着我的头说，把书搬下来读吧，楼上光线不好。可我还是坚持在楼上，那里没有人打扰，一个人静静地，听大师们说话、歌吟、悲伤和哭泣。

阁楼上这些发黄的书籍一直是我一生受用不尽的财富。在我上大学之前，我用厚厚的牛皮纸将它们盖上，堆放在那束光的光圈里。不幸的是，有一年我放假回家，老屋已经拆迁了，这堆书籍竟然不知去向。我呆呆地望着那新建的、富丽堂皇的楼房，哑然无语。如今，那些书籍和小阁楼依旧留在我的记忆里，阁楼上的那束光，仍然照亮着我文学的旅程。

欢喜小年

在皖南,大多是农历腊月廿四这天"过小年"。小年一到,年味就到了。

小时候,过小年的这天,家家户户都在熬糖。熬糖是一门乡间手艺,技艺好的人家,熬出的糖皎白柔嫩,样子极好。若往里面包些芝麻馅儿,搓成长条状,则酥软糯口,味道上佳;技艺差一点儿的,常常请那些在行的人看火候。熬糖的关键是火候,火候不好,熬出的糖老了,颜色发黄,硬如石块,就不好吃了。祖父就是常被人请去看火候的人,他拿着一根竹竿烟袋,走东家到西家,哪家要加一把火,哪家要减一把火,观察得十分准确。

糖熬好后,接下就是"送灶"了。送灶是过小年的重头戏。腊月廿四这一天,是灶王爷上天向玉皇大帝禀报民间善恶的日子。灶王爷要上天了,那家家户户就得送送。有个民谚云:"官三民四皇上五。"意思就是官府里是廿三送灶,平民是廿四送灶,而皇家要等到百姓们全祭完灶后,再于腊月廿五这天,代表普天之下的民众送灶王爷上天。送灶是在灶台前进行的。有的人家在灶台上贴上灶王爷的画像, 或者设一个灶王爷神龛。我家在建造灶台时也做一个这样的神龛,可惜母亲常在龛内放洗洁精,祖母骂过几次总不见效,后来也只好听之任之了。

虽然如此,腊月廿四这天,我家的灶上,也贴上了一副"上天言好事,下界保平安”的对联。到了晚上，祖母将煤油灯点上，将新熬好的米糖摆在对联的前面。糖放在灶君面前，是为了他上天时多说些甜言蜜语。米糖的旁边，还放着两个纸袋，一个袋子里面装的是豆子，供灶王爷的马吃，另一个袋子里面装的是灶王爷的盘缠和干粮。祭灶时，祖母叨念着："灶王爷，灶王爷，上天要说好话，我们做得不好的千万要瞒着天老爷。"每到这时，祖父就说："我们又没有做什么坏事，瞒什么呢？灶王爷别听她的，你尽管照直说。"说完后他就吩咐我们在门前的晒场上燃放鞭炮送灶王爷上路。

在大人们熬糖的同时，孩子们也有事做，那就是烙纸钱。所谓烙纸钱就是将一块儿似铜钱一样的铁模具，放在大裱纸上，用檀木敲。一排一排地敲着，大裱纸上就留下了一个个铜钱印子。檀木硬而重，敲出的印子深、清晰；这些印满铜钱印子的大裱纸是为大年三十祭祖时准备的。小年的时候，父亲的任务就是写春联，村里的人把红纸裁好，送到我家来，让父亲写。父亲写春联时，架势足，脾气大，非得让我在八仙桌的另一头牵着对联，他写一个字，我牵一下，我的手稍有抖动便大发雷霆。可等到对联写完，他又高兴起来，背着手来来回回地踱步，欣赏着他的杰作。

吃过小年饭，已经很晚了。那时候没有电视看，放过鞭炮后，就睡觉了。可我翻来覆去总是睡不着，脑子里想象着灶王爷的样子，想象着他上天说了些什么；回味着米糖的甜味和烙纸钱、写春联时的情景。直至今天，旧时欢欢喜喜的小年，仍给予我一种难以形容的眷恋、温馨，让我时常回味。

消失的渡口

那是一个很古老的渡口,已经有几百年的历史了。它是南边的十几个村庄通向北城里的必经之路。渡口是没有名字的,因为靠近陈家村,人们总称它为陈家渡口。童年时,它是最繁忙、最热闹的地方。一只小木船颤悠地靠在岸边,河水浩渺,远处的村庄静静地被笼在雾中。等待过河的人三三两两,给这幅水墨画增添了动感。

过渡的人中有带着自行车上船的小伙子,也有挎着篮子准备过河的小媳妇。艄公老陈是一个四十多岁的中年人,腰间常常扎围着一条黑色的布带子。等大家上船以后,他"咳哟"一声,随即篙起篙落,小木船就载着十几个人开航了。每到此时,摆渡的老陈便得意起来,对着河水,扯起嗓子唱起歌来:

唉咳哟,二哥二妹去上街,渡口遇见不言语呃,只恨河中船晃晃,唉咳哟,让哥碰到妹的怀呃。

唱到这里,往往是小媳妇们的脸先红了,啐一口道:"挨千刀的老光棍,一辈子别想讨老婆!"接着是小伙子们拼命地用脚蹬船,故意吓唬女人们,女人们吓得哇哇乱叫,也不管是谁了,就用手抓住男人们的肩靠上去。等闹够了,静下来的时候,大家就纷纷把五角钱扔到他的铁筒子里,那扔硬币的声音,当当响,"大珠小珠落玉盘",好听极了。

记得我第一次肩挑书箱去城里读书时，也扔下五角钱在他的铁筒里。老陈却停下摇桨，从筒子里把分币摸出来，放进我的口袋里，说：“留着在学校买菜吧，学生太苦了，以后你坐我的船，全免费。”于是，每个星期我回家时，他都不肯收我的过渡费。后来我才得知，这个渡口是他的祖先传下来的，已传了四代。老陈至今单身一人，他说他最大的心愿就是娶个媳妇，生个孩子，把这个渡口传下去。

读完高中，我又去了外地读书，等我读完书，回到故乡时，发现那条河上，架起了一座彩虹般的大桥，这是一座刚刚竣工的桥，上面还飘动着一面一面鲜艳夺目的彩旗。我站在桥上，猛然看见桥下是那个记忆中的古老的渡口，一只小木船颤悠地靠在岸边，唯一不同的是没有了等待过河的人们，只有一个头发花白的老人，孤零零地坐在船上，一口一口地抽着烟，他的腰间扎围着一条黑色的布带子。我知道，他就是摆渡人老陈。

转眼二十年过去了，当我再次回到陈家渡口时，再也找不到那只小小的渡船了，也不见了摆渡人老陈，陈家渡口被一片荒草湮没了。我走下桥去，想找到它的一丁点儿遗迹，但是我失望了，百年的陈家渡口像水的波痕一样，消失得无影无踪了。人类文明的进步，正在加速地跨过一道道河流，它把一些东西丢在身后，那样的决绝，甚至于你都来不及再看一眼，它就消失了，而经历过的人，也只能把它留在记忆中了。

载着歌声的河流

我最初听到的清溪河的歌声，是在我的老家碧岩村。有一天，我无意中翻开一本线装书，竟然看见了这样一幅画面：一位佩剑而行的诗人，在挂着星星的夜里，在我家的篱墙外面，敲门投宿。“夜到清溪宿，主家碧岩里。檐楹挂星斗，枕席响风水。日落西山时，啾啾夜猿起。”也就在当天夜里，他在静谧的马头墙下，吟出了这首千古绝唱。

这位诗人就是李白。那时我还小，我反复地读着这首《宿清溪主人》，第一次感受到优美的唐代诗歌，和我如此亲近。

李白说的景象正是童年的我所经历的。在夏天的夜里，一家人总是喜欢把竹榻搬到河边，在星星下睡觉。那时刻，枕席边响起的总是哗哗的水声，还有母亲的儿歌。也许人生有多长，母亲的儿歌就有多长，至今我还记得那些儿歌曲调和那水的流淌声。不仅在白天，还有在梦中，我依然可以听见。

事实上，我听到最多的还是清溪河边嘹亮的山歌。上小学的那会儿，当我伏在窗前做功课的时候，村庄外镜子般的秧田里，就回旋着一浪高过一浪的山歌。特别是挑秧苗的人将秧把甩向空中时，这个山歌的调子也倏地高亢起来。他们一边劳作，一边尽情地歌唱。歌声把河水的灵性和土地的淳朴，把内心的祈祷和渴望混合起来，抛向那昼夜不息的清溪中，让她带到远方。

有一次，我听到一个朋友说，他们曾徒步沿着一条河流走完了全程。我钦佩他的勇气和毅力，同时也产生了沿着清溪河行走的冲动。其实，从江祖石出发，到了桃陂，我就走不动了。可是我像一个幸福的拾荒人，已经拎满了一大篮的诗歌和感悟了。“我携一樽酒，独上江祖石。自从天地开，更长几千尺。”我没有带酒，就在江祖石上喝了一大瓶纯净水，我想，无论是水是酒，意义都是一样的，我肯定触摸到了这首诗歌的骨头，它是那么的脱俗、自由、飘然欲仙。

我把拎回来的满篮子诗歌带上，在河边放开嗓子大声地朗读。停下来的时候，我望着一畈一坡被风鼓荡的谷禾，听到了它们疯长的声音。我在想，在我成长过程中，清溪河，给了我多少乳汁，多少灵性，多少歌唱的欲望？而作为周身带有河水气息的我，也要递给她一生的感恩和满腔的热爱。

伴随着这些真实的感动，我不知道河水的内心有多深，也不想知道她负载着怎样的使命，我愿意知道的，仅仅是：她是一条载满歌声的河流。

朋友资源

年前参加一个朋友聚会，大家酒酣意兴，相互介绍起来。某某在某部门任经理，某某在某局任局长，以后有事可以找他们。在座的大多是成功人士，唯有我一介书生，显得有些不安起来。还是其中一位善解人意，拍着我的肩膀站起来说："这位是大作家，你们的事迹还要靠他来宣传。我们每个人都是资源，今后大家要好好地利用啊。"

接着干杯，可是我举杯的手怎么也抬不起来。煤炭是资源，铁矿石是资源，石油是资源，朋友什么时候也成资源了？

通常我们会说：我们拥有资源，就要好好地利用资源。朋友成为资源，那不成了利用的对象？利用，即目的是为己带来利益，带来好处。

可恰恰我是个不开化的人，我最恨的不是被人欺骗，而是被人利用，特别是被朋友利用。费尔巴哈说过：友谊是美德之手段，并且本身就是美德，是共同的美德。若友谊成为利用的手段，本身就是悲哀的事情。朋友应该是我们悲伤时的擦拭泪水的纸巾，是我们成功时那一时刻热情的拥抱，是我们陶醉在秋日私语中的一杯美酒，是我们滂沱大雨中的一把雨伞，朋友不应该被视为蓄谋已久的人。

朋友成了资源，朋友之间就不可能平等地看待。在大资源、有用的资源面前，其他的资源就显得微不足道。友谊变得何等脆弱，何等功利，又是何等短暂。

在一次同学会上，远远地，我看见一个久违的老同学绽开着笑脸、伸着手向我走来。多年不见，我也激动地伸手想和他紧握一下。等他走到我身边时，我发现他似乎不是冲着我来的，他的视线明明是越过我的肩膀，看着我的后边。

我回头一看，原来我的身后，站着一位正处在重要岗位上的老同学。他们的视线交织着，笑容传递着，在他们说着“以后请多关照”的时候，他们进行了激情的拥抱。而与此同时，我伸出去的手尴尬地收了回去来，脸上的笑容顿时僵直了。

我木然地站了好久，离开了这个对我来说毫无意义的聚会。

不必太在意

下午五点钟，在我住进宾馆的时候，突然发现眼睛出血了，红红的两只眼睛，像是两只红灯笼。我是被邀来南昌参加某个学术论坛的，明天举办方已经安排了我在论坛上发言。可对着镜子里的眼睛，我自己都觉得有点儿恐怖。这时我的第一个反应就是：快，赶紧去商店买副墨镜，不然，明天怎么还能站在台上交流呢？

走到街上的时候，才发现买墨镜可不是容易的事，对我这个不经常上街的人来说，找一家眼镜店实在是太难了。从步行街的东头走到西头，我也没有发现一家卖眼镜的。问了许多人，都没有人知道。我绝望了，甚至产生了取消明天发言的念头。

我坐在步行街的长椅上，揣想着明天会上发言的情形。想象着我睁着僵尸才有的眼睛现身的时候，会场上一定会出现胆小女士的尖叫声。我打开手机，打算拨通主办方的电话，告诉他们，把明天我的专题报告取消了吧。

正在这时，我听到一个低沉、富有磁性的男中音从街道的那头传过来："走向那灿烂的天涯路，耀眼的阳光迎着你。你不必太在意，也不必隐瞒自己，你要寻觅亮丽的彩云。"歌声优美动听，我惊讶在这闹市区竟然能听到这样的"好声音"。等歌者走近的时候，我看见的是一个中年人，他跛着一条左腿，唇边别着一支麦，腰间挂着一个喇叭状的音箱，陶醉地从人群中唱过来。

中年人的腿瘸得很严重，高高低低的，似乎每走一步都很艰难。走到我身边时，他挨着我在椅子上坐下。我常常在街头的地下道里、在车站或其他地方，见到那么一些歌者，他们的面前一律放有一个铁碗，里面盛着人们投下的硬币或纸币。这些歌者，他们靠的是卖唱度日。我看了一眼身边的中年人，他没有带类似的铁碗或别的东西，所以，我从口袋里掏硬币的手停了下来。

我问："你不是靠唱歌赚钱吗？"他看了我一眼，说："不，我喜欢唱歌，我只是想唱歌而已，因为在这里唱歌有很多人听。我不靠这个赚钱，我有固定的生活来源。"他揉着那只瘸腿，像是有点儿累。

我说："那你不必在街上走来走去地唱呀，坐下来唱不是很好吗？"我还自以为是地建议他："你要是坐着唱，不仅会减轻劳累，还能掩饰掉你的缺陷——就是你的瘸着的左腿。这样会完美你的形象。"

中年人笑了笑，说："和我唱歌比较起来，个人形象是微不足道的，我在街上走来走去是为了更多的人能听我唱歌。我不会为了掩饰我的瘸腿，而让街那边的人听不到我的歌唱。我很自豪我有一副好嗓子，所以对我来说，唱歌是唯一的。"

说实话，我被这个歌者的话打动了。一个瘸腿的中年人，能无视生活的表象，看到生活的本质，这是多么难得的啊。而我，竟然还在这里，为了购买一副用来掩饰的墨镜而烦恼，为了那些表象的东西而在意，不由得心生惭愧。

第二天，当我睁着发红的双眼走上讲台的时候，会场上并没有出现我所想象的惊慌的场面。人们注意的是我刚刚交流的东西，而不是我的眼睛。我忽然想起那个中年人唱的那首歌："你不必太在意，也不必隐瞒自己，你要寻觅亮丽的彩云。"对生活中的许多细节不必太在意，寻觅亮丽的彩云才是你必须追求的东西。

绣春台上的春

城市在不断地向周围伸展着。不到几年，远在郊外的齐山就被包容在城内。前年冬季，我举家迁至齐山的脚下，这给了我亲近齐山的机会。我要说的绣春台就坐落在齐山的最高处，之所以我不称它为最高峰，是因为它并不高，“不逾三十仞”，但是如果你站在绣春台上，不仅整座城市，还有浩渺的平天湖和一线东去的长江，你都能轻而易举地尽收眼底。

由于近的缘故，我总是隔三岔五地上一次绣春台，最近的一次是在今年元旦，刚刚结束了一年的工作之后，我顿然觉得如释重负，便“噔噔”地跑上绣春台，轻松地、长长地舒了一口气。那天，绣春台上的风依然凛冽，刮在人的脸上非常疼。我知道，元旦虽然是新一年的开始，但就农历而言，那时节仍是寒冬。在冬天里，有时候我就想，为什么称这个小小的山顶为绣春台呢，是不是人们能在这个诗意的名字中最早觅到春的踪迹呢？

曾经从某个时段开始，我迷恋上了散步，而且是一个人孤独地散步，在散步的同时，我也同周围的树木、野草、湖水或者鸟类建立了许多短暂的联系，换句话说，我时常可以从它们那里得到偶尔的、一闪而过的思想。而今天，我的散步多少有点儿寻春的念头，走着走着，我不知不觉地就爬上了绣春台。《诗经》云：“春日迟迟，卉木萋萋。仓庚喈喈，采蘩祁祁。”意思说，春天的景色应该是这样的：百鸟和鸣，花草一片茂盛。但现在立春刚过，我所看见的是，齐山上的草仍是衰败的，树皮斑驳的檀树仍是光秃秃的，没有一片叶子。

上次元旦那天因为天冷，绣春台上只有我一个人在来来回回地转着。而现在，绣春台上的人比往日要多一些，大家在聊天、看风景或者拍照。不管人多人少，我更愿意一个人站在高处，四处望望，特别是望一眼我所生活的城市。它就在我的脚下，静静地沉默着。它的大街小巷，就像许多根绳子，系住了、网住了我已经流逝的、充满艰辛的岁月。仿佛只要牵动绳子的一头，这座城市就能被牵动起来。城市的东边，“水如一匹练”的平天湖，生生地吸引了我的目光。此时的湖，正如同一位静静的少女，粼粼的波光闪烁，像是在展示她美丽的容颜。可在1998年，因为那场百年不遇的大洪水，我们在大雨和泥泞中，整整在大堤上坚守了三天三夜。南边呢，是我的家乡，二十多年前，我吹着青春的口哨，怀揣诗集，来到这座城市，可如今，年轻时的歌早已忘记，美丽的诗句早已经成了一阵烟。

我注意到绣春台上有一对老年人，一直靠在一起晒着太阳。他们满头银发，手握着手，在阳光下，轻声细语地交谈。女的忽然像发现了什么，声音大了一点儿，说：“老头子，你别看这草没发青、花没开的，但这阳光、这风和冬天那时候有所不同了，你感觉到了没有？有点儿春天的味道了。”男的笑笑说：“当然呀，立春都过了，春天哪能不到呢，但我们的春天早已过去了，你说是不是？这个春天是属于年轻人的，你就别掺和了。”女的嗔怪着轻轻地打了她老伴儿一下，随后两个老人相互搀扶着，手挽着手下山去了。我听出来了，两个老人的对话中有一种无奈和悲凉，有一种宿命的叹息。老人所指春天大概是指人生的春天吧，无疑，他们英雄年少、踌躇满志的时代已经过去，但是我觉得他们并没有失去春天。因为他们还拥有这样真切、淳厚的爱情，而这种淳厚的爱情、一生的相守相依，就是每个人一生中永远拥有的春天。

老人走后，我的确从他们的对话里，在风和阳光中发现了春的踪影。绣春台上的阳光是温暖的，风也是轻轻的、酥酥的。立春时的东北风，又叫调风，它没有了一丝寒意。人到了中年，在城市里久了，不敢说物欲在时时增长，但心灵的麻木是在不断地进行着的，一个逐渐被钝化的心灵，不免会对事物反应迟钝，一时间竟然觉察不出这风、这阳光内在的和细微的差别。当我受到了老人的启示，静下心来，慢慢地去感受它时，我突然兴奋起来，仿佛真的有春天的气息在软软地哈着我的耳朵根子，我失去这敏感的触觉已经多年了，今天我最大的收获，就是无意中又将它找回了。

鸡鸣三祖寺

在我登上最高一级台阶时，再回头看看脚下，忽然恍惚了一下。从柏树的枝丫间漏下的阳光，使台阶下的空间显得明澈、空旷，在更远处，则给人一种空蒙、有点儿眩晕的感觉。

我靠在一座碑亭的石柱上，不经意地在那湿润的苔藓上划上了一道印痕。等我发觉的时候，才知道我已经破坏了它们的和谐和宁静。我知道我所留下的痕迹会很快消失的，但是，千百年来，那些曾经和我一样，来到这里的一些人和他们发生的事，无论留下的痕迹是否会消失，都会赋予这些树木、石块鲜活的灵魂。

这就是著名的三祖寺，禅宗中的一颗璀璨的明珠。

来三祖寺，我是怀揣着一份敬畏的。因为我知道，禅集结了所有的人生智慧，对于它的精深，你不仅要靠不懈的追求，还要靠自身的悟性。要么就是毅力欠缺，要么就是悟性不够，那些曾经拜谒过这里的文人雅士、那些曾经潜心礼佛修行的居士，真正能够参透禅理的又有几人？

我喜欢这里的幽静。实际上，许多事物因无声而澄明，因无言而深远。虽是在一片寂静之中，但我忽然觉得自己能在这一片寂静中听到许多声音，这些声音正在依托着翠竹、树木或者那些被历史标记的事物和我静静地交流。

就在我胡思乱想之际，我突然听到一声鸡鸣。“喔呜！喔！喔！”当一个人沉浸在静心的思考之中时，突如其来的声音会让人震聋发聩。我一惊之余，回头一看，只见一只大公鸡站在石栏上，振动红冠，昂首长鸣。

我忽然想起有个“香严击竹”的公案来：传说香严为百丈第子时，始终未能悟道。一日他除草的时候，挖出一块儿瓦砾，随手一扔，正中一株竹子，发出一声清脆的声响，吓了他一跳。但就是这一惊，致使香严顿时大悟。可我悟性比香严差之万里，这一突然的鸡鸣声，除了让我一惊之外，却不能让我有丝毫感悟。

我信步在寺院中走动，看见许多屋宇多年失修，墙面都斑驳风化脱落了。但红墙黛瓦、古木参天的风采依然。走到大雄宝殿的后面，我看见一只“为玉树地震灾区募捐”的募捐箱放在正中，箱子旁边还有一个类似公示的牌子，牌子上面写着：“本寺已向玉树地震灾区捐款2万元。”牌子的前面有张桌子，有一个40岁模样的人在桌子上摊开宣纸，挥毫泼墨。有个僧人向我们介绍说，这个人是中国书法家协会的，是当地有名的书法家，在三祖寺进行书法义卖活动已经好多天了。只要你向募捐箱里捐款，无论你捐多捐少，他都会送你一幅字纪念。

这个僧人对我们说，修行不能脱离现实社会。想起玉树灾区的人民，我们每一个人的心都很痛。谈到三祖时，他说，三祖最大的贡献是将向上层弘法的方略，变为在村夫野老中随缘化众，将禅宗理论和现实生活结合起来。

我忽然明白为什么这样庄严、安静的寺院中，会允许这样一只公鸡的存在了。离开三祖寺的时候，我又听到了鸡鸣声，只是这声音不再是我吃惊的鸡鸣声，也如同“击竹”的瓦砾一样，似乎让我开悟了。

偷看的母亲

上幼儿园时，女儿看到母亲在栅栏外看着她。母亲躲躲藏藏地，似乎不想让女儿瞧见。但是她还是被女儿发现了。女儿叫了一声，扔掉手中的积木，离开玩耍的伙伴，高兴地跑过来，抱住母亲的腿。

到了小学五年级，有一次，女儿在做课间操时，看见她的母亲正站在操场外边的一棵小树下，静静地望着她。女儿跑过去，小声地问："有事吗？"母亲摸摸她的头，笑了笑，摇了摇头。

上高中时，女儿出脱成一个漂亮的大姑娘了。她穿着短裙，和同学们一起去上自习。在路上，她发现母亲在路灯的影子里偷看她。"多难为情！"女儿阴着脸，装着不认识母亲，从母亲的身边走过。母亲也不在意，依旧站在那里，

转眼女儿考上了外省的一所大学。她像飞出樊笼的鸟，轻松而快乐。两个月很快就过去了，学校举办晚会，女儿也报名参加了。她把这个消息告诉了母亲。晚上演出时，女儿突然发现母亲靠在演出厅的廊柱边，头伸进窗子看她。演出结束后，女儿责怪母亲："这么远的路，您跑来干什么？妈，我已经长大了。"

女儿真的长大了。毕业后，她在外省工作恋爱，结婚生子。这一切来得太快了。女儿生了一个非常可爱的男孩子。她把他送到附近最好

的一家幼儿园。自从她的小男孩离开她后，她心里总放心不下。从此，女儿也和她的母亲一样，时常偷偷地去看看她的孩子。后来，小男孩也长大了，也到一个很远的地方上大学。

“我想看看我的孩子怎么样了。”男孩离家的头两个月，女儿无论上班还是在家，心里总是有这样一个念头。终于有一天她忍不住了，坐火车一天一夜，去了她儿子上学的地方。见面后，小男孩心疼地责怪道：“妈，这么远的路，你跑来干什么？我已经长大了。”女儿觉得这句话很熟悉，就是这一句很熟悉的话，让女儿的眼泪掉下来了。

女儿急匆匆地买了一张长途车票，去了母亲生活的那座城市。她没有打电话给母亲，她想也偷偷地看母亲一次，于是，到了娘家时候，女儿悄悄地伏在母亲家的窗台上，想看看母亲在做什么事情。

母亲坐在摇椅上，戴着老花镜，静静地看着手里的一张照片。女儿看出来了，那张照片是她小时候在旋转木马上照的。母亲最喜欢的就是这一张，还给它镶上了相框。摇椅上的母亲看着照片，笑眯眯的，慢慢睡着了，但手里的照片却一直没有放下。

女儿的眼泪又掉下来了，视野渐渐地模糊了。